Harper
Collins

Zum Buch:

Diesen blödsinnigen Arzttermin hätte er sich auch sparen können! Jetzt hat Hermann nicht einmal mehr Lust, mit Anika Poker zu spielen, und das muss schon was heißen. Die junge Pflegerin ist die Einzige, die ihn hier in diesem unsäglichen Seniorenstift nicht nervt. Aber die Worte Krebs, Chemo und Palliativmedizin haben Hermann gänzlich den Tag verhagelt. Auf gar keinen Fall wird er sich für die Zeit, die ihm jetzt noch bleibt, in ein Krankenhausbett legen und mit Medikamenten vollpumpen lassen, denn er hat noch etwas zu erledigen: Vielleicht ist ja genau jetzt der Moment gekommen, um etwas von dem wiedergutzumachen, was er in den letzten 36 Jahren versäumt hat. Spontan beschließt er, nach Paris zu reisen und seine Tochter kennenzulernen …

Zur Autorin:

In Johanna Forsts Grundschulpoesiealbum stand als Traumberuf »Schriftstellerin«, mit dem Schreiben angefangen hat sie aber erst knapp 25 Jahre später. Nach einem literaturwissenschaftlichen Studium unterrichtete sie zunächst im In- und Ausland »Deutsch als Fremdsprache«, bevor sie sich dem Schreiben von Kurzgeschichten und schließlich Romanen widmete. Die gebürtige Westfälin lebt in Süddeutschland in der Nähe des Elsass, an das sie schon vor vielen Jahren ihr Herz verlor.

Johanna Forst

Weinbergsommer

Roman

Harper
Collins

HarperCollins®

1. Auflage: Mai 2020
Originalausgabe

Dieses Werk wurde vermittelt durch die Literarische Agentur
Thomas Schlück GmbH, 30161 Hannover.

Umschlaggestaltung: bürosüd, München
Umschlagabbildung: Shutterstock / Alava,
Julia Augus, Katerya Antonenko, Le Panda, Kalinin Ilya
Satz: GGP Media GmbH, Pößneck
Printed in Germany
Dieses Buch wurde auf FSC®-zertifiziertem Papier gedruckt.
ISBN 978-3-95967-424-9

www.harpercollins.de

1. Kapitel

Es war Montagmorgen, erst halb sechs, und Anika war schon völlig außer Atem, als sie die Bushaltestelle erreichte.

Mit einem Ruck schnappte ihr die Tür vor der Nase zu.

»Zu spät«, rief der Fahrer durch die geschlossene Scheibe, lachte schadenfroh und setzte den Blinker.

Für einen Fluch fehlte Anika schlichtweg die Luft, also hielt sie sich stattdessen am Haltestellenschild fest und versuchte, wieder zu Atem zu kommen.

Der Bus zog an ihr vorbei, von einem Vierersitz aus grinsten sie zwei pubertierende Jungs an.

Wie sehr sie diese Woche jetzt schon hasste.

Der nächste Bus kam in zwanzig Minuten, das würde knapp werden. Andererseits hatte der unfreiwillige Frühsport ihr Adrenalin in die Höhe schießen lassen. Einen Kaffee zum Wachwerden vor Schichtbeginn brauchte sie jetzt nicht mehr, auch wenn sie sich vor zehn Minuten noch wie ein Zombie gefühlt hatte. Frühschichten waren einfach nicht ihr Ding. Anika stellte ihre Handtasche ab und hockte sich daneben auf den Bordstein, um erst einmal wieder zu Atem zu kommen.

Wenn sie Glück hatte, würde es nicht auffallen, dass sie ein paar Minuten zu spät zur Arbeit im Stift kam.

Wenn sie sehr viel Glück hatte.

Natürlich hatte der nachfolgende Bus dann auch eine Fehlfunktion an der Tür und zehn Minuten Verspätung. Um Viertel nach sechs, fünfzehn Minuten nach offiziellem Arbeitsbeginn, schlich Anika endlich durch den Hintereingang ins Seniorenstift. Vielleicht war der Chefin ihr Fehlen noch nicht aufgefallen.

Der Flur im Erdgeschoss war ruhig, die meisten Türen noch geschlossen. Aus dem Zimmer der früheren Köchin Mathilda Wiercziniak hörte sie die Stimme einer Kollegin, wahrscheinlich bekam die Seniorin gerade ihre Diabetesspritze vor dem Frühstück.

Hermann Büchners Tür stand ebenfalls offen, jedoch war kein Laut zu hören. Anika klopfte und trat ein, es war niemand zu sehen. Aus dem Bad hörte sie die Toilettenspülung. Mit drei Schritten war sie an Herrn Büchners Schreibtisch, um zwei Pokerchips abzulegen – ihr Zeichen, dass sie nach Schichtende etwas länger bleiben würde, um mit ihm eine Runde zu spielen.

Zurück auf dem Flur blickte sie sich um. Beinahe hatte sie es geschafft. Sie hastete den Korridor hinunter und wollte gerade aufatmen, als eine schneidende Stimme hinter ihr erklang.

»Auch endlich da, Frau Wendler?« Da war sie, die Haakhorn, die Oberste Heeresleitung, wie Herr Büchner die Pflegedienstleiterin nannte.

Ertappt blieb Anika stehen und drehte sich um. Ihre Chefin stand im Gang, die Hände in die Hüften gestemmt und schüttelte abschätzig den Kopf. »Montagmorgen und schon die erste Verspätung für diese Woche.«

Weshalb hatte eigentlich jedes Mal die Haakhorn Dienst, wenn Anika ein paar Minuten zu spät kam? Der Name allein ließ schon einen Raubvogel vermuten, und genau so sah die Chefin auch aus: Sie war hochgewachsen und hager, dazu besaß sie ein spitzes Kinn und eine lange Nase. Ihre dünnen graublonden Haare waren zu einem strengen Bob geschnitten.

»Es …«, begann Anika, wurde jedoch durch eine helle Stimme unterbrochen.

»Die Frau Wendler hat sich grad noch schnell um mich kümmern müssen.« Frau Doll, heute ganz in Kanariengelb gekleidet, schob ihren Rollator näher. »Ich hatte Probleme mit meinem … na, Sie wissen schon, da unten.« Sie lächelte schelmisch. »Und da ich die Nachtschwestern bei der Übergabe nicht mehr stören wollte, die Armen, hab ich Frau Wendler hier im Flur abgefangen. Da müssen Sie schon mir den Verweis geben.«

Frau Haakhorn schnaufte.

Anika hielt den Atem an.

Nur Frau Doll lächelte, als gäbe es kein Problem auf dieser Welt, ganz die gütige Großmutter. Gleich kneift sie Frau Haakhorn in die Wange und schickt sie einen Kakao trinken, schoss es Anika durch den Kopf.

»Na gut«, rang die Pflegedienstleiterin sich schließlich ab. Mit einem letzten misstrauischen Blick in Frau Dolls Richtung stapfte sie den Flur hinunter.

»Danke«, flüsterte Anika.

Frau Doll zwinkerte ihr zu.

Dafür würde sie am Nachmittag ein besonders großes Stück Kuchen bekommen, beschloss Anika, dann hastete sie endlich ins Pflegezimmer. Vanessa, die Kollegin von der Nachtschicht, die noch an einem Tisch saß und Notizen nachtrug, sah so übernächtigt aus, wie Anika sich nach jedem Nachtdienst fühlte. Ihre Frühschicht-Kolleginnen waren schon auf der morgendlichen Runde, und im Speisesaal wurde ebenfalls gewerkelt, Kaffeeduft zog sich durch den Korridor.

Vanessa gähnte und stand auf. Während sie nach ihrer Handtasche suchte und sich eine Jeansjacke überwarf, brachte sie Anika noch schnell auf den neuesten Stand. Dann schlüpfte sie in ihre Straßenschuhe, und mit einem weiteren Winken verschwand sie den Gang hinunter in den wohlverdienten Feierabend. Feiermorgen.

Anika machte sich bereit für einen Tag hoffentlich ohne weitere Zwischenfälle. Unter Frau Haakhorns Radar fliegen, lautete die Devise.

*

»Juhu!«, rief es von der Tür aus.

Hermann schloss die Augen und rührte sich nicht.

»Herr Büchner!«

Vielleicht würde sie wieder gehen, wenn er sich tot stellte. Er hörte ihre vorsichtigen Schritte, das leise Quietschen des Rollators.

Er probierte es mit einem kleinen Schnarcher.

»Ich habe die Mau-Mau-Karten mitgebracht.«

Genau das hatte er befürchtet.

Die Doll musste nun an seinem Bett stehen und sich neugierig zu ihm vorbeugen, das spürte er an dem leichten Luftzug, der seine Nase streifte. Sie roch immer nach diesem grauenhaften Parfüm, das sich nicht entscheiden konnte, ob es schwer oder für kleine Mädchen sein wollte.

»Sie haben doch keinen Anfall? Oder einen Herzinfarkt?«

Beinahe wäre er zusammengezuckt, als sie direkt in sein Ohr sprach.

»Ich rufe besser die OHL.«

Mit einem Ruck setzte Hermann sich auf. »Dann mischen Sie halt schon die Karten!« Er funkelte sie böse an. Die OHL, die Oberste Heeresleitung, hatte ihn vor dem Frühstück schon mit Tabletten – und vor allem ihrer Anwesenheit – genervt.

»Gell, das hat Sie schön erschreckt?«, lachte die Doll. Sie trug heute einen gelben Pullover, eine gelbe Hose, selbst an ihren Rollator hatte sie eine gelbe Schleife gebunden.

»Wir befinden uns in geschlossenen Räumen«, kommentierte Hermann ihren, natürlich ebenfalls gelben, Hut.

»Aber nicht mehr lange.« Gut gelaunt wie üblich zwinkerte die Doll ihm zu. Hermann vermutete, ihre penetrant fröhliche Stimmung lag an dem luftleeren Raum zwischen ihren Ohren, da konnte sich die Sonne sammeln oder diese schreckliche Musik, die sie immer hörte. »Bei dem schönen Wetter spielen wir natürlich im Garten.«

Auch das noch. Wo die Sonne ihn blendete und jeden Moment irgendein anderer Heimbewohner sich zu ihnen setzen und mit seinem dummen Geschwätz nerven konnte. Sein Martyrium heute würde ein ganz besonders schreckliches werden.

Seufzend folgte er der Doll und ihrem Rollator, in dessen Körbchen sie die Mau-Mau-Karten und zwei Flaschen Piccolo liegen hatte.

Ein ordentlicher Scotch wäre ihm lieber gewesen, aber den hatte ihm die Haakhorn schon vor Monaten abgenommen. Vor drei Wochen hatte sie dann seine Notfall-Reserve einkassiert, und gestern war er nicht schnell genug gewesen, sodass er nun auch keine Notfall-Notfall-Reserve mehr besaß.

Die Schwelle der Terrassentür zu überwinden, war für Frau Doll mit ihrem Rollator etwas umständlich.

»Könnten Sie mir kurz helfen?«, schnaufte sie.

Hermann nahm die beiden Piccolos aus dem Korb, die mussten nicht noch mehr durchgeschüttelt werden.

»Sie haben die Prioritäten im Blick.« Mit Anstrengung gab sie ihrem Rollator einen kleinen Schubs, sodass sie es schließlich nach draußen schaffte.

»Ich habe nur Vertrauen in Ihre Fähigkeiten.« Hermann folgte ihr auf die Terrasse.

Die Doll ließ sich am ersten Gartentisch in einen Stuhl fallen. »Ist es nicht wunderbar hier? Wie die Vögel singen und die Bienen summen …«

Und wie Frau Meyerhof hustete, der Böhnisch schmatzte und es überall schon nach dem widerwärtigen Mittagessen roch!

Hermann verzog den Mund.

Frau Doll schob ihren Rollator ein Stück zur Seite und begann damit, die Karten zu mischen.

Mit grimmiger Miene setzte er sich ihr gegenüber. Hoffentlich ging es heute wenigstens schnell. Vielleicht kam ein Sohn zu Besuch oder ein Enkel. Davon besaß die Doll jede Menge.

»Wie haben Sie denn wieder gemischt?«, meckerte Hermann beim Anblick seiner Karten.

»Absichtlich schlecht, um Ihnen eine Ausrede zu geben, wenn Sie verlieren. Es liegt immer an der Badehose, wenn man nicht schwimmen kann.«

Na warte, dachte Hermann. Er war in seiner Pokerrunde nicht umsonst unbesiegbar gewesen.

Während Frau Doll die Piccolos köpfte – endlich tat sie mal etwas Sinnvolles –, legte er eine Pik Acht und dann eine Pik Sieben. Der würde er zeigen, was eine Mau-Mau-Harke war.

»Was machen Sie denn da?«

Die schrille Stimme der Obersten Heeresleitung durchbrach ihr trautes Spiel. Hermann hatte gerade zum dritten Mal gegen die Doll verloren, und er vermutete, sie schummelte. Wahrscheinlich hatte sie die Siebenen und Achten irgendwo in den Untiefen ihrer sehr gelben Ärmel versteckt.

Er legte die Karten hin und sah die Haakhorn an, die seine leere Sektflasche an sich riss. »Sie sollen doch keinen Alkohol trinken, Herr Büchner, das wissen Sie ganz genau.«

»Als ob da Alkohol drin ist.« Er blinzelte zur Flasche hinauf. Was hatte so ein Prosecco? Zwölf Prozent? Dreizehn höchstens.

»Herr Büchner«, hob die Haakhorn an, die in ganzer Körperlänge neben ihm aufragte. Sie schien sich regelrecht aufplustern zu wollen, was bei ihrer dürren Figur jedoch eher komisch wirkte.

Bevor sie sich richtig aufregen konnte, trat Anika zu ihnen und sagte: »Die Malteser sind da. Herr Büchner, Sie haben jetzt Ihren Arzttermin.«

Heute war wirklich ein grauenhafter Tag. Immerhin war er nun sowohl vor der OHL als auch der Doll gerettet. In diesem Haus musste man ja dankbar für die kleinsten Gnaden sein.

»Anika, wo haben Sie denn gesteckt?«, wandte sich die Haakhorn nun an die junge Pflegerin. Ihre schlechte Laune hatte ein neues Ziel.

»Bei Frau Wierczíniak.« Anika wurde rot.

Bevor die OHL, die schon wieder Luft holte, wegen irgendeines eingebildeten Vergehens auf Anika losgehen konnte, schob Hermann seinen Stuhl geräuschvoll nach hinten.

Die Haakhorn schien sich an seinen Arzttermin zu erinnern und begnügte sich mit einem mahnenden Blick in Richtung Anika, bevor sie davonrauschte.

»Keine Sekunde länger hätte ich dieses dürre Weibsbild ertragen«, grummelte er im Anschluss, als er neben Anika her zum Vordereingang schlurfte.

»Die Pflegedienstleitung hat's auch nicht leicht«, sagte Anika, aber in ihren Mundwinkeln konnte er die Andeutung eines Lächelns erkennen.

»Weshalb mischt die sich überhaupt ein? Reicht ihr das nicht, wenn sie Sie durch die Gegend scheuchen kann?« Er war immer noch sauer wegen seiner Flasche Scotch.

Anika machte eine unbestimmte Geste mit der rechten Hand. »Wenn wir Frau Haakhorn nicht hätten, würde es hier drunter und drüber gehen«, sagte sie schließlich diplomatisch. »Es würde den ganzen Tag nur Karten gespielt und Schnaps getrunken.« Nun zwinkerte sie ihm zu, und Hermann musste wider Willen grinsen. Ihre gute Laune war ansteckend. Er blickte sie von der Seite an. Wie üblich trug Anika ihre langen dunklen Haare zu einem Pferdeschwanz zusammengebunden, der Pony fiel ihr in die Stirn, eine gelöste Strähne kräuselte sich an ihrer Schläfe.

»Sie sind der alten Ziege gegenüber viel zu loyal«, stellte er fest.

Nicht umsonst war Anika die einzige Pflegerin hier, die er … ertrug. Mögen, nein, er mochte niemanden, das wäre zu viel gesagt. Unter Umständen hegte er vielleicht einen Hauch Sympathie für sie. Sie konnte Poker spielen und brachte so ein bisschen Ablenkung in sein tristes Leben, das ansonsten aus schlechtem Essen, Ärzten und Frau Doll bestand. Na gut. Vielleicht mochte er Anika ein winziges bisschen. Er hatte jedenfalls einen gewissen Beschützerinstinkt ihr gegenüber entwickelt. Das Mädchen war hübsch mit ihren großen braunen Augen und der Stupsnase. Sie war nicht besonders groß, ein bisschen kleiner sogar als er selbst, und er war in den letzten Jahren etwas eingegangen, auch wenn er beim Arzt grundsätzlich noch sein altes Gardemaß von einsdreiundsiebzig angab. Neulich hatte er den einen Heimarzt – diesen jungen, er konnte sich seinen Namen nicht merken – dabei erwischt, wie er Anika ganz ungeniert in den Ausschnitt geglotzt hatte. Na, so ein Pech, dass Hermann im Anschluss seine Urinprobe über den Schoß des Flegels gekippt hatte, so ein dummes Versehen. Unbewusst schnaubte er.

Anika bezog das offenbar auf die Sanitäter, die am Eingang auf ihn warteten, und beeilte sich, mit ihnen zu sprechen. Er hatte heute einen Termin beim Spezialisten, der Heimarzt hatte ihm eine Überweisung geschrieben. Ganz unrecht hatte Anika also nicht, die Anwesenheit der Sanitäter regte Hermann immer noch auf. Als ob er ein debiler alter Sack wäre. Als ob er nichts mehr allein tun könnte.

Alles wurde einem vorgeschrieben: Wann man duschen musste, wann im Aufenthaltsraum sitzen, wann einer Gruppe Kindergartenkinder bei einer dümmlichen Tanzveranstaltung zusehen, wann man essen musste, was man essen musste – oder nicht durfte. Ganz davon abgesehen, dass alles, was man ihnen hier vorsetzte, ein grauenhafter Fraß war. Selbst der Kuchen schmeckte mehlig und klumpig. Herrgott noch mal, war es ein verdammter Mist, alt zu sein.

Rausschleichen musste er sich spätabends, in Dunkelheit gehüllt, ohne sich von einer Pflegerin erwischen zu lassen. Was für ein Glück, dass der Edeka die Straße hinunter bis zehn Uhr geöffnet hatte. Um die Uhrzeit waren die Nachtschwestern noch mit der Übergabe beschäftigt und niemand war besonders aufmerksam. Und Gott sei es gedankt, brauchte er noch keinen Rollator. Frau Doll hörte man ja schon meilenweit quietschen, die musste ihre Bestellungen immer ihren vielen Kindern oder Enkeln mitgeben.

Rein aus Rebellion hatte Hermann sich neulich eine Schachtel Zigaretten gekauft. Nicht, dass er jemals geraucht hätte, aber hier ging es ums Prinzip. Grimmig und unter leichter Übelkeit hatte er die erste Zigarette noch direkt vor dem Laden geraucht. Mit der Vorstellung vom entsetzten Haakhorn'schen Gesichtsausdruck hatte er seinen Ekel soweit unterdrücken können, dass er Zug um Zug überstand.

Anika führte ihn jetzt zu einem der Sitze in dem weißen Kleinbus, wo er ihr auf die Finger klopfen musste, als sie ihn anschnallen wollte.

»Müssen Sie immer so störrisch sein?«, seufzte sie und zog ihre Hand zurück.

Die Sanis schoben gerade Herrn Eckhart nach hinten auf die Rollstuhlladefläche und zurrten ihn fest.

»Helfen Sie lieber dem«, knurrte Hermann, während er mit unsicherem Griff den Gurt einzustecken versuchte. Es dauerte etwas länger, als ihm lieb war, vor allem, weil Anika ihn dabei besorgt beobachtete. Sie kümmerte sich erst um den Eckhart, als Hermann zufriedenstellend gesichert war.

Immerhin waren sie zu zweit im Auto und erledigten damit mehrere Arzttermine in einem Aufwasch. Gut. Denn für ihn allein hätte es keine Sanis gebraucht.

*

Durch seinen Arztbesuch schaffte Hermann Büchner es nicht zum Mittagessen, und Anikas Kollegin Nasrin kümmerte sich darum, ihm später etwas zu essen aufs Zimmer zu bringen. Anika selbst musste sich stattdessen mit dem schon lange währenden Streit zwischen dem Bewohner Herrn Heidrich und Frau Doll herumschlagen, die eine Tochter und zwei ihrer Enkel zu Besuch hatte. Die beiden Jungs spielten, wie es für zwei Kinder im Grundschulalter üblich war, nicht in Zimmerlautstärke, was wiederum Herrn Heidrich so auf die Palme brachte, dass Anika nach diversen Schlichtungsgesprächen froh war, als ihr Feierabend nahte. Kurz bevor Anika endlich nach Hause gehen konnte, wurde sie im Flur erneut von der Pflegedienstleiterin abgefangen.

»Frau Wendler, würden Sie bitte kurz mitkommen?«

Nicht zweimal am gleichen Tag! Sie hatte bereits eine Abmahnung. Und was jetzt das Problem war, konnte Anika sich denken.

»Frau Wierczniak war Köchin«, verteidigte sie sich.

Die Haakhorn zog eine Augenbraue hoch.

»Bei allem Verständnis für die Überbelastung in der Küche,« – und Anika besaß viel Verständnis, war es in ihrem Job doch nicht anders – »… das Essen ist für eine Bewohnerin, die zwei Sterne erworben hat, eine Zumutung.« Und deshalb hatte Anika der Wierczniak von »Foodora« erzählt, einem Lieferservice, der einem das Essen von beinahe jedem Restaurant nach Hause brachte. Heute Mittag hatte es sehr indisch geduftet, als Anika am Zimmer der alten Köchin vorbeigelaufen war.

»Frau Wendler, Sie …« Für einen Moment sah die Haakhorn sie mit zusammengekniffenen Lippen an, dann schüttelte sie den Kopf und winkte ab. »Es geht ausnahmsweise nicht um Ihre eigenmächtigen Handlungen.« Mit schnellen Schritten marschierte sie den Flur hinunter, und Anika musste sich beeilen, ihr zu folgen.

Im Büro der Pflegedienstleiterin wartete eine Frau mit silbrigem Kurzhaarschnitt. Sie war ein ganzes Stück kleiner als Anika, und Anika schätzte sie auf Mitte fünfzig. Ihr deutliches Übergewicht verlieh ihr Pausbacken und ließ sie gutmütig wirken. Sie lächelte und gab Anika zur Begrüßung die Hand. »Sie sind Herrn Büchners Pflegerin?«

»Also, wir haben hier eigentlich keine fest zugeteilten Patienten«, begann Anika und blickte zu ihrer Chefin, die nur mit den Schultern zuckte.

»Sie kommen am besten mit ihm klar«, sagte die Haakhorn.

Das stimmte natürlich, während »diese Person« wohl der netteste Ausdruck war, den Hermann Büchner je für die Pflegedienstleiterin übrig gehabt hatte.

Anika wandte sich an die rundliche Besucherin: »Was kann ich denn für Sie und Herrn Büchner tun?«

Die Frau deutete auf einen Karton auf dem Schreibtisch,

den sie offenbar mitgebracht hatte. »Den haben die Nachmieter seiner Wohnung auf dem Dachboden entdeckt. Es sind Fotos, Briefe, Erinnerungen. Weil sie nicht wussten, was sie damit machen sollten, haben sie ihn bei uns vorbeigebracht. Im Sozialamt«, fügte sie hinzu, als sie Anikas fragenden Blick bemerkte.

»Wir haben nach der Bewilligung seiner Pflegestufe die Überstellung zu Ihnen angewiesen und die Wohnung leer geräumt.«

»Er hat keine Verwandten.« Anika nickte. Üblicherweise kümmerten sich die Kinder, manchmal Geschwister, seltener Nichten oder Neffen um die Bewohner. Herr Büchner hatte niemanden.

»Genau«, bestätigte die Sozialarbeiterin. »Nachdem er das zweite Mal zu Hause schwer gestürzt war, hat man ihm im Krankenhaus gut zugeredet und anschließend für die Pflegestufe und die Heimunterbringung gesorgt.«

Die Heimunterbringung, der er immer noch äußerst skeptisch gegenüberstand, obwohl er seit einem knappen Jahr im Stift wohnte. Der Verlust seiner Selbstständigkeit machte ihm sichtlich zu schaffen, was sich in Spitzen gegen das Personal, vor allem gegen die OHL, äußerte.

»Anscheinend hatte man die Kiste bei der Wohnungsräumung übersehen«, sagte die Sozialarbeiterin jetzt. »Und ich dachte, bevor wir sie wegschmeißen …« Sie zuckte etwas hilflos mit den Schultern.

»Das ist sehr nett von Ihnen.« Anika lächelte sie an und nahm den Brief auf, der zuoberst im Karton lag. Er war ungeöffnet. »Regina Legrand«, las sie den Namen der Absenderin vor. »Klingt Französisch.« Herr Büchner hatte nie eine Regina erwähnt. Von einer Katharina hatte sie beim Pokerspielen erfahren, eine Sabine hatte es wohl auch mal gegeben, aber Regina, nein, der Name sagte ihr nichts. Sie legte den Brief zurück und griff nach einem Foto, das eine junge Frau mit einem kleinen Mädchen zeigte: Das Kind saß auf einer Schaukel in einem Garten und grinste in die Kamera, die Mutter stand dahinter. Hermann Büchners Familie? Anika sah die Besucherin an. »Vielen Dank. Er wird sich sehr freuen.«

Die Frau blickte auf die Uhr und biss sich entschuldigend auf die Lippe. »Ich habe es leider ganz schrecklich eilig. Aber Sie kümmern sich darum, ja?«

Anika nickte und fasste den Karton unter, als Frau Haakhorn die Besucherin verabschiedete.

Es war so furchtbar kahl in Hermann Büchners Zimmer. Ihren Vorschlag, vielleicht ein Bild aufzuhängen, hatte er mit einer Bemerkung darüber quittiert, dass er schließlich nicht zum Vergnügen im Seniorenstift sei.

Vielleicht würde er ihr erlauben, die Fotos aufzuhängen.

Die Pappkiste seitlich auf die Hüfte gestemmt, machte Anika sich auf den Weg zu Hermann Büchners Zimmer.

Sie klopfte an die hellbraune Zimmertür und drückte einen Augenblick später die Klinke hinunter.

»Wo bleiben Sie denn so lange?« Herr Büchner richtete sich in seinem Sessel auf.

»Wie üblich der Sonnenschein in Person.« Anika grinste ihn an. »Was hat denn der Arztbesuch ergeben?«, fragte sie dann.

»Ach, die haben doch alle keine Ahnung.«

Sie zog die Augenbrauen hoch, doch bevor sie weiter nachhaken konnte, winkte der alte Mann ab. Als er sah, dass sie den Karton auf den Tisch am Fenster stellte, erhob er sich. »Was ist das?«, fragte er.

»Ihre Vergangenheit.«

Seine Lippen wurden schmal. »Brauche ich nicht.« Er ließ sich zurück in seinen Sessel sinken. Irgendetwas in seinem Blick ließ sie vermuten, dass aus dem geplanten Pokerspiel heute nichts mehr werden würde.

»Es könnte Ihnen vielleicht ein bisschen Heimatgefühl zurückgeben«, versuchte Anika es weiter. »Frau Doll hat auch überall Fotos ihrer Kinder und Enkel und Nichten und Neffen an der Wand. Wenn wir …«

»Was die Spinnerte tut, muss ich noch lange nicht machen.«

»Sie haben nicht einmal alle Briefe geöffnet.« Sie griff in den Karton, holte den obersten von Regina Legrand heraus und hielt ihn dem alten Mann entgegen.

Herr Büchner verschränkte die Arme vor der Brust. Das war nun wirklich Kindergarten. Anika seufzte. »Ich lasse den Karton einfach mal hier. Vielleicht haben Sie später ja noch Lust, ihn durchzusehen«, sagte sie dann.

»Nein!« Die Heftigkeit, mit der Herr Büchner ihr das Wort entgegenschleuderte, erschreckte sie. Er war ein alter Griesgram, aber selten wirklich aufgebracht. Es war mehr Gewohnheit, aus der heraus er meckerte. Doch jetzt wirkte er richtiggehend wütend: Mit der Faust schlug er auf die Armlehne seines Sessels.

Anika sah ihn lange an. Sie drehte den Brief in ihren Händen und fragte schließlich ruhig: »Sie haben mir noch nie von ihr erzählt. Wer ist Regina Legrand?«

Zuerst dachte sie, er würde explodieren. Sein Gesicht wurde rot, seine Augen funkelten vor Wut, er bewegte die Lippen, als wollte er gleich anfangen zu schreien. Sie erwartete ein: Das geht Sie einen feuchten Scheißdreck an. Oder: Verschwinden Sie.

Aber dann schien ihn seine Kraft zu verlassen und er sackte im Sessel in sich zusammen. Der alte Mann schüttelte den Kopf, sagte aber kein Wort. Seine Zähne mahlten, sie konnte die Muskeln in seinem Kiefer zucken sehen.

Als sie schon dachte, keine Antwort mehr zu erhalten, presste er hervor: »Meine Tochter.«

*

Es war halb neun am Abend und Anika gähnte sich durch die Unterhaltung mit Marlene. Nach ihrem Streitgespräch war Anika nicht mehr zum Pokerspielen bei Herrn Büchner geblieben, stattdessen hatte sie auf dem Weg nach Hause ständig über seine Enthüllung nachgedacht. Irgendwann hatte Marlene angerufen, und weil sie sich aufgrund der vielen Spätschichten in letzter Zeit kaum gesehen hatten, hatte Anika einem Treffen zugesagt. Nun saßen sie in Marlenes Lieblingslokal, einer durchgestylten Cocktailbar, deren tätowierter Barkeeper sich genauso fehl am Platz zu fühlen schien wie Anika.

Wenigstens war der Wein nicht schlecht. Marlene saß ihr gegenüber, mit einem rosafarbenen Getränk auf dem Tisch, und erzählte ihr von den wichtigen Themen des Lebens: Männern.

»Mit Leon läuft es supergut«, sagte Marlene gerade.

»War das nicht der, der sich nach dem Sex zwei Wochen nicht gemeldet hat?«, fragte Anika und versuchte, ein erneutes Gähnen zu unterdrücken. Sie war seit über siebzehn Stunden wach, und ihr Wecker würde in genau siebeneinhalb Stunden klingeln. Lange konnte sie nicht mehr bleiben.

»Da musste er verarbeiten, wie nah wir uns gekommen sind. Seine Gefühle haben ihm Angst gemacht.«

»Das hat er gesagt?« Anika zog die Augenbrauen zusammen.

»Es läuft supergut«, wiederholte Marlene.

»Das freut mich.« Anika fuhr mit der Hand den Stiel ihres Weinglases entlang. »Heute war eine Sozialarbeiterin mit einem Karton voller Erinnerungen bei uns.« Die Sache ging ihr nicht aus dem Kopf. »Herr Büchner, einer meiner Patienten, hat offenbar eine Tochter.«

Als Marlene nicht reagierte, fügte sie hinzu: »Er hat nie von ihr gesprochen. Und es fiel ihm sichtlich schwer, mir überhaupt davon zu erzählen. Was wohl passiert ist?« Vielleicht war sie gestorben. Sonst hätte sie sich doch sicher gekümmert, kümmern müssen, als Herr Büchner ins Stift umgezogen war.

»Ach, was wird schon gewesen sein.« Marlene zuckte mit den Schultern.

»Vielleicht ist er deshalb manchmal so traurig.« Anika sah auf ihre Finger. »Er wirkt oft schlecht gelaunt, Vanessa stöhnt immer. Aber das ist nur ... seine Fassade. Dahinter ist er eigentlich ein netter Kerl.« Dessen war Anika sich sicher. Vielleicht sprach sie einfach »Büchnerisch«, im Gegensatz zu allen anderen. »Und der Tod eines Kindes, ja, das kann einen aus der Bahn werfen.«

»Apropos Kinder.« Marlene sah sie an. »In letzter Zeit überlege ich ja auch öfter mal, ob ich nicht doch welche will. Wenn das mit Leon weiter so gut läuft ...«

In diesem Augenblick öffnete sich die Eingangstür und ein Pärchen betrat den Raum.

Dummerweise waren gerade nicht viele Menschen in der Bar, und auf noch dümmere Weise saß Anika genau so, dass sie dem Blick des Mannes nicht ausweichen konnte.

»Hallo Holger«, sagte sie und nickte seiner blonden Begleitung mechanisch zu.

»Anika.« Sein Blick flog von ihr zu der Blonden an seiner Seite und zurück zu Anika. Dann blickte er Marlene an, den Barkeeper und floh schließlich ans andere Ende des Raums. Die Blondine folgte ihm verwirrt.

»Wart ihr nicht … war das nicht … was?«, fragte Marlene, als sie bemerkte, dass Anika versuchte sie vom Weiterreden abzuhalten.

»Er hat sich einfach nicht mehr gemeldet.« Anika zuckte mit den Schultern. Sie hatten sich über eine Dating-Plattform kennengelernt und sich wirklich gut verstanden. Hatten lange geschrieben und sich ein paar Wochen lang gedatet. Vor zwei Wochen hatte sie dann das letzte Mal etwas von ihm gehört. Seitdem hatte er auf ihre Nachrichten nicht mehr geantwortet. Ghosten nannte man das wohl.

Es war ja nicht so, als wären sie ganz offiziell und fest zusammen gewesen. Alles, was unter drei Monaten lag, zählte Anika noch in Wochen. Dennoch … es hätte etwas Schönes draus werden können.

»Ach, Liebes, das tut mir so leid!« Marlene drückte ihre Hand.

»Es ist nicht die erste Beziehung, die mein Schichtdienst zerstört hat«, sagte Anika schließlich. Sie war kein Morgenmensch, Frühschichten machten sie fertig. Aber immer nur Spät- oder sogar Nachtschichten waren zu schlecht für ihr Sozialleben. Während sie Frau Doll bettfertig machte, Frau Wiercziniak ihre Diabetesspritze gab, Herrn Büchner ein Wasser brachte oder die Pokerkarten wegnahm, gingen ihre jeweiligen Dates mit anderen Frauen aus.

Sie drehte sich um und erhaschte einen Blick darauf, wie die Blondine einen Arm auf Holgers Schulter legte.

»Also, Leon würde so etwas nicht machen«, proklamierte Marlene stolz. Dann fasste sie Anikas Hand. »Liebes, vielleicht musst du dir mal überlegen, was du falsch machst, dass dir so etwas immer wieder passiert.«

Der Barkeeper sah Anika fragend an. Sie stürzte den Rest ihres Weißweins hinunter und nickte. »Noch einen.«

2. Kapitel

Trotz der Kopfschmerzen, die aufgrund des gestrigen Abends und eines, vielleicht eher zwei Gläsern Wein zu viel hinter ihren Schläfen hämmerten, erschien Anika überpünktlich zur Arbeit, um ihrer Chefin keine weitere Angriffsfläche zu bieten.

Glücklicherweise blieb ihr eine Konfrontation mit der Haakhorn erspart, und sie konnte ihre frühmorgendliche Runde in Ruhe absolvieren und sogar noch einen Kaffee trinken. Den hatte sie heute auch nötig.

Bevor sie nach dem Frühstück Herrn Büchners Zimmer betrat, zögerte sie einen Augenblick.

»Wenn Sie die Winterkorn sind, können Sie gleich wieder gehen!«, schallte es ihr entgegen, als sie schließlich die Türklinke heruntergedrückt hatte. Beinahe hätte sie laut aufgelacht.

Mit der Nachtschwester Vanessa hatte der alte Büchner ebenfalls Probleme. Es war ein Mysterium, weshalb sie selbst sich mit ihm verstand, dachte Anika. Sie versuchte, ihre Erleichterung darüber zu verbergen, dass ihn das gestrige Erlebnis offenbar nicht allzu sehr mitgenommen hatte.

»Frau Winterkorn ist eine sehr geschätzte Kollegin«, begann sie und wartete nur darauf, dass er sie unterbrach.

»Hören Sie mir auf mit dem Sermon!« Und da ging das Gemecker auch schon los. »Holen Sie lieber die Karten raus.«

»Erst die Tabletten.« Sie hielt sein Pillendöschen in die Höhe.

»Die hat mir diese unselige Person schon aufgezwungen.«

Anika kniff die Augen zusammen. Eigentlich war das heute ihre Aufgabe, die Uhrzeiten waren festgelegt. Aber Herr Büchner wirkte nicht so, als würde er sie anlügen, denn wenn er das sonst tat, verschränkte er immer seine Finger, und die waren gerade nur damit beschäftigt, im Schreibtisch nach den Pokerchips zu suchen. Die Karten befanden sich wie üblich bei Anika, sein Blatt in der linken Kitteltasche, ihr Blatt rechts, übrig geblieben vom angefangenen Spiel vor drei Tagen. Seitdem sie ihn vor zwei Monaten beim Mogeln erwischt hatte, bestand sie darauf, die Karten mitzunehmen. Leider reichte die Zeit nur beim Nachtdienst, um spätabends, wenn die übrigen Bewohner fast alle schon schliefen, ein halbes Stündchen oder länger zu spielen. Wenn sie Frühschicht hatte, knapste Anika sich ein wenig Zeit nach Feierabend ab, bei Spätschichten kamen sie gar nicht zum Spielen.

Herr Büchner gab gern der Obersten Heeresleitung die

Schuld, dass die Zeit hinten und vorne nicht reichte, aber für den engen Zeitplan konnte Frau Haakhorn nichts. Die Pflegedienstleiterin versuchte auch nur, mit den ihr zur Verfügung stehenden Möglichkeiten ein Seniorenstift zu leiten. Und die ihr zur Verfügung stehenden Möglichkeiten waren einfach nicht die besten. Es fehlte hinten und vorne an Personal und an Geld, um die Patienten optimal zu betreuen, und erst recht an ein wenig Extrazeit, die man mit den Lieblingen unter den Bewohnern verbringen konnte. Aber das würden weder Frau Haakhorn noch Anika ändern können.

»Jetzt kümmern wir uns erst mal um Ihre Werte.« Anika griff nach dem Blutdruckmessgerät.

»Werte, Werte«, grummelte Herr Büchner. »Ich verreck hier doch eh. Auf ein paar Tage früher oder später kommt es da auch nicht an. Dann wird wenigstens ein Bett frei.«

»Frau Doll würde Sie sehr vermissen«, sagte Anika, während sie die Binde um seinen Arm festzog und absichtlich kein Wort über sich selbst verlor.

Jetzt stahl sich so etwas wie ein Lächeln auf sein Gesicht. »Sehen Sie, Anika, deshalb mag ich Sie. Sie haben Humor.« Er lachte schnaubend. »Ausgerechnet die Doll! Was für ein Pech ich auch immer habe.«

»Sie wird heute Nachmittag sicher noch bei Ihnen vorbeikommen.«

»Himmel hilf. Eine weitere Stunde Mau-Mau mit der Doll und ihrem Gequatsche, und Sie können mich zu den

Ausgetickten bringen.« Herr Büchner deutete nach oben, wo im zweiten Stock eine spezielle Station für die Demenzkranken eingerichtet war. »Die Frau ist noch dümmer als die Winterkorn, und das ist eine Leistung.«

Bevor Anika ihn für seine Worte rügen konnte, fuhr er fort: »Sie sind im Vergleich dazu der reinste Lichtstrahl. Natürlich, unter Blinden ist die Einäugige Königin, aber immerhin, Sie verstehen die grundlegenden Pokerregeln.«

Anika biss sich auf die Lippe. Einerseits sollte sie wirklich absolut keinen weiteren Tadel von der Haakhorn kassieren. Andererseits war der gestrige Nachmittag für Herrn Büchner sehr aufwühlend gewesen, auch wenn er heute wieder zu seiner üblichen Form auflief. Und wieder andererseits – Anika musste gestehen, dass sie viel zu neugierig war, was Regina Legrand betraf und hoffte, dass er während des Spiels ein wenig redseliger wurde.

»Ein Viertelstündchen«, sagte sie schließlich, griff nach den Karten in ihrer Kitteltasche und rückte sich einen Stuhl zurecht.

Es konnte losgehen.

Das Glück war auf ihrer Seite: Sie hatten schon Chips für fünf Euro, einen Kaffee vom Bäcker gegenüber (der dünne Kaffee, den die Bewohner angeboten bekamen, war untrinkbar, fand Herr Büchner) und einen Schokoriegel im Topf. Anika besah sich ihre Karten ein letztes Mal, aber nein, sie hatten sich nicht geändert. »Full house.« Grinsend breitete sie das Blatt aus.

»Gestern die Doll und heute Sie.« Herr Büchner kniff die Augen zusammen, als er seine Karten auf den Tisch warf. »Da geht was nicht mit rechten Dingen zu.«

Unschuldig zuckte Anika mit den Schultern. »Pech in der Liebe, Glück im Spiel.« Die Uhr am Fernseher zeigte ihr an, dass die Viertelstunde, die sie dem Spiel gegeben hatte, seit sieben Minuten vorbei war. Also sammelte sie die Karten wieder ein und erhob sich. Bevor sie sich jedoch verabschiedete, wanderte ihr Blick unwillkürlich zu dem Karton mit den Briefen und Bildern. Es sah nicht so aus, als hätte der alte Mann ihn angerührt. Der Brief zuoberst war immer noch ungeöffnet.

»Haben Sie …«, begann Anika, wurde jedoch durch Stimmen an der Tür unterbrochen.

Der Heimleiter Herr Mitritz, Frau Haakhorn und einer der Heimärzte betraten das Zimmer. Der Arzt musste eine Urlaubsvertretung sein, Anika kannte ihn nicht. Seine lange schlaksige Gestalt wirkte fast komisch neben dem kleinen dicken Mitritz, dessen unterste Hemdknöpfe über dem Hosenbund bald zu platzen drohten.

Sie versuchte, das Namensschild des Weißkittels zu lesen, aber seine Schrift war noch unleserlicher als die von Vanessa. Irgendwas mit M?

»Hoher Besuch.« Herr Büchner funkelte die Gruppe an, aber wenn Anika sich nicht täuschte, lag Unsicherheit in seinem Blick.

Es gab nicht viele Gründe, weshalb diese drei gemeinsam einen Zimmerbesuch machten. Hatte Herr Büchner nicht gesagt, dass der Arztbesuch gut verlaufen war? Oder halt nein, eigentlich war er überhaupt nicht auf ihre Frage eingegangen. Das war seine typische Art, unangenehmen Themen auszuweichen. Weshalb hatte sie nicht gleich geschaltet? Ihre Gedanken waren beim Rätsel um Regina Legrand gewesen, beantwortete sie sich die Frage sofort selbst.

Sie stellte sich neben Herrn Büchner und legte reflexartig eine Hand auf seine Schulter. Er grummelte leise, schüttelte sie aber nicht ab.

Der Heimleiter trat einen Schritt vor und verschränkte seine Hände vor dem Bauch. »Herr Büchner, es geht um die Untersuchungsergebnisse.«

Also doch.

Der Arzt blickte Anika stirnrunzelnd an, doch Herr Büchner sagte schnell: »Sie bleibt hier.«

»Ihr Hausarzt hat ja schon mit Ihnen gesprochen«, erklärte der Mediziner umständlich. »Der Krebs ist leider so weit fortgeschritten, dass …«

»Krebs?« Anika biss sich auf die Zunge. Sie hatte nicht unterbrechen wollen, aber weshalb erfuhr sie das erst jetzt?

Der Arzt redete weiter, als hätte sie nichts gesagt: »… dass wir schnellstmöglich eine Chemotherapie beginnen wollen. Die palliative Wirkung …«

Nun wurde er von Herrn Büchner unterbrochen. »Ich geh ganz sicher nicht in ein Krankenhaus.« Der alte Mann wurde unruhig.

»Die palliative Wirkung«, fuhr der Arzt gereizt fort, ohne auf den Einwand einzugehen, »ist darauf ausgerichtet, den Verlauf der Erkrankung im Weiteren zu verlangsamen und die Symptome zu reduzieren.«

»In die Diakonieklinik kriegen Sie mich nicht«, wiederholte Herr Büchner. »Das Heim ist schlimm genug. Da können Sie mir gleich hier die Todesspritze in den Hintern jagen.«

Erneut wurde sein Einwand ignoriert. »Vor allem Schmerzlinderung und die Erhaltung der Lebensqualität stehen im Fokus der …«

»Erhaltung von Lebensqualität?«, fragte Herr Büchner ungläubig. Er schien wütend zu werden. Er zog seine Augenbrauen zusammen, als er den Arzt anfuhr: »Mit der vollgeschissenen Windel an eine Krankenhausdecke starren ist doch kein Leben und schon gar keines mit Qualität. Dass ich nicht lache!«

»Die Behandlung muss nicht in einer Klinik stattfinden. Wir können Ihnen auch ambulante Möglichkeiten hier im Heim bieten, allerdings wird der Transport zur Chemo mit der Zeit anstrengend für …« Erneut wurde er unterbrochen.

»Hab ich richtig gehört? Den Verlauf verlangsamen?« Der alte Mann schnaubte. »Wenn ich ins Gras beißen muss, dann wenigstens kurz und schmerzlos.«

Herr Mitritz, dessen Gesicht mittlerweile stark gerötet war, tupfte sich mit einem Stofftaschentuch den Schweiß von der Stirnglatze. »Und genau darum, um Ihre Schmerzfreiheit, geht es Herrn Dr. Brunner mit seinem Vorschlag«, sagte er.

Der Arzt unterstützte ihn salbungsvoll: »Manchmal sind Patienten schlecht informiert, Herr Büchner. Wir wollen nur Ihr Bestes. Die Palliativmedizin kann ...«

»Die Palliativmedizin kann mich am Arsch«, explodierte der alte Mann in diesem Moment. »Und Sie ebenfalls alle miteinander!«

Dr. Brunner und Herr Mitritz, die beide etwas hatten sagen wollen, sowie die Haakhorn, die ungeduldig mit ihrem Fuß auf den Boden tippte, hielten abrupt inne. Alle starrten ihn an.

»Was Herr Büchner damit sagen möchte«, unterbrach Anika die entstandene Stille und drückte kurz seine Schulter, »ist, dass er gern selbst entscheiden möchte, wie er mit seiner Krankheit umgeht.«

Jetzt starrten alle sie an. Dr. Brunner kniff die Augen zusammen und betrachtete ihr Namensschild. »Und Sie sind?«, fragte er.

»Anika Wendler, ich bin ...«

»Ärztin? Expertin?«

»Ich bin eine der Pflegerinnen hier.«

»Dann halten Sie doch bitte einfach den Mund. Natürlich soll Herr Büchner selbst entscheiden, aber es sollte doch eine Entscheidung sein, die er vollumfänglich informiert trifft, meinen Sie nicht auch? Und da lassen Sie am besten uns Fachleute die Ratschläge geben.«

Anika spürte, wie ihr die Röte ins Gesicht schoss. Die Hand, die nicht auf Herrn Büchners Schulter lag, krallte sich in ihren Kittel.

»Wie gesagt«, mischte Herr Mitritz sich nun wieder ein. »Wir haben hier im Heim die Möglichkeit einer Hospizbegleitung. Das Leben würde für Sie so weitergehen wie bisher, nur dass Sie …«

»Dann darf ich mir, während ich mir durch die Chemo die Seele aus dem Leib reihere, auch noch irgendwelche netten Geschichten von Engeln anhören? Die mich mitnehmen werden ins Reich der lieben Verstorbenen, und …«, der alte Büchner unterbrach sich. »Ach, lassen Sie mich doch in Ruhe mit Ihrem Scheiß!«

»Ich glaube, Ihnen ist nicht so ganz bewusst, was es heißt, eine Krebskrankheit in diesem Stadium komplett unbehandelt zu lassen«, warf Herr Mitritz erneut ein. »Jetzt seien Sie doch nicht so stur!«

Nun ließ Herr Büchner eine ganze Reihe Flüche vom Stapel. »Chemotherapie, ich glaube, Ihnen ist nicht ganz bewusst, welche Nebenwirkungen das hat?«, herrschte er dann den Stiftsleiter an.

»Wir wollen doch alle hier das Beste für Sie«, versuchte die Haakhorn einzugreifen. Ausgerechnet die OHL, durchfuhr es Anika, der nahm Herr Büchner die Sache mit seinem Scotch immer noch übel, da würde er gleich auf die Barrikaden gehen.

»Wir können auch ohne Chemo im Klinikum palliativ versuchen …«, begann Dr. Brunner erneut.

»Wenn ich noch einmal das Wort ›palliativ‹ höre, können Sie was erleben! Und ›das Beste für mich‹ ist es ganz sicher nicht, als sabbernder Greis im Morphiumwahn zu verrecken«, empörte sich Herr Büchner. Er saß mittlerweile aufrecht in seinem Sessel, die linke Hand verkrampfte sich um die Lehne. »Und jetzt raus hier. Alle!« Mit dem ausgetreckten Zeigefinger der rechten Hand deutete er auf die Tür.

»Herr Büchner …«

»Raus, habe ich gesagt!«, brüllte er.

Anika war immer noch völlig benommen, als sie das Zimmer verließ.

Krebs. Offenbar im Endstadium, wenn sie das Gespräch richtig gedeutet hatte. Chemotherapie, palliativ und Hospizbegleitung. Es ging nur noch darum, Hermann Büchner seine restliche Lebenszeit erträglich zu gestalten. Lang würde diese Lebenszeit nicht mehr ausfallen. Mit einem Ruck zog Frau Haakhorn die Tür hinter sich zu, nachdem auch der Heimleiter und Dr. Brunner auf den Flur getreten waren, und Anika schreckte zusammen.

»Wie lange ungefähr, glauben Sie, hat Herr Büchner noch?«, fragte sie den Arzt.

»Ein paar Monate, höchstens ein halbes Jahr.« Unbeteiligt und professionell zuckte er mit den Schultern. Anika schluckte und versuchte ebenso unbeteiligt zu tun wie er. Predigte die Haakhorn nicht immer, dass man den Job nicht zu sehr an sich heranlassen sollte? Es klappte nicht. Anika fuhr sich mit der Hand durch die Haare. Wahrscheinlich war das Pokerspielen schuld, dass ihr diese Nachricht so naheging.

»Vielen Dank«, wandte sich nun Herr Mitritz an den Arzt. Umständlich zog er wieder sein Stofftaschentuch hervor, erneut glänzten Schweißtropfen auf seiner Stirnglatze. »Wir werden die Sache klären. Aber es ist gar keine Frage, dass Herr Büchner der Chemotherapie zustimmen wird. Unter den gegebenen Umständen ist das die einzig richtige Therapie.«

Frau Haakhorn sah Anika mit zusammengekniffenen Lippen an. Dann sagte sie: »Am besten sprechen Sie noch einmal mit ihm. Er muss doch einsehen, dass es ohne professionelle Behandlung nicht geht. Krebs, Frau Wendler, wir wissen alle, was das heißt.«

Anika dachte an die verstorbenen Patientinnen und Patienten, die sie kennengelernt hatte. An Studienrat Schulte aus Herrn Büchners Nachbarzimmer, der zuletzt nur noch in einer Art Dämmerschlaf dahinvegetiert war.

»Die Palliativmedizin kann ihm sicher noch einige gute Monate bescheren. Auch schmerzfreie Tage. Auf Sie wird er am ehesten hören.«

Anika nickte mechanisch. Sie dachte an ihren Opa, dessentwegen sie … Schnell konzentrierte sie sich wieder auf ihre Chefin, atmete einmal tief durch und versuchte, ihre Hände zu entkrampfen.

»Ich werde später noch einmal bei ihm vorbeischauen«, versprach sie der Haakhorn. Du arbeitest in einem Seniorenheim, wies sie sich zurecht. Das ist nicht der erste Patient, den du sterben sehen wirst, und weiß Gott nicht der letzte.

*

Am Nachmittag, kurz vor Schichtende, klopfte Anika erneut an Herrn Büchners Zimmertür. Das Bild, das sich ihr bot, als sie den Raum betrat, war das genaue Gegenteil von dem am frühen Morgen: Herr Büchner hatte den Karton seitlich aufgerissen, sämtliche Bilder herausgeholt und auf Tisch, Fensterbank und Nachtschrank verteilt. Die Briefe waren geöffnet und anscheinend gelesen worden. Er selbst saß in seinem Sessel, die Leselupe vor den Augen, einen Briefumschlag in Händen.

»Zweiundsechzig, Rue Berzélius, 75017 Paris«, las er vor. Anika trat zu ihm an seinen Sessel. Er ließ Lupe und Brief sinken und sah sie an. »Ich werde sterben.« Der alte Mann verzog seinen Mund zu etwas, das wohl ein Lächeln sein sollte, aber leicht verzerrt geriet.

Anika nickte. »Darüber wollte ich mit Ihnen sprechen. Werden Sie noch einmal in Ruhe mit Herrn Dr. Brunner reden?«, fragte sie.

Unwirsch schnalzte er mit der Zunge. »Ich dachte, das hätten wir geklärt.« Dann warf er ihr den Brief zu. »Regina. Sie hatten es ja wissen wollen. Sie lebt in Paris.«

»Ihre Tochter ist …« Anika unterbrach sich. Es hatte keine Verwandten gegeben, damals, als Herr Büchner zu ihnen gekommen war, das hatte die Sozialarbeiterin gestern bestätigt. Deshalb hatte Anika am gestrigen Abend den Schluss gezogen, dass Regina gestorben war. Und Herr Büchner die Briefe und Bilder nicht ansehen wollte, weil es ihm zu naheging. »Sie lebt?«, beendete sie dann ihren Satz.

»Wir haben eine etwas komplizierte Beziehung.« Er presste für einen Moment die Lippen aufeinander. »Ihre Mutter hat mich damals nicht als Vater angegeben«, fügte er unwillig hinzu.

Anika zog sich einen Stuhl heran, um sich neben ihn zu setzen.

»Trinkt man in Frankreich Scotch?« Er legte seine Stirn in Falten. »Bier kennen die auch nicht.« Kopfschüttelnd seufzte er. »Kommen Sie mit?«, fragte er dann unvermittelt.

Als Anika ihn verständnislos anblinzelte, fügte er hinzu: »Nach Paris. Alleine schaffe ich das nicht. Ich werde sterben, das hat mir der Herr Doktor ja deutlich unter die Nase gerieben. Aber ob das in einem halben Jahr hier mit siebzehn Schläuchen im Körper passiert oder in sechs Wochen in Paris, das wird ja wohl noch meine Entscheidung sein dürfen.«

»Sie wollen nach Paris?«

»Dass ich sterbe, sagte ich bereits, ja?«, antwortete Herr Büchner gereizt.

Anika verstand nicht ganz. »Und ich soll mitfahren?«

Er öffnete seinen Mund und schloss ihn wieder. Schließlich sagte er: »Sehe ich aus, als würde ich die Reise allein bewerkstelligen können?«

Damit hatte er recht. Der alte Mann tat gern, als sei er noch jung und fit, als gehöre er eigentlich nicht ins Stift, als könne er noch gut allein wohnen. Meist ließ Anika ihm seine Illusion.

Sie schüttelte leicht ihren Kopf, sie musste sich sortieren.

»Wann haben Sie von Ihrer Tochter erfahren?«, fragte sie schließlich. »Die Mutter, Ihre Freundin, hatte sie Ihnen verheimlicht?«

Herr Büchner blickte aus dem Fenster. »Zunächst. Aber dann … ich wollte nichts davon wissen.«

»Nichts von Ihrer Tochter wissen?« Ungläubig starrte Anika ihn an. Wie viele Briefe waren dort in dem Karton? Zwanzig? Dreißig? Auch Fotos hatte Regina geschickt, und er hatte alles ignoriert?

Er schüttelte den Kopf. »Nichts vom Thema Familie. Ich bin kein Vater. Ich bin nicht für Kinder gemacht.«

»Aber Regina hat von Ihnen wissen wollen! Sie hat Ihnen Briefe geschrieben!« Die er nicht einmal geöffnet hatte. Die er achtlos weggeworfen und seine Tochter ignoriert hatte.

»Ich dachte, es sei das Beste für alle Beteiligten, wenn wir keinen Kontakt haben.«

Anikas Magen krampfte sich zusammen. Seine Tochter hatte den Kontakt zu ihm gesucht, und es hatte ihn nicht im Geringsten gekümmert. Und nun saß er hier und erklärte ihr, dass er sich nicht als Vater gesehen hatte. Anika versuchte, die Gedanken an ihren eigenen Vater wegzuschieben, der keine Chance bekommen hatte, seine Vaterrolle auszufüllen, weil er viel zu früh gestorben war.

Ungelenk zuckte Herr Büchner mit den Schultern. »Ich will mich entschuldigen«, sagte er leise.

»Denken Sie, damit ist es getan?« Anika konnte es nicht glauben, ihm nicht glauben. Wie er dort hockte, selbstgefällig und erst in dem Moment einen Gedanken an seine Tochter verschwendete, als ihm klar wurde, dass er nicht mehr lange zu leben hatte. Plötzlich hielt sie es nicht mehr aus in seinem Zimmer.

Abrupt stand sie auf. Erst in der Tür drehte sie sich noch einmal um. »Lassen Sie sich auf die Chemotherapie ein, Herr Büchner, das ist das Beste.«

*

Was dachte sich der Büchner eigentlich? Dass sie ihren Job riskieren – ach was, riskieren, hinschmeißen! – würde, um einem abtrünnigen Nichtsnutz von Vater noch eine letzte Reise zu ermöglichen? Weshalb überhaupt? Zur Versöhnung, oder was? Sie schnaubte, als sie ihren Kittel mit Schwung in den Wäschekorb pfefferte. Hätte er sich mal zu Lebzeiten gekümmert!

Urlaub würde sie so spontan sowieso niemals bekommen, die Haakhorn würde ihr was husten. Und weshalb beschäftigte sie sich überhaupt noch eine weitere Sekunde mit diesem absurden Gedanken? Nein! Hermann Büchner würde sich in die fachkundigen Hände eines Onkologen begeben, man würde ihn behandeln und alles so erträglich wie möglich für ihn gestalten. Die Erinnerung an Studienrat Schulte schob sie entschlossen beiseite.

Mit einem Ruck zog Anika den Reißverschluss ihrer Jeans nach oben und schlüpfte in ihr T-Shirt.

Er hatte sich nicht um seine Tochter gekümmert, obwohl sie den Kontakt zu ihm gesucht hatte. Was für ein gemeiner, herzloser alter Mann. Gut, dass Dienstschluss war,

Anika brauchte jetzt eine eiskalte Cola und am besten etwas Süßes.

Im Korridor waren der Stiftsleiter Mitritz und die Haakhorn tief in eine Diskussion verwickelt. Gerade als sie sich in den Frühstücksraum schleichen wollte, um vielleicht den Hinterausgang zu nehmen, blickte die Pflegedienstleiterin zu ihr herüber. »Über Sie sprechen wir gerade«, rief sie und machte eine Handbewegung, die Anika wohl bedeuten sollte, zu ihnen zu treten.

»Frau Wendler, richtig?« Herr Mitritz blinzelte sie hinter seiner Brille kurzsichtig an. Seine Wangen waren noch eine Spur dunkler gerötet als üblich, der Hals mit hektischen Flecken bedeckt, und sein beträchtlicher Bauch hob und senkte sich, als er aufgeregt weitersprach: »Es ist wegen heute Nachmittag. So geht das nicht. Wir verstehen ja, dass Sie Herrn Büchner mögen«,– beinahe hätte Anika protestiert –, »und jeder Patient ist berechtigt, dumme Entscheidungen zu treffen. Aber müssen Sie ihn darin auch noch unterstüt…« Er brach ab und fuhr sich durch die wenigen noch verbliebenen Haare an den Seiten. »Entschuldigen Sie«, sagte er und zückte sein Taschentuch. »Es war ein langer Tag.«

Die Schweißperlen auf seiner Stirn sprachen Bände.

»Es tut mir leid.« Anika wandte die gleiche Strategie wie bei der Haakhorn an. »Ich habe aus einem Reflex gehandelt. Herr Büchner hat die Chemo nicht gewollt und …«

Da sie automatisch auf Seiten ihrer Schützlinge stand, hatte sie keine Sekunde nachgedacht. Anika steckte ihre Hände in die Hosentaschen, wo sie sich wie von selbst zu Fäusten ballten. »Aber ich habe mit Herrn Büchner geredet und ihm die Behandlung nahegelegt.«

»Wirklich?« Mitritz blinzelte erfreut. Dann nahm er seine Brille ab, putzte sie umständlich an seiner Krawatte und setzte sie wieder auf. »Gut. Das ist … ja, das ist wirklich ganz wunderbar.«

»Es ist das Beste für alle Beteiligten«, wiederholte Anika mechanisch Herrn Büchners Worte aus einem anderen Kontext.

»Sehen Sie, wir möchten doch alle nicht, dass er in den nächsten Wochen und Monaten leidet«, pflichtete die Haakhorn ihr bei. »Und Sie haben ja selbst gesehen, wie reibungslos alles bei Studienrat Schulte geklappt hat.« Anika nickte und verabschiedete sich dann endlich in den Feierabend, bevor sie noch etwas Falsches sagte. Aus ihrer Sicht hatte bei Studienrat Schulte absolut nicht »alles reibungslos geklappt«, außer man verstand unter »reibungslos«, dass die wochenlangen starken Schmerzen irgendwann in ein Dahinvegetieren im Dämmerschlaf übergegangen waren. Er war zuletzt einfach zu weggetreten gewesen, um überhaupt noch irgendetwas wahrzunehmen.

*

Immer noch aufgewühlt saß Anika abends vor dem Fernseher und versuchte sich auf die Sendung zu konzentrieren. Aber auch wenn die Handlung wirklich nicht kompliziert war, so drifteten ihre Gedanken immer wieder ab. Die Arbeit, ihr Vater … Zur Ablenkung holte sie ihr Smartphone heraus, aber das half auch nicht weiter. Holger hatte sein Profil bei WhatsApp geändert, es zeigte nun ein Pärchenfoto mit der Blondine, mit der Anika ihn am Vorabend in der Bar getroffen hatte. Einen Moment lang war sie versucht, ihm eine wütende Nachricht zu schicken. Dann löschte sie stattdessen den Kontakt.

Als ihr Telefon plötzlich vibrierte, zuckte sie unwillkürlich zusammen. Nach einem Blick aufs Display setzte Anika ein künstliches Lächeln auf, stählte sich innerlich, tippte auf den grünen Hörer und sagte mit so viel Fröhlichkeit, wie sie aufbringen konnte: »Hallo Mama.«

»Was für eine Laus ist dir denn über die Leber gelaufen?«

Offenbar war es nicht genug Fröhlichkeit gewesen. Anika rieb sich die Stirn. »Ich hatte nur einen harten Arbeitstag, Herr Büchner auf meiner Station, ich habe von ihm schon …«

»Jaja«, unterbrach ihre Mutter. »Wie geht es dir sonst?«

Interessiert sich eigentlich irgendjemand in meinem Umfeld für meine Arbeit?, schoss es Anika durch den Kopf. Oder waren ihre Erzählungen wirklich so völlig langweilig? Sie hörte sich schließlich auch Mamas Alltagsgeschichten an. Deprimierend, das war wohl das Wort, das sie suchte. Ihre Geschichten von der Arbeit deprimierten die Menschen.

»Ich hab nur an Papa denken müssen«, versuchte Anika es erneut.

»Ach.«

»Wie war er denn so? Als Vater, meine ich.«

Ihre Mutter sprach nicht gern darüber, das wusste Anika. Auch jetzt antwortete sie nur: »Du hast doch die Fotos.«

»Ja, aber …«

»Ich hab jetzt keine Lust, in alten Erinnerungen zu wühlen«, schnappte ihre Mutter und legte dann nach: »Warst du endlich beim Friseur? Und lässt du dir deine schrecklichen Stirnfransen rauswachsen?«

»Nein, Mama, mir gefällt mein Pony sehr gut.« Anika atmete einmal tief ein und fragte sich, ob es lohnte, erneut von Papa anzufangen. »Ich habe ein neues Fitnessstudio gefunden«, sagte sie schließlich stattdessen.

»Na endlich, deine Oberschenkel haben es wirklich nötig. Und apropos: Was macht denn dein neuer Freund?«, fragte ihre Mutter.

»Holger? Den habe ich gestern mit einer anderen gesehen.«

»Er ist also auch schon wieder abgehauen?« Ihre Mutter schnalzte mit der Zunge. »Kind, du könntest dir wirklich etwas mehr Mühe geben!«

»Er hat sich nicht mehr gemeldet.«

»Und weshalb? Weil du dir keine Mühe gibst.«

Anika rieb sich die Stirn. Über die Gemeinheiten ihrer Mutter regte sie sich schon lange nicht mehr auf. Alte Menschen werden wunderlich, sagte sie sich immer vor, das kannte sie zur Genüge aus dem Job. Nur dass ihre Mutter noch keine sechzig war und außerdem eben ihre Mutter. Anika seufzte. Sie sollte sich nicht auf eine Diskussion einlassen.

»Wenn du einen Mann halten willst, musst du …«

»Ich selbst sein«, fiel Anika ihr ins Wort.

»Du besser nicht«, giftete ihre Mutter. »Dir könnte es nicht schaden, etwas mehr wie Marlene zu sein oder wie Cora.«

Die Antwort, die ihr auf der Zunge lag, schluckte Anika hinunter. Schließlich sagte sie nur: »Ich muss Schluss machen, Mama, ich hab noch einiges zu tun.«

Die nächsten Worte ihrer Mutter, die mit Sicherheit etwas wie »Sei nicht immer so empfindlich« beinhalteten, hörte sie nicht mehr.

Sie legte ihr Smartphone auf den Couchtisch und starrte es an. Wenn ihre Mutter jetzt Krebs bekommen würde, unheilbar erkranken, was würde sie tun? Wahrscheinlich würde Mama erwarten, dass sie noch giftiger werden konnte, ohne dass Anika sich wehren durfte, dachte sie bitter. Und natürlich würde sie erwarten, dass Anika sie bedingungslos pflegte, schließlich war sie dafür ausgebildet.

1.000 Kilometer fahren, um sich bei ihrer Tochter zu entschuldigen für die Versäumnisse ihres Lebens, nein, das wäre eher nicht Sabine Wendlers Stil. Herr Büchner hingegen – er hatte seine Fehler. Hatte viele Fehler gemacht, das konnte man nicht bestreiten. Aber er schien sein Verhalten zu bereuen.

Anika dachte nach.

*

Palliativmedizin. Krankenhaus. Hermann stapfte durch den Flur. Wenn ihn jetzt eine der Pflegerinnen – oder Gott bewahre die OHL – aufhalten wollte, würde es eine Szene geben. Die Eingangstür öffnete sich, hinter sich konnte er Frau Dolls Rollator quietschen hören. Der Teufel wusste, was die Alte um diese Uhrzeit auf dem Flur tat, normalerweise schlief sie spätestens um neun.

Die Doll sagte jedoch kein Wort, als er das Stift verließ. Zum Glück. Er brauchte seinen Scotch, und zwar dringend.

Die wollten ihn zum Sterben wegbringen. Abschieben. Ruhigstellen.

Ein junger Mann, der ihm kurz hinter dem Stiftseingang entgegenkam, drehte sich verwundert zu ihm um. Hatte er das laut gesagt? Führte er jetzt auch noch Selbstgespräche? Dieses verdammte Altenheim bekam ihm nicht. Irgendwann würde er noch so werden wie die Doll: immer fröhlich, immer am Quatschen.

Das grelle Blau-Gelb des Werbeschilds strahlte ihm entgegen. Er überquerte den Parkplatz und betrat den Supermarkt. Für einen Moment musste er die Augen zusammenkneifen, so hell war es im Inneren des Ladens im Vergleich zur kaum beleuchteten Straße.

Es war wenig los, die Bäckertheke hatte längst geschlossen, vor dem Getränkelager stand eine Gruppe Jugendlicher unschlüssig herum. Hermann bezweifelte, dass sie schon sechzehn waren.

Der Scotch befand sich direkt vor der Kasse in einem abgeschlossenen Regal, weshalb er erst einen Mitarbeiter finden musste, der ihm behilflich war. Auch nicht besser als im Heim, dachte er, als er die Flasche aufs Fließband knallte. »Geben Sie mir noch eine Packung Marlboro dazu«, forderte er die Kassiererin auf. Rauchen kann tödlich sein. Er lachte freudlos auf. Dafür war es lang zu spät.

Draußen vor dem Edeka schraubte er als Erstes die Flasche auf und nahm einen kräftigen Schluck. Eine Gruppe junger Männer, dem Aussehen nach Südeuropäer, kam die Straße entlang. Einer hatte lässig eine Zigarette im Mundwinkel hängen.

Sie sahen ihn an.

Ungehalten versuchte Hermann, die Flasche Scotch in der einen Hand, mit der anderen die Packung Marlboro zu öffnen. Dieser Plastikscheiß, den sie immer überall drumherumwickeln mussten. Er nestelte, aber seine Finger bekamen das richtige Ende nicht zu fassen, und die Zigarettenschachtel rutschte ihm aus den Händen und auf den Boden.

Einer der Jungen kam näher. »Alles klar, Amca?« Er nuschelte, wahrscheinlich, weil ihm immer noch seine Zigarette im Mundwinkel hing.

»Jaja, lass mich in Ruhe«, antwortete Hermann automatisch.

Der Junge grinste, als er sich nach der Schachtel Marlboro bückte. Mit zwei Handbewegungen hatte er die Schachtel geöffnet und eine Zigarette herausgeholt. Er hob die Augenbrauen und hielt sie Hermann hin.

Hermann funkelte ihn an, und der Junge lachte. Dann ließ er ein silbernes Feuerzeug aufschnappen.

»Schönen Abend noch«, wünschte er schließlich, einer seiner Freunde tippte sich an die Baseballmütze.

Die kühle Abendluft fühlte sich gut an. Hermann nahm einen tiefen Zug aus der Marlboro, hustete und sah in den Himmel. Dann blickte er den jungen Männern hinterher, wie sie die Straße hinunterschlenderten.

Langsam setzte er sich in Bewegung. Die Zigarette hängte er dabei in seinen Mundwinkel.

Wohin wollte er? Zurück auf sein Zimmer? Vielleicht sollte er einfach weitergehen. Vorbei am Stift, vorbei an den nächsten Straßenkreuzungen, weiter und weiter, bis er irgendwann in Paris war. Er nahm die Zigarette mit zwei Fingern aus dem Mundwinkel und betrachtete sie. Es nutzte ja nichts. Vermutlich würde er nicht einmal bis zum Bahnhof kommen.

Als ein Auto direkt neben ihn auf den Bürgersteig fuhr, fiel ihm vor Schreck die Zigarette aus der Hand.

»Herr Büchner!« Anika kurbelte die Fensterscheibe des roten Corsas herunter. Kurbelte. Was für ein uraltes Auto das Mädchen besaß. »Wollen Sie immer noch nach Paris?«

Er kniff die Augen zusammen.

»Sie wollen sich mit Ihrer Tochter versöhnen, richtig?«, fragte Anika nun etwas leiser. »Sie haben viel falsch gemacht. In Ihrem Umgang mit ihr. Durch Ihre Abwesenheit.« Sie schien mehr mit sich selbst zu sprechen als mit ihm. »Aber heute tut es Ihnen leid.« Jetzt sah sie ihn direkt an.

»Sie …« Er versuchte, nicht weiter darüber nachzudenken. Über Regina nachzudenken, vermied er schon seit Jahrzehnten. »Ich …«, begann er erneut. Dann nickte er.

Anika wirkte ernst, fast formell, wie sie ihm fest in die Augen blickte. »Morgen früh, fünf Uhr. Unbedingt eine Stunde vor der Frühschicht. Wir treffen uns am Hinterausgang, auf dem Parkplatz. Packen Sie alles Nötige zusammen. Schaffen Sie das?«

Sie hatte tatsächlich zugestimmt. Das Mädchen hatte seine spontane Idee aufgegriffen und tatsächlich Ja gesagt, sie würde ihn nach Paris bringen.

Mit einem Mal war Hermann nicht mehr sicher, ob die ganze Sache eine gute Idee gewesen war.

»Schaffen Sie das?«, fragte Anika noch einmal mit Nachdruck.

Erneut nickte er, diesmal wie automatisch. Schaffen, schaffen, natürlich schaffte er das, er war doch kein Idiot.

Und schon kurbelte Anika das Fenster wieder hoch und fuhr schwungvoll von ihrem illegalen Bürgersteig-Parkplatz auf die Straße.

Hermann sah ihren roten Rücklichtern hinterher und setzte die Flasche Scotch an die Lippen. Den hatte er jetzt noch nötiger als vor einer halben Stunde.

3. Kapitel

Es war noch dunkel, als Anikas Wecker klingelte. Am Abend hatte sie noch schnell Kleidung in eine Reisetasche gestopft, nun warf sie zwei Paar Schuhe in eine Plastiktüte, putzte sich die Zähne und packte ihren Kulturbeutel.

Vermutlich hatte sie einige Dinge vergessen, nicht zuletzt die Tatsache, dass sie eigentlich noch einen Job hatte, den sie in anderthalb Stunden beginnen sollte. Anika biss sich auf die Unterlippe. Während sie die Reisetasche schulterte und die Treppe hinunterging, überlegte sie, Vanessa eine Nachricht zu schicken. Später, wenn sie mit Herrn Büchner schon unterwegs war, damit die Kolleginnen sich um Ersatz für ihre nächsten Schichten kümmern konnten. Die Bewohner mussten ja nicht unter ihrer spontanen Entscheidung leiden.

Im Auto atmete sie noch einmal tief durch. Bei dem Gedanken daran, was sie vorhatte, wurde ihr schwindelig: Sie half einem ihrer Patienten bei der Flucht aus dem Altersheim und riskierte damit ihren eigenen Job. Ach was, riskierte, im Grunde schmiss sie ihn hin. Es gab keine Chance, dass die Haakhorn ihr diese Aktion verzieh. Mit Sicherheit würde sie die Verfehlung auch in Anikas Zeugnis übernehmen. Es blieb also nur noch die Frage, ob sie damit jemals in einem anderen Seniorenheim würde Fuß fassen können.

Bevor der Mut sie verließ und sie die ganze Aktion abblies, startete Anika den Motor. Sie hatte Hermann Büchner ein Versprechen gegeben. Und sie wollte ihm die Möglichkeit geben, sich vor seinem Tod mit seiner Tochter zu versöhnen.

Entschlossen drückte sie aufs Gaspedal.

*

Hermann schlich zur Tür und legte ein Ohr daran. Alles war still, kein Laut zu hören. Die Luft war rein sozusagen. Er schlich zurück ins Zimmer und griff nach dem kleinen Koffer, in dem sich Kleidung zum Wechseln, hauptsächlich aber seine verdammten Medikamente und die Flasche mit dem restlichen Scotch befanden. Viel war es nicht mehr, aber er konnte sich ja neuen kaufen. Wer wollte ihn hindern?

Er lauschte erneut, verfluchte sein Hörvermögen, dem er nun doch nicht hundertprozentig trauen wollte, und öffnete die Tür einen Spaltbreit.

Glück gehabt.

Als er an Frau Dolls Zimmer vorbeikam, erschreckte ihn ihr lautes Schnarchen so sehr, dass er beinahe den Koffer fallen gelassen hätte. Ihre Tür stand ebenfalls einen Spalt offen, wieso schloss sie die in der Nacht nicht?

Kopfschüttelnd wollte er weiter den Flur entlanggehen, als er plötzlich Stimmen hörte. Stimmen begleitet von Schritten.

Hektisch blickte er sich um, aber welche Fluchtmöglichkeit blieb ihm? Zurück in sein Zimmer schaffte er es nicht mehr rechtzeitig. Wenn man ihn hier entdeckte, den Koffer in der Hand … Die Schritte näherten sich.

»… der Dienstplan für die nächste Woche …«, konnte er das herrische Gekeife der Obersten Heeresleitung hören.

Wie versteinert blieb er mitten im Flur stehen.

»… wir müssen uns auch noch mit Herrn Mitritz besprechen.« Die Personen würden jeden Moment um die Ecke biegen. Jeden Moment würde die Haakhorn ihn sehen. Weshalb überhaupt hatte die schon wieder Dienst?

»Pssst.« Ein lilafarbener Ärmel schob sich aus der Zimmertür der Doll, der Spalt vergrößerte sich.

»Das Diakonie-Klinikum wird sicher einverstanden sein, wenn wir …«

Frau Doll zog ihn in ihr Zimmer, und erst jetzt fiel Hermann auf, dass ihr Schnarchen längst aufgehört hatte. Die Tür schnappte hinter ihm zu, die Haakhorn marschierte mit einer der Nachtschwestern draußen vorbei.

»Was …?« Verwirrt drehte Hermann sich zu Frau Doll. Oder zumindest in die Richtung, in der er sie vermutete, denn es war stockfinster.

Die alte Frau kicherte. »Abhauen wollen Sie, ja?«

Als Hermann stumm blieb, fuhr sie fort: »Ach, Sie machen es ja richtig. Wenn ich nicht meine Enkelchen alle hier hätte, würde ich glatt mit Ihnen mitfahren.«

Himmel hilf, dachte Hermann und fasste den Griff seines Koffers fester.

»Ich glaub, Sie können jetzt«, sagte die Doll nun.

Hermann lauschte. Die Stimmen auf dem Flur waren verklungen.

Ein Arm tastete sich an ihm vorbei, dann wurde die Tür wieder einen Spalt geöffnet. Tatsächlich, weit und breit war nichts mehr zu hören, die Gefahr gebannt.

Hermann zögerte einen Augenblick, schließlich sagte er, bevor er die Tür öffnete und das Zimmer verließ: »Ich schreib Ihnen eine Karte.«

Anikas roter Corsa parkte schon vor der Tür. Das Mädchen selbst stand neben ihrem Auto und blickte sich nervös um. Als sie Hermann sah, lief sie ihm entgegen, um ihm seinen Koffer abzunehmen.

»Lassen Sie mich.« Er schaute sie böse an. »Ich bin doch kein Greis.« Bis zum Auto waren es höchstens zwanzig Meter, er hatte den Koffer auch durch den Flur im Stift getragen, er würde doch jetzt nicht schlappmachen. »Na, dann nehmen Sie ihn halt«, keuchte er nach weiteren fünf Metern. Wenn sie so insistierte …

Anika verstaute den Koffer im Kofferraum und half Hermann auf den Beifahrersitz. Er widerstand dem Drang, ihr auf die Finger zu klopfen.

Ständig blickte sie nach hinten und zur Seite. »Hören Sie schon auf, sich wie ein aufgeschrecktes Erdmännchen zu benehmen«, schalt er sie.

»Aber wenn …«

»Jaja, wir sind zwei erwachsene Menschen.« Die Schnalle seines Gurts rastete ein, und er legte zufrieden die Hände in seinen Schoß. Von wegen alt und tatterig.

Anika startete den Motor, setzte den Blinker und fuhr los.

»Ich hoffe, Sie haben sich schon ein gutes Café überlegt, wo ich etwas zum Frühstücken bekomme«, sagte Hermann und lehnte seinen Kopf zurück.

*

Sie frühstückten in einem McDonald's kurz vor der Autobahnauffahrt. Herr Büchner kam kaum aus dem Kopfschütteln heraus, aber als sie ihm ein Sandwich mit etwas Ei-Ähnlichem und Speck sowie einen schwarzen Kaffee reichte, mampfte er zufrieden vor sich hin. »Wenn man das Stiftsessen gewöhnt ist, ist das hier gar nicht mal schlecht«, sagte er schließlich, den letzten Bissen noch nicht ganz hinuntergeschluckt, und deutete mit seiner Gabel auf die Reste des McMuffins.

Anika bezweifelte, dass Herr Büchner zu seinen Junggesellenzeiten ein grandioser Koch gewesen war. Er wirkte eher wie der einsame alte Mann, der jeden Mittag für ein Bier und ein Schnitzel in seiner Stammkneipe einkehrte.

»Können Sie kochen?«, fragte Anika trotzdem.

»Besser als die WierczinIak«, schnaubte er, und natürlich, Hermann Büchner war in allem, was er je getan hatte, der Beste gewesen. Anika grinste ihn über den Rand ihres eigenen Kaffeebechers an.

»Können Sie's denn?«, fragte er zurück.

Und jetzt musste sie lachen. »Besser als McDonald's, schlechter als Frau Wierczinak.«

»Das reicht«, sagte er. »Damit finden Sie einen Mann.«

Für einen Augenblick dachte sie, er meinte die Bemerkung ernst – dass sie nicht verheiratet war, wusste er –, aber dann zwinkerte er ihr zu.

Anika trank den letzten Schluck Kaffee und blickte auf ihre leer gegessenen Tabletts. Es war ein seltsames Gefühl, hier mit ihm zu sitzen, und langsam sickerte die Tragweite dessen, was sie da getan hatten, in ihr Bewusstsein.

»Wir spielen«, murmelte sie leise. Und sie pokerten hoch: Sie setzte ihren Job, er seine Gesundheit.

Das hier war etwas anderes, als von der Haakhorn eine Rüge erteilt zu bekommen. Das hier war unwiderruflich. Unwiderruflich wie eine Krebsdiagnose.

»Wenn Sie … also, wenn Sie Zweifel haben«, begann sie nun lauter, wurde aber augenblicklich von Herrn Büchner unterbrochen.

»Wagen Sie es ja nicht, mir vorzuschlagen, zurückzufahren.« Er knüllte das bedruckte Papier, in das das Frühstück eingewickelt gewesen war, in seiner Hand zusammen.

»Nur, wenn Sie … falls Sie irgendwann das Gefühl haben …«

»Habe ich nicht.«

»Sie sollen nur wissen: Das Angebot steht. Es ist Ihre Reise.« Sie stand auf, griff nach den Tabletts und begann abzuräumen.

»Es ist mein Leben«, erwiderte er.

*

Während der ersten Stunde auf der Autobahn redeten sie nicht viel. Hermann starrte mit aufeinandergepressten Lippen aus dem Fenster und hing seinen Gedanken nach, Anika schien ebenfalls tief in ihrer eigenen Welt versunken zu sein. Sie blieben einmal kurz stehen, damit er seine Tabletten nehmen und sie beide sich kurz die Beine vertreten konnten. Anika hatte ihn unterhaken wollen, das hatte er ihr jedoch schnell ausgetrieben. Sie waren nicht mehr im Heim, er wollte wenigstens ein bisschen seiner Selbstständigkeit zurückfordern.

Sie fuhren weiter und passierten Köln, Bonn, schließlich Koblenz.

Er merkte, wie seine Augenlider immer schwerer wurden. Irgendwann schreckte er auf, weil er mit dem Kopf gegen das Fenster gerutscht war.

»Schlafen Sie ein bisschen«, sagte Anika.

Er knautschte seine Jacke zu einem provisorischen Kissen zusammen und lehnte sich zurück.

Als Hermann wieder erwachte, setzte Anika gerade den Blinker, um auf eine Raststätte abzufahren.

»Ich brauch einen Kaffee«, entschuldigte sie sich beinahe, bevor sie ein Gähnen unterdrückte.

Kaffee, ja, den könnte er auch gebrauchen, obwohl ihn erneut seine Blase drückte. Zu seiner Erleichterung fand Anika einen Parkplatz ganz in der Nähe des Eingangs und steuerte ebenfalls in die gleiche Richtung. Sie verabredeten, sich gleich wieder im Verkaufsraum zu treffen. Die Toilettengänge waren auch nicht mehr so angenehm wie früher. Verdammte Prostata, verdammte Rasthofklos, verdammtes Älterwerden.

Zurück im Tankstellenshop blickte Hermann sich suchend nach Anika um. Entweder das Mädchen war noch auf der Toilette oder sie trieb sich sonstwo herum. Links befand sich eine Kaffeebar, und so steuerte er darauf zu. Früher oder später würde Anika ihn schon suchen kommen.

Doch er war einen Tick zu langsam: Vor ihm drängelten sich drei schnatternde Weiber um die sechzig an die Theke.

»Ich nehme einen Cappuccino«, bestellte die größte der Frauen, die ihre blonden Haare mit so viel Spray hochtoupiert hatte, dass Hermann beinahe niesen musste, obwohl er fast zwei Meter hinter ihr stand. »Ach nein, oder lieber einen ... wie heißt das noch? Latte Matschiato.«

»Haben Sie koffeinfreien Kaffee?«, fragte die mollige Rothaarige.

»Für mich einen Espresso«, sagte die dritte im Bunde, eine kleine Brünette mit dicker schwarzer Brille. »Ich vertrage ja keine Milch mehr.«

»Das kommt auch immer häufiger vor.« Die Blonde nickte ernst und wandte sich an den jungen Mann hinter der Theke. »Wissen Sie, dass das auch mit zunehmendem Alter zusammenhängt?«

»Wir haben auch laktosefreie Milch«, bot der leicht überfordert wirkende Barmann an.

»Ach, das schmeckt doch nicht«, mischte sich die Blonde wieder ein, als ihre Freundin schon genickt hatte.

»Aber ein Cappuccino wäre ...«, versuchte es die Kleine erneut.

Herrgott noch mal, konnten diese Weiber sich nicht vorher überlegen, was sie haben wollten? Hermann holte gerade Luft, um sie darauf hinzuweisen, dass auch noch andere Menschen für einen Kaffee anstanden, da trat Anika neben ihn. »Hier sind Sie!«, sagte sie, warf den Frauen einen kurzen und ihm darauf einen mahnenden Blick zu.

Als ob die es nicht verdient hätten, dass man sie anmeckerte!

Er begnügte sich dennoch damit, mit der Zunge zu schnalzen, während die Frauen weiterhin ihre Bestellung sortierten.

»Sagt mal, sollen wir nicht zur Feier des Tages einen Prosecco bestellen?«, fragte die Rothaarige plötzlich. Der Vorschlag stieß zumindest bei der Blonden auf große Begeisterung, die kleine Brünette blickte etwas unglücklich drein. »Ich muss ja noch fahren«, sagte sie und schob sich ihre überdimensionierte Brille zurecht. »Dann doch einen Espresso.«

»Ich auch«, schloss Hermann sich schnell an, bevor es sich noch eine der Damen anders überlegte und den jungen Mann hinter der Theke vollends in den Wahnsinn trieb.

»Sollten Sie wirklich …«, mischte sich nun Anika in seine Getränkewahl ein.

»Ich sollte«, antwortete Hermann bestimmt.

Und nachdem der Barmann schon seine Maschine in Gang gesetzt hatte, blieb Anika nichts anderes übrig, als mit der Schulter zu zucken und selbst einen Latte Macchiato zu bestellen.

Erneut laut schnatternd und ein riesen Bohei veranstaltend zogen die drei alten Weiber mit ihrem Espresso zum

Tankstellenshop um, wo sie nach einer Flasche Prosecco suchten.

»Halleluja«, kommentierte Hermann den Rückzug.

»Die genießen eben ihren Urlaub«, versuchte Anika die drei Frauen zu verteidigen.

Doch der Blick, den Hermann vom jungen Barmann aufschnappte, gab ihm recht.

Mit ihrem Kaffee suchten Hermann und Anika sich einen Platz weit weg von den drei Frauen, der Lärmpegel war ohnehin hoch genug.

Anika holte ihnen noch zwei belegte Brötchen, und so wurde es sogar noch einigermaßen gemütlich. Auf ihrem Handy, das sie als Navigationsgerät nutzte, denn so etwas besaß ihr uraltes Auto natürlich ebenfalls nicht, suchte sie nach möglichen Staus auf der Strecke.

»Gucken Sie lieber mal nach einem Hotel«, sagte Hermann.

Erschrocken sah sie ihn an. Ja, auch er selbst hatte nicht daran gedacht. Zu aufregend, zu überstürzt war ihre ganze Abreise gewesen. »Wir können ja schlecht unter der Brücke schlafen.«

»Ob wir es heute überhaupt nach Paris schaffen?« Anika sah zweifelnd auf ihre Uhr. »Es sind noch beinahe hundert Kilometer bis zur Grenze, und da sind wir erst in Straßburg. Bis nach Paris dauert es sicher noch mehr als sechs Stunden.«

Paris. Paris und Regina. Ein ungutes Gefühl machte sich in seinem Magen breit und er legte sein Brötchen zur Seite. Was sollte er ihr sagen? Was konnte er ihr sagen? Ihm wurde bewusst, wie unüberlegt sein ganzer Plan gewesen war. Er wollte nur weg, raus aus diesem Heim. Aber was genau und wie genau er mit seiner Tochter sprechen wollte, wusste er nicht.

»Ich habe jetzt sechsunddreißig Jahre gewartet, da halte ich auch noch eine Nacht länger aus«, sagte er schließlich. »Sie suchen uns für heute Abend ein vernünftiges Hotel in diesem Ding da«, er deutete auf ihr Telefon, »und nach Paris fahren wir dann morgen.«

Anika tippte hier, sie tippte da, überlegte ein wenig hin und her und reservierte dann zwei Zimmer in einem Ort in den Ardennen, von dem er noch nie gehört hatte.

»Sprechen Sie Französisch?«, fiel ihm in diesem Moment ein.

Anika schüttelte den Kopf.

»Vielleicht hätte ich eine Pflegerin suchen sollen, die Französisch spricht.«

»Die würde dann nur Mau-Mau spielen, und was würden Sie dann machen, hm?« Jetzt grinste Anika ihn an.

»Vom Regen in die Traufe.« Er seufzte und stand auf. »Dann schauen wir mal, dass wir weiterkommen. Bis Charleston ist es noch ein Stück.«

»Charleville.«

»Ich denke, Sie können kein Französisch?«

Anika kicherte, und gemeinsam verließen sie die Raststätte. Im Vorbeigehen sah Hermann noch, dass die drei lautstarken Weiber ihren Prosecco auch beinahe ausgetrunken hatten.

Auf dem Parkplatz vor dem Tankstellenshop hielt Anika an und blickte sich verwirrt um. Hermann kniff die Augen zusammen. »Sollte hier nicht eigentlich Ihr Auto stehen?«

4. Kapitel

Anika blickte nach links, nach rechts, schloss dann für einen Moment die Augen, aber … nichts. Ihr roter Corsa blieb verschwunden.

Hermann Büchner zog die Nase kraus. »Haben Sie das Auto umgeparkt?«

Sie schüttelte den Kopf.

»Jemand hat unser Auto geklaut!« Entrüstet funkelte er ein vorbeigehendes junges Pärchen an, als ob sie höchstpersönlich dafür verantwortlich wären.

»Vielleicht haben wir uns einfach vertan.«

»Vertan, vertan … wir haben genau vor der Raststätte gehalten.« Er sah sie misstrauisch an. »Haben Sie etwa vergessen, die Handbremse anzuziehen?«

Hatte sie nicht. Aber auch wenn, der Rastplatz war nicht einmal abschüssig.

»Das kann doch nicht sein.«

»Bestohlen! Und das am helllichten Tag!«, rief Hermann Büchner erneut.

»Ach du lieber Himmel, nirgendwo ist man mehr sicher«, mischte sich da plötzlich die große Blondine mit den toupierten Haaren ein, die den alten Mann vorhin an der Theke schon zur Weißglut getrieben hatte. »Was ist Ihnen denn abhandengekommen?«

Ihre kleine brünette Freundin legte schützend den Arm über ihre Handtasche. Die Rothaarige war nicht dabei, vielleicht war sie noch auf der Toilette.

»Unser Auto. Etwas größer als Ihre Tasche.«

»Es muss hier irgendwo sein.« Anika schüttelte den Kopf. Aber der Parkplatz war, um es positiv auszudrücken, überschaubar. Es gab etwa 20 Stellplätze und dort standen insgesamt fünf Autos. Keine Ecken, keine Winkel, nur schnurgerade Parkplätze in zwei Reihen.

»Da hinten ist ein LKW-Parkplatz«, warf die kleine Brünette ein. »Vielleicht haben Sie Ihr Auto dort abgestellt? Ich habe neulich auch ganz lang in der Schublade nach meinem Schlüssel gesucht, dabei lag er auf dem Küchentisch.«

»Wir sind doch nicht bescheuert«, kommentierte Hermann rüde.

Aber bevor Anika den Tatsachen ins Auge blicken wollte, dass ihr Auto tatsächlich gestohlen worden war und sie auf einer Raststätte im Nirgendwo gestrandet waren, griff sie lieber nach diesem letzten Strohhalm. »Ich seh mal nach.«

Doch die Hoffnung war – natürlich – vergebens. Auf dem LKW-Parkplatz befanden sich genau zwei LKWs, der Fahrer des blauen Lasters, der in kurzer Hose und T-Shirt in seinem Führerhäuschen saß und am Handy tippte, zuckte nur mit den Schultern, als sie ihn auf ihren Corsa ansprach.

Als sie ihre vergebliche Suche aufgab und zu Herrn Büchner zurückkehrte, war auch die Rothaarige zu ihren beiden Freundinnen gestoßen.

»Ein roter Corsa?«, fragte sie, als Anika ansetzte, die traurige Botschaft zu verkünden.

Offenbar hatten die Blonde und die Brünette sie schon über alles bestens informiert.

»Woher wissen Sie das?« Hermann kniff misstrauisch die Augen zusammen.

»Da sind diese beiden Typen vorhin drum herum geschlichen. Als wir gerade in die Raststätte hinein sind.« Die Rothaarige sah ihre Freundinnen an. »Ich hab doch noch gesagt, die führen sicher was im Schilde. Und zwar nichts Gutes«, fügte sie unheilschwanger hinzu.

*

Das war ja was. Dreihundert Kilometer weit gekommen und nun gestrandet im Nirgendwo. Und jetzt? Unwirsch stieß Hermann Luft durch die Nase aus. Sie konnten schlecht mit eingezogenem Schwanz zurück ins Stift fliehen. Nein, bevor er bei der OHL angekrochen kam, würde er lieber für den Rest seines Lebens auf Schnaps verzichten.

Wie lang dieses Leben noch war, stand auf einem anderen Blatt. Er kniff die Lippen zusammen. Nein, sie mussten das Auto wiederbekommen und weiterfahren.

Anika schienen ähnliche Gedanken durch den Kopf zu gehen. Sie zückte ihr Handy, drückte darauf herum, hielt es ans Ohr und ließ es dann wieder sinken. »Da kann ich doch jetzt nicht die Eins-Eins-Null wählen«, sagte sie. »Als ob es um Leben und Tod geht.«

»Warum denn nicht?«, fragte die Rothaarige. »Je schneller die Polizei reagiert, desto besser. Vielleicht können sie noch Straßensperren errichten.«

»Ja, oder sich eine Verfolgungsjagd mit den Autodieben liefern.« Hermann schnalzte mit der Zunge. Straßensperren, so etwas Albernes wegen eines geklauten Autos, das nicht einmal zweitausend Euro wert war. Wenn diese drei nicht aufpassten, ging es bald um Leben und Tod, dachte er grimmig.

Die hagere Blondine tätschelte Anikas Arm. »Rufen Sie trotzdem ruhig die Eins-Eins-Null. Viel Hoffnung für Ihr Auto habe ich nicht, aber ein Notfall ist ein Notfall, und ein gestohlenes Auto ist keine Lappalie.«

Allerdings, es war alles andere als eine Lappalie, schließlich mussten sie nach Paris! Beinahe hätte Hermann dieser schrecklichen Person zugestimmt.

Anika nickte und drückte wieder auf ihrem Smartphone herum. Zum Telefonieren stellte sie sich ein paar Schritte zur Seite und fuhr sich alle paar Sekunden mit der linken Hand durch die Haare.

Das arme Mädchen war nervös. Kein Wunder. Er hoffte, es ging ihr nur – »nur«, wie sich das anhörte, als Krankenpflegerin schwamm sie wahrlich nicht im Geld! – um das gestohlene Auto und nicht die Reise selbst.

»Wie kommen wir denn jetzt nach Paris?«, fragte er, als sie sich wieder zu ihnen stellte. Nicht zu fahren, war keine Option. Sie hatte doch nicht etwa vor, nicht zu fahren? Sie brauchten bloß ein alternatives Transportmittel.

»Oh, Paris!« Die Kleine mit der großen Brille merkte auf.

»Erst einmal müssen wir mit der Polizei sprechen. Dauert wohl eine knappe halbe Stunde, bis sie hier sind.« Anika blickte auf ihr Handy. »Und dann …« Sie zuckte mit den Schultern.

»Sie kommen mit mir«, erinnerte Hermann sie. »Sie haben es mir versprochen.«

Fahrig nickte Anika, mit dem Herzen dabei schien sie allerdings nicht.

»Sie wollen doch jetzt nicht aufgeben?«, hakte Hermann nach. »Nur wegen dieses einen kleinen lächerlichen Rückschlags? Die Versicherung wird … Sie haben doch eine Versicherung?«

Aber Anika hörte ihm kaum zu. Sie knetete ihre Hände und sah immer wieder zur Autobahnauffahrt.

»Ich muss nach Paris, ich muss einfach«, sagte Hermann mehr zu sich selbst und versuchte, tief und ruhig zu atmen. Nicht aufregen, das mochte sein Blutdruck nicht, und wenn er jetzt Schwäche zeigte, würde sie das möglicherweise zum Anlass nehmen, um die Reise tatsächlich abzublasen. »Ich muss nach Paris«, wiederholte er eindringlich.

»Oh, Paris.« Erneut seufzte die Kleine mit der Brille.

Was taten die drei eigentlich immer noch hier? Das Ganze ging sie überhaupt nichts an.

Hermann öffnete gerade den Mund, um ihnen genau das mitzuteilen, als die große Blondine sagte: »Wenn es Ihnen so wichtig ist: Wir fahren nach Saint-Tropez. Wir könnten Sie ein Stück mitnehmen.«

»Was?« Entsetzt sah Hermann Anika an. Dann schüttelte er den Kopf. »Wir nehmen ein Taxi«, zischte er. »Oder den Zug!«

Jetzt war es an Anika, ein entsetztes Gesicht zu machen.

»Was glauben Sie denn, was ein Taxi kostet?«

Gut, wie ihr mageres Pflegerinnengehalt war Hermanns Rente ebenfalls nicht besonders hoch.

»Und der Zug, mit dem ganzen Ein- und Aussteigen …«, sie brach ab.

»Wir müssen keine Koffer tragen«, wies Hermann sie auf das Offensichtliche hin.

Sie fluchte leise und kramte dann in ihrer Handtasche. »Okay, Ihre Medikamente habe ich zum Glück hier.

Immerhin müssen wir uns keine neuen Rezepte ausstellen lassen. Was das für ein Aufwand gewesen wäre!«

Dann hätte er das Teufelszeug eben für die paar Tage nicht mehr genommen. Nutzen tat das sowieso nicht, wer wusste schon, ob es ihm nicht ohne viel besser ging. Aber Anika schien schon gestresst genug, deshalb erwähnte er diese Überlegungen nicht.

»Haben Sie denn Ihren Personalausweis und Ihr Portemonnaie?«, fragte sie jetzt.

Er klopfte sich auf seine Jacke. »Auch den Behindertenausweis.«

Das wiederum würde die drei Damen sicher freuen, so, wie ihr Auto stand, hatten sie die Größe und Erreichbarkeit eines Behindertenparkplatzes dringend nötig. Aber bevor er zu ihnen ins Auto stieg, musste wirklich die Welt untergehen.

Anika wandte sich an die große Blonde, die die Chefin der Truppe zu sein schien. »Das ist wirklich nett von Ihnen. Aber ob wir alle ins Auto passen?«

»Was machen Sie denn da?«, zischte Hermann. Sie würden sicher nicht mit diesen Weibern …

»Ach, wir sind doch alle schlank!«, unterbrach die Rothaarige, die deutlich runder war als ihre Freundinnen, seine Gedanken.

»Du sitzt vorn«, befahl die Blondine.

Bevor Hermann protestieren konnte, hörten sie endlich die Polizeisirene. »Rettung naht«, flüsterte er. Vielleicht würden sie wider Erwarten Anikas Auto finden und die Überlegung bezüglich der Weiterfahrt mit den drei schrecklichen Frauen würde sich in Wohlgefallen auslösen.

Doch wie üblich war es nicht so einfach: Die Polizisten, ein Mann und eine Frau, die beide noch zu jung aussahen, um überhaupt mit ihrer Ausbildung fertig zu sein, nahmen ihre Aussagen auf.

»Viel Hoffnung können wir Ihnen nicht machen«, sagte die Frau. »Die Autos werden meist schnell über die Grenze gebracht, und dann verliert sich die Spur.«

»Oder man lackiert sie um.« Der männliche Polizist zuckte mit den Schultern.

»Und Sie können da gar nichts machen?«, mischte sich die rundliche Rothaarige ein, von der Hermann mittlerweile wusste, dass sie Bärbel hieß. Jetzt musste er sich auch noch mit diesen Weibern herumschlagen! Er wollte die drei loswerden und nicht mit ihnen auf die Wache spazieren!

»Leider nein, die Täter sind zu gut organisiert, dafür haben wir nicht die Manpower.«

Hermann schnaubte. Na klar, dass die beiden Pappnasen da nichts machen konnten. »Keine Ahnung haben, aber mit Fremdwörtern um sich werfen. Typisch«, meckerte er.

»Entschuldigung?« Der Polizist blinzelte.

»Na, wenn Sie schon zu dumm sind – pardon, die Täter ›zu gut organisiert‹, na, das bedeutet doch wohl im Umkehrschluss, dass Sie ›nicht so gut organisiert‹ sind. Wofür bezahl ich denn meine Steuern?«

»Herr Büchner«, begann die Polizistin.

»Ach, es ist doch immer dasselbe mit euch«, unterbrach Hermann sie. »Große Klappe und nichts dahinter. Die Polizei, dein Freund und Helfer, ich wüsste wirklich gern, wann mir mal von einem von euch geholfen wurde.«

»Sie sollten wirklich …«, begann nun der Polizist.

»Entschuldigen Sie bitte«, wurde der nun von Anika unterbrochen. »Wir sind heute schon lange unterwegs und wir haben noch eine weite Reise vor uns, Herr Büchner ist einfach sehr erschöpft.« Sie blinzelte den Polizisten vertrauensselig an, und der Hohlkopf schmolz dahin.

»Ich bin überhaupt nicht erschöpft«, begehrte Hermann auf, als die Polizistin ihn nun mitleidig ansah.

»Und dann die ganze Zeit noch hier herumstehen, ohne Sitzgelegenheit«, sagte sie mitfühlend.

»Wir können Sie beide mitnehmen in die Stadt«, bot ihr Kollege jetzt an.

Hermann starrte ihn feindselig an.

»Tja, was nun?«, flüsterte Anika in sein Ohr. »Die schrecklichen Frauen oder die noch schlimmeren Polizisten?«

Er verschränkte die Arme vor der Brust.

»Wie gut, dass Sie sich mit jedem anlegen.« Fast meinte er, sie kichern zu hören. »Dann treffe ich die Entscheidung.«

*

Und so war es dann beschlossene Sache: Sie würden mit den drei Freundinnen fahren.

»Wie schön, Gesellschaft zu haben«, sagte Bärbel.

Die Rothaarige war fröhlich und gut gelaunt, Anika hegte allerdings den Verdacht, dass sie intellektuell nicht unbedingt die hellste Leuchte war. Ob das mit Hermann gut ging? Aber sie schien warmherzig zu sein, vielleicht würde sie seine Sticheleien gutmütig aufnehmen.

»Wie ist es denn bei dir ums Autofahren bestellt?«

»Wieso?«

»Wir haben aktuell keine, die … ich meine, du siehst selbst, wie wir geparkt haben.« Bärbel deutete mit einer ausladenden Geste auf den Audi, der ziemlich quer zwischen zwei eingezeichneten Parkplätzen stand.

»Doris hat sich auf ihre Brille gesetzt und muss nun mit der alten klarkommen, mit der sie kaum etwas sieht.«

Ach, deshalb kniff die kleine Brünette immer so die Augen zusammen.

»Ich habe leider keinen Führerschein«, erklärte Bärbel weiter, »und Sigrid …«

»Sigrid ist durchaus in der Lage, ihr eigenes Auto zu fahren, herzlichen Dank!«, schnappte die große Blonde.

Anika zögerte.

»Du fährst nicht mehr!«, kiekste Doris. »Wir haben dir die Lizenz entzogen!«

»Als ob ich eure Erlaubnis bräuchte!«

»Sie hat beinahe den Zapfhahn abgerissen«, zischelte Bärbel Anika zu.

»Sie hat was?«

»Habe ich nicht!« Sigrid stemmte die Hände in die Hüften. »Was kann ich denn dafür, wenn das nicht vernünftig ausgezeichnet ist, auf welcher Seite der Tank ist.«

»Bei der Benzinanzeige …«, begann Anika ihr zu erklären, aber Sigrid redete sich in Rage.

»Und wenn dieser Dreikäsehoch von der Tankstelle etwas mehr Ahnung gehabt hätte, dann wäre überhaupt nichts passiert!«

»Und dann fährt sie immer viel zu schnell«, jammerte Doris weiter.

»Wozu ein Blinker da ist, hat sie noch nie gehört«, fuhr Bärbel fort.

»Und Kurven nimmt sie immer so schnittig.«

»Gut, dass du entschieden hast, dass wir mit dem Todesschwadron fahren«, grummelte Hermann an Anikas Seite.

»Ich weigere mich, ins Auto zu steigen, wenn Sigrid fährt!«, rief Doris.

»Schon gut, schon gut, ich übernehme das Steuer.« Anika streckte die Hand nach dem Autoschlüssel aus, den Sigrid ihr mit grimmigem Gesichtsausdruck reichte. Dann drückte sie auf die Entriegelung, öffnete erst Hermann die Tür, damit sie ihn halbwegs bequem in das Auto verfrachten konnte, und stieg dann selbst ein. Nachdem sie sich angeschnallt und den Spiegel eingestellt hatte, drehte sie sich noch einmal nach Hermann um.

Die Lippen aufeinandergepresst, saß er rechts im Fond, so weit wie möglich von Doris abgerückt, was allerdings nicht sehr weit war. Drei erwachsene Menschen hockten auch auf dem Rücksitz eines Audi A6 wie die Ölsardinen aufeinander.

Hermann Büchner war nicht glücklich. Um das zu erkennen, brauchte es nicht einmal seine verkniffenen Seitenblicke zu Doris oder das trotzige Aus-dem-Fenster-Schauen. Anika musste lächeln.

Ein paar Sozialkontakte taten ihm gut. Er wollte die Menschen glauben lassen, er sei ein griesgrämiger Misanthrop. Griesgrämig mochte zutreffen, doch im Grunde seiner Seele freute er sich, wenn andere Menschen um ihn herum waren. Bei all seinem Gemecker wusste Anika, dass er Frau Doll aus dem Stift ins Herz geschlossen hatte. Trotz des Mau-Mau-Spiels.

»Ist dein Opa eigentlich immer so schlecht gelaunt?«, fragte Doris nach vorn.

»Opa!«, schnaubte Hermann.

»Oh, Entschuldigung. Vater?«, korrigierte Doris zögerlich.

Jetzt musste Anika lachen. »Nein, nein, wir sind nicht verwandt, wir …« Oh herrje, hatte sie das gut durchdacht? Wollte sie diesen drei netten, aber unbekannten Frauen wirklich erzählen, dass sie mit Hermann Büchner aufgrund seiner Krebsdiagnose und seiner Vergangenheit, die er wieder geraderücken wollte, aus ihrer Arbeitsstelle im Wohnstift abgehauen war?

Da sagte der alte Mann vom Rücksitz steif: »Wir sind Weggefährten.« Wenn das keine treffende Bezeichnung war. Anika lächelte ihn über den Innenspiegel an.

»Wie schön! Ein Mehr-Generationen-Urlaub!«, rief Bärbel. »Ich finde ja die Idee einer Mehr-Generationen-Wohngemeinschaft auch total interessant. Wisst ihr, seit die Kinder aus dem Haus sind und mein Mann tot, habe ich ja so viel Platz, was soll ich denn damit? Außer, dass ich meine Zugehfrau wirklich reich mache, weil sie jede Woche fünf unbenutzte Zimmer putzt ….« Sie hob die Schultern. »Da hatte ich mir schon mal überlegt, zu vermieten.«

»Ach du gute Güte!« Doris sah ihre Freundin entsetzt an. »Stell dir vor, du musst mit zwei Studenten zusammenleben! Jede Nacht Musik bis in die Puppen und wer weiß, was die jungen Leute heutzutage alle für Drogen nehmen.«

»Ich nehme keine.« Das zumindest wollte Anika jetzt direkt mal klarstellen.

»Natürlich, natürlich, aber du bist ja auch eine verantwortungsvolle junge Frau und nicht …« Doris schien das Bild eines Tramper-Pärchens noch vor Augen zu haben, das sie an einer der Raststätten passiert hatten: Dreadlocks, Batik-Shirts und man meinte, die körperlichen Ausdünstungen noch bis ins Auto riechen zu können.

»Also, ich genieße den Platz, den ich habe, seit Georg tot ist«, meldete sich Sigrid. »Seine Werkstatt habe ich umfunktioniert in einen kleinen persönlichen Beautysalon. Und wenn ich Besuch bekomme, muss ich mir keine Gedanken machen, ob jemand in Unterhosen aus dem Wohnzimmer schlurft.«

»Das ist ein guter Punkt«, pflichtete Doris ihrer Freundin bei. »Trotzdem vermisse ich Bernhard natürlich noch häufig. Aber man muss sich ablenken, so gut es geht.«

»Also Ihre Männer sind tot?«, fragte Hermann und rückte noch ein weiteres Stück von Doris ab, was aufgrund der Enge so gut wie unmöglich war.

»Die schwarzen Witwen«, gluckste Sigrid.

»Was für ein interessanter … Zufall«, murmelte Hermann.

»Keine Panik!« Jetzt lachte Sigrid. »Wir haben uns nach dem Tod unserer Männer gesucht und gefunden – und den Club der lustigen Witwen gegründet. Vorher kannten wir uns nicht.«

»Bärbel hat eine Annonce in die Zeitung gesetzt«, erklärte Doris. Sie nahm ihre Brille vom Gesicht, um sie zu putzen. »Sie hat eine Reisebegleitung gesucht. Und so waren wir vorletztes Jahr am Comer See.«

»Und letzten Herbst in Amsterdam«, ergänzte Sigrid.

»Wie schön, dass Sie so viele Reisen machen, ohne eine vernünftige Autofahrerin zu haben«, grummelte Herr Büchner.

»Ich kann sehr wohl Auto fahren!«, protestierte Doris. »Wenn ich meine richtige Brille hätte …«

»Würden Sie uns ohne ein einziges Überholmanöver nach Paris bringen«, ergänzte Hermann. »Von einer notorischen Mittelstreifenfahrerin gehe ich bei Ihnen aus.«

Doris schnappte nach Luft, entgegnete aber nichts, während Sigrid breit grinste.

Bärbel versuchte Frieden zu stiften. »Natürlich treffen wir uns mittlerweile auch so sehr häufig. Mindestens zweimal im Monat gehen wir gemeinsam aus.«

»Ach wie schön«, sagte Anika. Es klang wirklich nett, was die drei Freundinnen da so anstellten. »Wir beide«, sie deutete auf Hermann Büchner und sich selbst, »spielen Poker.«

»Kartenspiele«, rief Bärbel und drehte sich zu dem alten Mann um. »Ich liebe ja Mau-Mau!«

Anika hörte sein gequältes Stöhnen.

»Ich müsste mal für kleine Mädchen«, meldete sich Doris und so vergingen die nächsten anderthalb Stunden mit zwei

Pipipausen und einem Platzwechsel – Hermann Büchner saß nun vorne neben Anika und die drei Damen mussten sich hinten zusammenquetschen, aber Hermanns Knie waren nicht die besten und die lange Fahrt tat ihm in den Knochen weh. Außerdem sah Anika ihm an, dass er erleichtert war, nun nicht mehr zwischen den ununterbrochen schnatternden und diskutierenden Damen sitzen zu müssen. Sie wusste nur zu genau, wie sehr er Small Talk verabscheute.

5. Kapitel

»So kommen wir nie nach Charleston«, bemerkte Hermann irgendwann resigniert.

»Wir sind bald über die Grenze«, antwortete Anika.

Und tatsächlich dauerte es nur ein paar Minuten, bis sich vor ihnen die weißen Bögen der Brücke erhoben, die über den Rhein vom deutschen Kehl ins französische Straßburg führte.

»Die Europabrücke.« Doris, die als Kleinste in der Mitte sitzen musste, beugte sich nach vorn zwischen Anika und Hermann. Sie wartete ein paar Herzschläge ab, dann fügte sie hinzu. »Jetzt sind wir in Frankreich.«

Frankreich. Bärbel und Sigrid jubelten. Bevor Anika jedoch ins Träumen geraten konnte, musste sie sich zunächst durch den Straßburger Feierabendverkehr lavieren. Sie fuhren auf der Schnellstraße, die mitten durch die elsässische Hauptstadt führte. Eine ziemlich blöde Idee von ihrem Navi! Gab es keine Straßen, die außen herumführten?

Anika hatte sich noch nicht ganz an die Größe des Audis gewöhnt, mit ihrem Corsa hatte sie einen ganz anderen Blick.

Doch irgendwann hatten sie es geschafft, ließen die Stadt hinter sich und Anika atmete auf. Sie lockerte den Griff um das Lenkrad und konnte sich etwas entspannter zurücklehnen.

»Das Elsass«, murmelte Doris, und es hörte sich sehr glücklich an.

Jetzt, wo keine Gebäude mehr die Sicht versperrten, fuhren sie auf einer kurvenreichen Straße durch eine wunderschöne Landschaft. Rechts und links reihte sich ein sonnenbeschienener Hang an den nächsten. In gleichmäßigen Reihen wurde Wein angebaut, immer wieder las Anika Hinweisschilder auf Winzereien und in der Ferne hinter den grünen Hügeln erhob sich das dunkle Massiv der Vogesen. Bei der nächsten Gelegenheit setzte Anika ohne zu fragen den Blinker und fuhr von der Schnellstraße ab. Sie wollte ins Grüne. Die Landschaft genießen und die Region und den Ausblick in sich aufsaugen.

»Ich hätte Hunger«, meldete Sigrid.

Anika wartete auf Hermanns Protest, aber als der ausblieb und auch die anderen Damen nur nickten, merkte Anika, wie hungrig sie selbst war. Seit dem Egg McMuffin in aller Herrgottsfrühe hatten sie nur jeweils ein halbes belegtes Brötchen gegessen. Ein Blick auf die Uhr zeigte ihr, dass es bereits kurz vor sechs war.

»Vielleicht sollten wir uns ein Quartier für die Nacht suchen«, schlug Doris vor. »Wir wollen sowieso nicht an einem Tag bis nach Saint-Tropez durchfahren. Dann könnten wir hier noch richtig lecker essen gehen und den Abend in dieser traumhaften Landschaft genießen.«

»Oh ja, die französische Küche«, schwärmte Bärbel.

»Die elsässische Küche! Das ist ein großer Unterschied«, korrigierte Doris. »Deutlich deftiger.«

»Einen *Coq au Vin* wird es hier ja wohl auch geben«, warf Hermann ein.

Die Sonne stand schon etwas tiefer am Himmel und warf warmes Licht auf die Weinreben.

Anika durchströmte ein Glücksgefühl, von dem sie gar nicht sagen konnte, woher es kam.

Die Landstraße schlängelte sich dahin, inzwischen befanden sie sich in den Ausläufern der Vogesen, sodass auch die Straße immer wieder auf und ab führte. Nach einigen Kilometern kamen sie durch ein winziges Dorf, bei dessen Anblick Anika automatisch abbremste. Die ersten Häuser aus grauem Stein und mit Efeu überrankt wirkten mittelalterlich. Die Reste einer alten Stadtmauer unterstützten den Eindruck.

»Das hat höchstens dreihundert Einwohner«, sagte Doris, die sich nach links und rechts drehte, um die Szenerie aufzunehmen.

»Und eine Pension! Da drüben.« Bärbel, die hinter Anika saß, deutete mit dem Finger aus dem Fenster. Sie hatte es heruntergekurbelt, um die frische saubere Luft hereinzulassen. Jetzt entdeckte auch Anika das kleine Schild: »La Cigogne«.

Es war ein Fachwerkhaus mit schiefen Winkeln und grünen Fensterläden, und Anika fand es wunderschön. Bei den meisten Häuser in diesem Dörfchen blätterte die Farbe von den mit altem Fachwerk durchzogenen Fassaden und bunten Läden. Anika parkte den Audi am Straßenrand hinter einem alten Fiat. Die Autos wirkten völlig fremd in diesem mittelalterlichen Bild.

»Was sagt ihr, bleiben wir hier?«, fragte sie mit einem Blick in die Gesichter ihrer vier Reisebegleiter. »Bis Charleville wäre es noch eine Stunde, und das Hotel ist kostenfrei stornierbar.«

»Klar!« Bärbel hatte die Pension ja selbst vorgeschlagen.

Da Doris sich immer noch begeistert umsah und Sigrid nickte, deutete Anika das als allgemeine Zustimmung und schnallte sich ab, um Hermann Büchner beim Aussteigen zu helfen. Er blickte halbwegs freundlich drein, trotz des aufgeregten Geschnatters der drei Frauen, von dem sich Anika sicher war, dass es seinen Nerven inzwischen nach der langen Fahrt ganz schön zusetzte.

»La Cigogne … was heißt das wohl?«, überlegte Anika halblaut, während sie die Beifahrertür öffnete, um ihn aussteigen zu lassen. Ihr Schulfranzösisch war so eingerostet, außer »Je m'appelle Anika« hatte sie fast alles vergessen.

»Der Storch«, antwortete Doris, die offenbar bessere Sprachkenntnisse hatte. »Es gibt hier im Elsass sehr viele Störche, sodass dieser Vogel zum …«

»Da drüben!« Erneut streckte Bärbel ihren Arm aus. Sie schien gute Augen zu haben, denn tatsächlich thronte auf dem Kirchturm in vielleicht hundert Meter Entfernung ein Storchennest inklusive seiner Bewohner. Nach einer kurzen Sekunde der Irritation, in der Doris sich offenbar von der Unterbrechung erholen musste, begann sie wieder, vor Begeisterung beinahe auf und ab hüpfend, über das Zugverhalten der Störche, den Nestbau und ihr Vorkommen in Frankreich und Deutschland zu monologisieren.

»Sie haben gebrütet, das sind ja Junge!«, rief Anika, die Doris' Vortrag nur mit halbem Ohr verfolgte.

Bärbel und Sigrid schienen überhaupt nicht zuzuhören.

»Sieh mal da!«

»Das kleine Schnäbelchen!«

»Was für ein Prachtvogel!«

»Schnatter, schnatter, schnatter, Gänse würden besser passen«, murmelte der alte Büchner vor sich hin.

»Nicht mal Störche können Sie aufheitern?« Anika knuffte ihn leicht in die Seite.

»Vielleicht sollten Sie einfach mal Ihre Brille putzen, dann sehen Sie auch besser«, riet ihm Bärbel.

Er kniff die Lippen zusammen, dann die Augen, und folgte schließlich widerstrebend ihrem Rat.

»Nun aber mal auf in die Pension, ich habe Durst.« Sigrid klatschte in die Hände.

»Fragen wir nach Zimmern.« Doris rückte ihre Brille zurecht und übernahm ohne ein weiteres Wort die Führung. Selbstsicher schritt sie voran, öffnete die Tür zur Pension und grüßte mit einem lauten »Bonjour!« in den dahinter liegenden Raum.

Sigrid und Bärbel folgten ihr dicht auf den Fersen, Anika und Hermann Büchner betraten das Innere der Pension etwas zögerlicher.

Im Haus war es heller, als Anika erwartet hatte. Die Fenster des Fachwerkhauses waren zwar klein, aber zahlreich, und die Sonne schien auf die strahlend weiß getünchten Wände, sodass der Raum trotz des dunklen Holzbodens und der Querbalken in den Wänden hell und freundlich wirkte.

Während Anika sich noch nach einer Klingel umsah, hörte sie plötzlich Schritte hinter sich. Eine junge Frau, vielleicht um die dreißig, kam mit einem Strauß Blumen herein. Sie hatte sich die goldbraunen Locken zurückgebunden, trug Handschuhe und hatte Gras- und Erdflecken auf ihrer verwaschenen Jeans. Offenbar hatte sie gerade im Garten gearbeitet. Anika warf einen Blick aus dem Fenster, wo sie Rosen, Wildblumen und Tomatenpflanzen nebeneinanderstehen sehen konnte. Es sah bunt und fröhlich aus, und impulsiv sagte Anika: »Es ist so schön hier.«

»Nicht wahr?« Die junge Frau lächelte ein wenig. Doch bevor Anika sich über die Wehmut in ihren Augen wundern konnte, mischte sich Hermann Büchner ein.

»Sie sprechen Deutsch?«, fragte er erleichtert. Vermutlich wäre es ihm schwergefallen, Doris als Stimmführerin ihrer kleinen Gruppe zu akzeptieren. Auf das Nicken der jungen Frau übernahm er jedenfalls sofort das Zepter. »Wir brauchen zwei Einzelzimmer nebeneinander.« Er deutete auf Anika und sich selbst. Als die Pensionsbesitzerin zu den drei Freundinnen blickte, sagte er: »Wir nebeneinander. Die drei … irgendwo anders.«

Anika sah die drei entschuldigend an, aber während Sigrid mit den Augen rollte, lachte Bärbel. »Um einen Calvados mit uns werden Sie nicht herumkommen«, drohte sie mit erhobenem Zeigefinger.

Die grantige Erwiderung, die Hermann Büchner auf der Zunge gelegen haben musste, wurde von dem Wort »Calvados« weggespült, Anika konnte es an seinem Gesicht ablesen. Schließlich zuckte er mit den Schultern. »Ein kleiner wird schon gehen.«

»Also dann fünf Einzelzimmer. Hier sind Ihre Schlüssel: voilà.« Die Pensionsbesitzerin händigte ihnen jeweils einen schweren Messingschlüssel aus. »Ich bin Cécile Durand, herzlich willkommen in Aubure.« Mit einem forschenden Blick sah sie den alten Büchner an. »Wenn ich Ihnen mit Ihrem Koffer behilflich …«

»Danke, das schaff ich schon«, unterbrach er unwirsch.

Als die Wirtin ihr Angebot wiederholen wollte, sagte Anika: »Das ist sehr nett von Ihnen, aber tatsächlich nicht notwendig. Wir reisen mit leichtem Gepäck. Sagen Sie, gibt es hier in der Nähe vielleicht eine Einkaufsmöglichkeit?«

Nachdem Cécile ihr den Weg zum nächsten Supermarkt beschrieben hatte, half Anika Doris, Sigrid und Bärbel beim Ausladen und brachte ihren Schützling zum Ausruhen auf sein Zimmer, das klein, aber sauber und hübsch eingerichtet war. Auch hier dominierte dunkles Holz, das zu der weißen Bettwäsche und den hellen Sonnenstrahlen, die im Zimmer tanzten, einen reizvollen Kontrast bildete. Auch Hermann Büchner befand offenbar, dass man es hier aushalten konnte, und ließ sich in den cremefarbenen Sessel sinken, der neben dem Bett stand.

Guten Gewissens konnte Anika sich also auf die Suche nach dem Supermarkt machen. Dafür brauchte sie zwar das Auto, im Dorf selbst gab es nur einen Bäcker und einen Metzger, die um diese Zeit schon geschlossen hatten, aber der Intermarché, den sie schließlich fand, war bestens ausgestattet. Also erstand sie zu den beiden Zahnbürsten, die sie hatte kaufen wollen, noch zwei T-Shirts, einen Schlafanzug für Hermann und Unterwäsche.

Um den Rest würde sie sich später kümmern.

Ein Abendessen wurde in der Pension angeboten. Die Gruppe hatte sich auf neunzehn Uhr geeinigt, da Anika nicht wollte, dass Hermann zu spät aß. Der alte Mann war die Tagesplanung eines Seniorenheims gewohnt, da konnten sie nun nicht plötzlich mit französischen Abendessenszeiten anfangen und seinen Stoffwechsel völlig durcheinanderbringen. Dann würde er heute Nacht kein Auge zutun.

Auch auf dem Rückweg zur Pension genoss sie wieder die Schönheit der Landschaft. Durch das geöffnete Fenster erlaubte sie dem Wind mit ihren Haaren zu spielen und fühlte sich plötzlich so frei wie schon lange nicht mehr.

Zurück in Aubure öffnete Anika mit ihren Einkäufen auf dem Arm die Tür zur Pension, und der Duft von frischen Kräutern stieg ihr in die Nase. Geschirr klapperte und ein Radio lief. Das Lied kannte Anika nicht, es war auf Französisch. Ein Blick auf die Uhr zeigte ihr, dass sie noch etwa zehn Minuten Zeit hatte, um sich frisch zu machen.

Sie wollte gerade die knarzende Holztreppe hochsteigen, als jemand von oben heruntergelaufen kam und sie beinahe umgerannt hätte. Erst im letzten Moment bemerkte der Mann sie und stoppte abrupt auf der untersten Treppenstufe. Er legte den Arm auf das Geländer und schwankte.

»Hoppla«, sagte Anika und trat einen Schritt zurück.

»Excusez-moi.« Nach einer kurzen Schrecksekunde schien er sich zu erholen. »Entschuldigung. Cécile hat mir gesagt, dass wir Gäste aus Deutschland haben. Ich bin Olivier Durand.« Er hielt ihr die Hand hin. Wie auch schon Cécile sprach er sehr gutes Deutsch.

Erst jetzt sah Anika den Fremden genauer an. Das Weiß seines T-Shirts ließ die leichte Sonnenbräune seiner Haut noch tiefer wirken. Das dunkelblonde Haar fiel ihm etwas zerzaust in die Stirn und seine warmen braunen Augen und das ehrliche Lächeln ließen ihn für Anika sofort sympathisch wirken.

»Anika.« Ihr Herz klopfte schneller, als sie seine Hand ergriff und zur Begrüßung kurz drückte. Wie albern, schalt sie sich. Sie kannte diesen Olivier doch überhaupt nicht, und nur weil ein gut aussehender Mann vor ihr stand, verfiel sie doch sonst auch nicht gleich in Panik.

Mehrere Augenblicke standen sie voreinander und keiner von ihnen löste den Griff. Sie schienen beide nicht zu wissen, was sie sagen sollten, also holte Anika beherzt Luft und sprach einfach das Erste aus, was ihr einfiel: »Es duftet herrlich!«

»Cécile ist eine wunderbare Köchin.« Oliviers Lächeln vertiefte sich. »Ihr ist es zu verdanken, dass unsere Pension etwas so Besonderes ist.« Ihre Pension. Jetzt sickerte auch Oliviers Nachname in Anikas Bewusstsein: Durand, genau wie Cécile.

Himmel, das hier war der Ehemann der netten Pensionsbesitzerin und Anika hätte beinahe mit ihm geflirtet! Sie schluckte und konzentrierte sich wieder auf das Gespräch. Was hatte er gesagt? Ach ja, es ging ums Kochen.

»Gibt es hier speziell elsässische Küche?«, fragte sie.

»Mmmhhh, manchmal auch Pizza.« Er lachte und fügte hinzu: »Es ist ein Wunder, dass ich nicht dicker bin.«

Anika spürte, wie sie rot wurde, und verfluchte sich selbst dafür. Es gab überhaupt keinen Grund dazu! Nur weil ihre Augen über seine Figur gewandert waren und … Sie räusperte sich. »Ich … geh mich kurz frisch machen, damit ich die Köstlichkeiten nicht verpasse.« Mit einem hoffentlich erwachsen genug wirkenden Lächeln deutete sie die Treppe hoch.

Olivier trat einen Schritt zur Seite.

»Bis gleich! Ich freu mich, euch näher kennenzulernen!«, rief er ihr hinterher, und wenn sie nun noch ein bisschen röter wurde, war es auch egal. Hier oben auf dem Weg in ihr Zimmer konnte sie niemand sehen. Und bis sie Céciles Mann erneut unter die Augen treten musste, hatte sie sich sicher wieder gefangen.

»Was benehmen Sie sich denn wie ein verliebter Backfisch?« Anika zuckte erschrocken zusammen. Natürlich musste der alte Büchner hier oben im dunklen Flur stehen. Was machte er da?

»Ich weiß nicht, wovon Sie sprechen.« Anika huschte an ihm vorbei in ihr Zimmer. Hermann Büchners Kichern hörte sie auch durch ihre geschlossene Zimmertür.

Vielleicht stand sie ein klitzekleines bisschen länger als gewöhnlich vor dem Spiegel, um ihre Haare zurechtzuzupfen. Das konnte man ihr wohl kaum verdenken. Es war ganz normal, dass man sich angesichts eines gut aussehenden, wenn auch verheirateten Mannes zumindest mal kurz Gedanken über das eigene Aussehen machte, zumal sie sich gerade noch vom Fahrtwind hatte durchpusten lassen. Sie wollte nicht mit Olivier flirten – wie hätte Frau Doll es ausgedrückt, ihm schöne Augen machen? –, aber zwischen flirten und Vogelscheuche gab es doch auch ein Mittelmaß.

Ein Klopfen an der Tür riss sie aus ihren Gedanken.

»Nun kommen Sie schon, ich hab Hunger«, hörte sie dumpf Hermann Büchners Stimme im Flur.

Seine Tabletten! Sie hatte ihm versprochen, kurz vor dem Abendessen noch bei ihm vorbeizuschauen, also öffnete sie die Tür. »Haben Sie Ihre Tab…«, begann sie, wurde aber von ihm unterbrochen.

»Jaja, natürlich. Während Sie vom jungen Pensionsbesitzer geträumt haben, habe ich brav alles geschluckt, was mir diese Weißkittel-Pfuscher so verschrieben haben.«

»Ich habe nicht vom …«, begann Anika erneut.

»Jaja, natürlich nicht. Sie waren aus Glück über unsere neue Freundschaft mit den drei Damen vom Rasthof so geistesabwesend.«

Bevor Anika sich eine Antwort überlegen konnte, drehte er sich um und stakste voran zur Treppe.

»Soll ich …«

Zum dritten Mal wurde Anika unterbrochen, diesmal von einem Aufstöhnen. »Nein, sollen Sie nicht. Ich habe gezählt. Es sind genau acht Stufen. Die schaffe ich mit meinen alten wackligen Beinen allein. Und nun los, ich habe Hunger. Wenn ich Hunger habe, kann ich grantig werden.«

»Ach so, deshalb, und ich hatte mich schon gewundert!«, rief Anika ihm hinterher. »Wo Sie üblicherweise ja der Sonnenschein in Person sind!«

Am Treppenabsatz drehte Hermann sich noch einmal um und hob den Zeigefinger. »Gutes Essen oder ein Schnaps. Das Geheimnis guter Laune. Aber das Stift meidet ja beides wie der Teufel das Weihwasser.«

Langsam, aber mit sicheren Schritten meisterte Hermann die Treppe und als sie gemeinsam die Küche betraten, wurden sie von Sigrids lauter Stimme begrüßt: »Oh, da kommt ja unser Hahn im Korb!« Ihre beiden Freundinnen kicherten.

»Und das junge Huhn!«, ergänzte Doris.

Die halb leeren Sektgläser, die vor ihnen auf dem Tisch standen, erklärten einiges.

»Gackern tun jedoch Sie zu Genüge«, kommentierte Hermann Büchner, aber zum Glück so leise, dass ihn außer Anika niemand gehört hatte.

Der Tisch war schon gedeckt mit einer weiß-rot karierten Tischdecke, weißen Tellern aus Steingut und roten Servietten.

Sie waren gerade rechtzeitig gekommen, denn jetzt brachte Cécile Platten und Töpfe und stellte sie auf den Tisch.

»Wir haben gesagt, wir möchten es ganz informell«, sagte Bärbel.

»Fühlt euch wie zu Hause«, lud Cécile ein. »Jeder nimmt sich, so viel er mag«, sagte sie dann und gab Anika einen großen Löffel und eine Gabel in die Hand. »Dann könnt ihr von allem probieren.« Ihre Wangen waren gerötet und ihre Augen blitzten.

Als Hermann Büchner in einer Mischung aus Neugier und Skepsis in die Töpfe lugte, erklärte Cécile ihnen, was es alles gab.

»Ihr müsst unsere Traditionen kennenlernen. Das dort ist Baeckoeffe.« Sie deutete auf ein Gericht, das wie eine Art Eintopf aussah. »Es sind drei Sorten Fleisch mit Kartoffeln und Gemüse, die zuerst in Weißwein mariniert und anschließend mehrere Stunden in einer Tonform im Ofen gegart werden – daher der Name.« Das Gericht sah hauptsächlich nach Fett und Kalorien aus, und Hermann Büchner schaufelte sich schon eine großzügige Portion auf den Teller.

Anika zögerte und überlegte, ob sie ihn an seinen Blutdruck erinnern sollte. Aber dann dachte sie an die Reise, die vor ihnen, die vor *ihm* lag, und sagte nichts.

»Hier gibt es *Choucroute*, Sauerkraut«, na zumindest auch ein paar Vitamine, »und Würste.« Die hingegen sahen wieder deftig aus. Zum Glück hatte Cécile auch für Salat gesorgt.

»Und wer es etwas leichter mag: Flammekuech«, erläuterte sie zum Schluss das auf einem Holzbrett ausgerollte pizzaähnliche Gericht. »Bon appétit!«

Vom Flammkuchen, der klassisch mit Crème fraîche, Zwiebeln und Speck belegt war, nahmen sich vor allem Anika und Sigrid reichlich. Doris langte beim Sauerkraut und den Würsten zu, Bärbel probierte sich durch alles. »Lecker«, war ihr einziges enthusiastisches Urteil.

Zum Essen gab es Wein, den Olivier aus dem Keller holte. Anika war alles andere als eine Weinkennerin, aber Sigrid und Doris unterhielten sich eine ganze Weile über den »Pinot blanc« und warfen dabei mit Wörtern um sich, mit denen Anika nicht allzu viel anfangen konnte. Egal, ihr schmeckte der Wein. Und sie schaffte es ganz hervorragend, den jungen Pensionsbesitzer zu ignorieren, der hin und wieder zu ihr herüberblickte.

»Du hast einen guten Geschmack«, sagte er lächelnd, als sie sich noch Wein nachgießen ließ. Beinahe wurde sie ein bisschen zornig. Da gab es ausnahmsweise einen Mann, der ihr gefiel, und dann war der nicht nur verheiratet, sondern auch noch ein unsensibler Schürzenjäger, der einer Touristin vor den Augen seiner Ehefrau Komplimente machte.

»Mein guter Geschmack hört bei den Männern auf«, murmelte sie, als er sich wieder ans andere Ende des Tisches zurückgezogen hatte. Sollte er lieber seiner Frau bei der Bewirtung helfen. Das tat er dann zwar, Anika meinte dennoch, immer wieder mal einen Blick von ihm auf sich zu spüren.

Sie waren gerade mit dem Essen fertig, und Olivier und Cécile trugen die Teller ab, da klopfte es lautstark an die Tür. Jemand rief etwas auf Französisch, viel konnte Anika nicht verstehen, aber das Wort »Police« war so international, dass selbst ihr klar war, wer dort draußen stand.

Hermann Büchner neben ihr erstarrte und die drei Damen blickten erschrocken auf. Nur Olivier und Cécile brachen in schallendes Gelächter aus. Olivier öffnete die Tür, und herein kamen zwei junge Männer, von denen einer tatsächlich eine Gendarmen-Mütze trug. Er war beinahe ganz kahl rasiert, wohl um eine beginnende Glatze zu vertuschen, vermutete Anika. Der Ausdruck auf seinem rundlichen Gesicht wirkte offen und freundlich, seine Nase war etwas zu groß. Da aber alles an ihm irgendwie etwas größer schien als bei anderen Menschen, auch die Ohren und vor allem die Hände, die er beim Eintreten hochhob, um ihnen eine Flasche selbst gebrannten Schnaps zu zeigen, passte alles an ihm perfekt. Unter seiner staub- und ölverschmierten Latzhose trug er ein weißes T-Shirt, und nachdem er die Küche der Durands betreten hatte, schnappte sich sein Freund hinter ihm die Gendarmenmütze und sah ihn vorwurfsvoll an.

Offenbar war nicht er der Polizist, sondern sein Freund. Der war deutlich kleiner und »spitzer«, anders konnte Anika es nicht beschreiben. Er sah ebenso sympathisch aus wie der andere, aber wo sein Freund groß und rundlich war, hatte er eine spitze Nase, ein spitzes Kinn und spitze Ellenbogen, die unter dem zu weiten T-Shirt hervorlugten, das er unter einer schwarzen Weste trug.

Es folgten herzliche Wangenküsse mit Cécile, Anika und den drei Damen, ein Schulterklopfen bei Olivier und respektvolles Händeschütteln mit Hermann.

Olivier stellte die beiden vor: »Unser Großer hier ist Frédéric.« Der nickte in die Runde und zauberte nun statt der Polizeimütze eine Schiebermütze aus der hinteren Tasche seiner Latzhose und verdeckte seine Glatze erneut.

»Frédéric kann alles reparieren. Autos, Fahrräder und Spülmaschinen«, ergänzte Cécile. Er tat, als ob er ihre Hand küssen wollte.

»Und das ist Emmanuel.« Olivier schob den kleinen, spitzen Kerl nach vorne, der die Gendarmen-Mütze in der Hand hielt. »Unsere Polizei.«

Emmanuel setzte die Mütze auf und salutierte.

War der Abend bis hierhin nett gewesen, so entwickelte er sich binnen Minuten zu einem fröhlich-chaotischen Geplapper mit Händen und Füßen, das recht schnell in Gelächter ausartete, bis Anika vor Lachen der Bauch wehtat. Dabei wurde nicht nur viel geredet und Wein getrunken, auch die Flasche mit dem Selbstgebrannten machte seine Runden.

»Du bist doch bei der Polizei, wie kannst du das verantworten mit dem ganzen Schnaps?«, fragte Anika irgendwann.

»Ganz einfach: Wenn einer der beiden hier«, Emmanuel deutete auf Frédéric und Olivier, »später noch Auto fährt, kassiere ich ab.« Er rieb Daumen, Zeige- und Mittelfinger aneinander.

Frédéric legte einen Arm um seinen Freund. »Er ist der Schlimmste von allen!«

»Ich bin der Arm des Gesetzes!«

Olivier beugte sich zu Anika vor, um ihr verschwörerisch zuzuraunen: »Der alte Millier, der war hier früher bei der Polizei, hat Emmanuel einmal über Nacht in eine Ausnüchterungszelle gesteckt.«

Emmanuel rückte seine Weste zurecht. »Seit ich bei der Polizei arbeite, bin ich nicht ein einziges Mal betrunken gewesen.«

»Das sollten wir ändern!« Sigrid goss ihm noch einmal ein.

Die drei Witwen soffen wie die Löcher, kommentierte Hermann Büchner den Verlauf des Abends. Er selbst war dank der Obersten Heeresleitung nicht mehr gut im Training und musste nach zwei Schnaps – den Wein beim Essen nicht zu vergessen – die Segel streichen. Anika war ganz froh darüber. Der deftige Baeckoeffe würde ihm sicher schwer im Magen liegen, da musste es wirklich nicht allzu viel Alkohol sein. Auch wenn er sich den Schnaps vermutlich mit seiner verdauungsfördernden Wirkung schöngeredet hatte.

Trotzdem, sie sah seine Ernährung noch immer mit den Augen einer Pflegerin und deshalb hatte sie ihm zusätzlich das Versprechen abgerungen, am nächsten Tag auf Alkohol zu verzichten.

»Was hat euch denn nach Aubure verschlagen?«, fragte Olivier und zog einen Stuhl heran, um sich dicht neben Anika zu setzen. Sie sah zu Cécile, die gerade im Gespräch mit Frédéric war, und rückte ein kleines bisschen ab.

Auf Oliviers Frage reagierte sie mit einem Schulterzucken. »Wir haben auf der Autobahn etwas länger gebraucht.«

»Eigentlich wolltet ihr nach Paris?«

Er war gut informiert. »Genau. Und die drei Damen nach Saint-Tropez.«

»Paris ist toll. Eine viel zu große Stadt, leben möchte ich dort nicht. Aber für ein Wochenende lohnt es sich immer.«

Anika nickte. Trotz ihrer Abneigung gegen diesen Playboy musste sie sich eingestehen, dass sie seine Nähe doch ein kleines bisschen nervös machte. Warum nur fand sie immer die Männer interessant, mit denen eine Beziehung unmöglich war, die profan ausgedrückt Arschlöcher waren oder, dachte sie bitter, bei denen beides zutraf?

In diesem Augenblick hob Sigrid ihr Glas und lenkte Anika von ihren Gedanken ab. »Wir sollten uns duzen«, rief sie.

Auf Hermann Büchners entsetzten Gesichtsausdruck hin hätte Anika beinahe laut losgeprustet. Sie fragte sich, ob es noch etwas Distanzierteres gab als das Siezen, denn das einzuführen wäre Hermann in Bezug auf die lustigen Witwen wohl recht gewesen.

»Auf die deutsch-französische Freundschaft!«, prostete Frédéric. Er jedenfalls schien begeistert von der Idee.

Der alte Büchner verschränkte die Arme vor der Brust.

Olivier drehte sich zu Anika, doch sie ignorierte ihn. »Haben Sie sich nicht so«, wandte sie sich stattdessen an Hermann.

»Dich duz ich gern.« Er deutete mit dem Finger auf sie. »Weggefährtin. Aber die drei Gänse da«, der Finger deutete auf Sigrid, Bärbel und Doris, »die halte ich mir lieber in sicherer Entfernung.«

»Ach kommen Sie, auch Beleidigungen klingen mit einem Du einfach viel besser.« Sigrid grinste ihn an.

Hermanns Lippen blieben für einige Sekunden fest aufeinandergepresst, dann seufzte er und sagte: »Ihr dummen Hühner.«

Gottergeben lächelte Sigrid und hob ihr Glas.

Nun konnte Anika Olivier nicht mehr ausweichen, als sie ihre Gläser aneinanderstießen. Er schien ihre Ablehnung aber mittlerweile verstanden zu haben, sein Lächeln war deutlich zurückhaltender als noch zu Beginn des Abendessens. Auch der Abstand, den er zu ihr hielt, war um einiges größer geworden.

»Wollen wir was spielen?«, fragte Bärbel plötzlich und packte einen Stapel Karten aus.

»Wir könnten pokern«, schlug Hermann vor.

»Ach du lieber Himmel!« Bärbel schüttelte entsetzt den Kopf. »Aber wie wäre es mit Mau-Mau?«

Bevor Hermann noch das von Anika erwartete »bist du wahnsinnig?« über die Lippen bringen konnte, nickte Doris eifrig. Frédéric zuckte gutmütig die Schultern, und es dauerte keine fünf Minuten, da waren sie wieder in dieses »furchtbare« Spiel verstrickt, wie Hermann murrend kommentierte.

Gleich in der ersten Runde musste er vier Karten ziehen. Anika lachte schallend. »Hast du denn bei Frau Doll gar nichts gelernt?«, fragte sie, als er die nächste Runde aussetzen musste.

»Das ist ja das Problem beim Mau-Mau«, gab er zurück. »Reines Glücksspiel, ganz im Gegensatz zum Poker.«

Als wenige Minuten später allerdings zunächst Emmanuel, dann Frédéric und schließlich Bärbel dafür sorgten, dass Sigrid sechs Karten ziehen musste, konnte auch Hermann ein lautes Kichern nicht verhindern.

Anika selbst entspannte sich zunehmend, als sie bemerkte, wie Olivier sich mehr an die Seite seiner Frau zurückzog. Die kleine Stimme in ihr, die das schade fand, unterdrückte sie rigoros.

Als Anika das nächste Mal auf die Uhr sah, musste sie erschrocken feststellen, dass es bereits neun war. Leise fragte sie Hermann, ob er nicht müde sei. Sie waren schließlich in aller Herrgottsfrühe aufgebrochen und hatten einen anstrengenden Tag hinter sich. Das war nicht spurlos an ihm vorübergegangen. Anika hatte das Gefühl, die Falten in seinem Gesicht waren tiefer eingegraben als noch am Tag zuvor. Doch er verneinte und ließ sich nicht ins Bett schicken.

»Ich bin ein erwachsener Mann und du nicht mein Babysitter.« Wo er recht hatte …

Um halb zehn musste er dann aber so herzhaft gähnen, dass Anika seine halbherzigen Versuche sich zu wehren nicht mehr gelten ließ und ihn sogar die Treppe hinauf bis nach oben begleitete. Sie spürte, dass er insgeheim froh war, sich in sein Zimmer zurückziehen zu können, ohne sich die Blöße zu geben. Schließlich hatte er lautstark deutlich gemacht, dass er durchaus noch länger durchgehalten hätte, aber Anika hatte sich ja nicht abschütteln lassen.

Als Anika sich schließlich wieder zu den anderen gesellte, hatte sie das unbestimmte Gefühl, beobachtet zu werden – und richtig. Ein Blick durch den Raum zeigte ihr, dass Olivier sie wieder im Blick hatte. Seine Gesichtszüge wirkten weich, als er sie nachdenklich betrachtete.

Kaum hatte Anika Platz genommen, überredeten die drei Damen die Gesellschaft zu einer weiteren Runde Mau-Mau. Die Freunde Frédéric und Emmanuel gaben noch eine Runde Schnaps aus. Die beiden warfen Cécile abwechselnd etwas zu offensichtlich Blicke zu, die Anika in Anwesenheit von Olivier, den sie ihren Freund nannten, absolut unangebracht fand. Doch das ging sie wohl nichts an, dachte sie achselzuckend.

Was sie etwas anging, das war der schlafende Hermann oben und ihre bevorstehende Reise nach Paris. Vielleicht war die Idee verrückt gewesen, möglicherweise riskant für ihre Zukunft, aber dennoch ziemlich gut.

Der nächste Morgen brachte Sonnenschein. Hermann erwachte wie üblich um sechs, er war den Stiftsrhythmus gewohnt. Nur dass er diesmal eine anstrengende Nacht hinter sich hatte. Beim Abendessen hatte er Anikas Blicke bemerkt und ignoriert. Zum Dank dafür hatte er stundenlang wach gelegen, während sein Magen versuchte, die schweren Speisen zu verdauen, von denen er viel zu viel gegessen hatte. Mit dem Schnaps und dem Wein kam sein Körper klar. Aber solche Mengen an Fett bekam er im Stift in einer Woche nicht zusammen.

Da im Haus noch komplette Stille herrschte, machte er sich gemächlich für den Tag fertig, zog sich an und versuchte dann, sich mit dem Lesen der Zeitung von gestern zu beschäftigen. Leider war sie auf Französisch, und so brauchte er Ewigkeiten, um einen Satz zu entziffern, und war sich dann nicht einmal sicher, ob er ihn richtig verstanden hatte. Um sieben hörte er schließlich Geschirr klappern und stieg erleichtert seufzend aus dem Bett, um nach unten zu gehen.

Cécile werkelte geschäftig in der Küche herum und bereitete das Frühstück zu, aber es dauerte noch eine weitere halbe Stunde, bis auch Anika aufgestanden war und im Frühstücksraum erschien. Von den drei alten Weibern keine Spur.

Olivier brachte frisches Baguette und Croissants vom Bäcker. Dazu gab es Milchkaffee. Genau das Richtige für Hermanns Magen, der sich gerade erholt hatte und wieder zu knurren begann. Das Frühstück war mindestens genauso köstlich wie das Essen am vergangenen Abend.

Abfahrt sollte um neun sein, das hatten sie gestern noch beschlossen, bevor er sich verabschiedet hatte. Also kümmerte sich Anika um die Rechnung, er hatte ihr dafür einen Schein in die Hand gedrückt, während er seinen letzten Schluck Kaffee austrank.

Als sie das Auto erreichten, saß Sigrid schon auf der Rückbank, eine riesige Sonnenbrille im Gesicht. »Ich dachte, wir hätten gesagt, du sitzt heute vorn, um Karte zu lesen?«, fragte Bärbel, die gerade die Tür auf der Beifahrerseite öffnete.

»Wir haben ein Navi, wir brauchen keine Karte.«

»Aber du hast doch gestern gesagt …«, begann Bärbel.

»Ich kann keine Karte lesen, ich habe Migräne«, unterbrach Sigrid.

Hermann lachte schallend los. »Zu viel gesoffen hast du«, sagte er und wiederholte kichernd: »Migräne!«

Bärbels Mundwinkel zuckten, das konnte er sehen. Sigrid antwortete nur hoheitsvoll – oder was sie als hoheitsvoll empfand, es klang sehr näselnd: »Ihr Alkoholiker habt ja keine Ahnung.«

»Alkohol.« Das war das Stichwort für Doris, zu einer Erklärung anzuheben, welche Mechanismen er im Körper auslöste und weshalb und auf welche Weise diese einen Kater verursachten. Ging das schon wieder los. Was hatte er die Stille beim Frühstück genossen!

Als Anika auf der Fahrerseite einstieg und die Tür zuknallte, zuckte Sigrid zusammen.

»Es wird schon besser werden«, sagte Hermann. In einer Mischung aus Schadenfreude und Mitgefühl gab er ihr den Tipp: »Versuch es mal mit Gemüsebrühe.«

Aber Sigrid beharrte auf ihrer Migräne-Diagnose, bis Doris schließlich zwei Kopfschmerztabletten aus ihrer Handtasche zutage förderte.

Da stieg Bärbel schon wieder aus dem Auto. »Ich muss noch mal aufs Klo.«

Hermann stöhnte. Es wäre aber auch zu schön gewesen, wenn sich die drei über Nacht geändert hätten.

Als Bärbel endlich zurück und alle anderen angeschnallt waren, klopfte plötzlich jemand ans Beifahrerfenster. Es war Cécile. Anika drückte auf den elektrischen Fensterheber in der Fahrertür und Cécile reichte Bärbel ein dick in Küchenpapier eingewickeltes Päckchen. »Ich wollte noch … für die Fahrt. Ein bisschen Verpflegung.« Sie lächelte.

Vom Fahrersitz aus lächelte Anika zurück, aber wenn Hermann nicht alles täuschte, fixierte sie jemanden hinter Cécile. Ja, Hermann war sich sicher, schließlich besaß er eine verdammt scharfe Bobachtungsgabe, denn in diesem Moment trat auch Olivier Durand ans Auto.

Hermann war auch gestern schon aufgefallen, wie häufig der Hausherr seine Anika angesehen hatte. Doch wie auch jetzt, hatte sie jedes Mal den Kopf abgewandt.

»Können wir dann endlich los?«, fragte Hermann. »Das ist ja die reinste Staatszeremonie hier!« Zur Antwort kicherte Bärbel, Doris wies ihn darauf hin, wie gut Céciles Päckchen roch, Sigrid hob zu einer Entgegnung an, fasste sich dann aber nur mit leidendem Gesichtsausdruck an die Schläfe, und Anika wurde rot. Himmelherrgott, diese Hühner!

»Nun starte schon den Wagen«, grummelte er nach vorn und der Herr schien ihm gnädig, denn Anika drehte den Autoschlüssel.

Der Motor ruckelte, gurgelte, es gab einen Knall und dann herrschte Stille.

»Was …«, begann Bärbel.

»Nur eine kleine Fehlzündung«, sagte Anika leichthin. »Alles kein Problem.«

Er kannte sie inzwischen gut genug, um ihre aufgesetzte Fröhlichkeit zu bemerken. Sie drehte den Schlüssel noch einmal, doch nichts passierte. Auch beim dritten Mal gab der Motor kein Geräusch, keine Bewegung von sich.

»Prächtig«, kommentierte Hermann. »Da fahren die Weiber mit einem kaputten Auto nach Frankreich.«

»Ihr habt gar kein Auto«, gab Sigrid zurück. Sie schien langsam aus ihrem Leidenszustand herauszufinden. Schade. Mit Kater hatte sie ihm besser gefallen.

»Wahrscheinlich ist es ohnehin deine Schuld.« Doris rückte ihre übergroße Brille zurecht und funkelte ihn durch die dicken Gläser an. »Das Universum will dir deine schlechte Laune heimzahlen und deine Reise sabotieren. Und deshalb wurde zuerst Anikas Auto gestohlen und nun Sigrids Auto zerstört.«

Während Hermann noch überlegte, ob er diesen Quatsch überhaupt mit einer Antwort würdigen sollte, fuhr Sigrid dazwischen. »Ach, papperlapapp! Du immer mit deinem esoterischen Unsinn.« Vielleicht war auch die schlechtgelaunte Nach-Kater-Sigrid ganz okay.

»Gibt es ein Problem?« Olivier klopfte an die Scheibe.

Anika ließ sie erneut herunter und zuckte mit den Schultern. »Der Motor scheint … na ja …«

»Er springt nicht an«, stellte der junge Mann fest und zückte schon sein Handy.

6. Kapitel

Und so kam es, dass sie eine halbe Stunde später noch immer nicht losgefahren waren, sondern um den Audi und dessen aufgeklappte Motorhaube herumstanden, an der Frédéric hier klopfte, dort schraubte und währenddessen kopfschüttelnd etwas vor sich hin murmelte.

Nachdem der Automechaniker mit einem derart laut scheppernden Abschleppfahrzeug angefahren war, dass Hermann sich ernsthaft gefragt hatte, welches Auto dringender Hilfe benötigte, hatte Frédéric die Damen mit einem »Mesdemoiselles« und dem Lüpfen seiner Kappe glücklich gemacht.

Die drei hatten gekichert, Bärbel sogar geknickst. Hühnerhaufen, hatte Hermann das schon erwähnt?

»Das zweite Auto, das uns Steine in den Weg legt.« Ungläubig ließ er sich auf die Gartenmauer sinken.

»Gestern waren es eher die Diebe als mein Auto«, warf Anika ein.

Nun kratzte Frédéric sich im Nacken, Doris blinzelte kurzsichtig auf die verschiedenen Kabel und Schläuche hinab und Sigrid machte es sich mit Céciles Carepaket neben

Hermann auf dem steinernen Gartenmäuerchen bequem. »Ich hatte schließlich kein Frühstück«, verteidigte sie sich, als Bärbel sie vorwurfsvoll ansah.

Frédéric richtete sich auf. Den Schraubenschlüssel in der Hand zuckte er mit den Schultern. »Das ist cassé, wie sagt man … kaputt«, informierte er sie dann.

Hermann seufzte. »Wie gut, dass wir für diese Fachdiagnose den Experten gerufen haben«, sagte er.

»Es fehlt das …«, Frédéric sah Olivier und Cécile an, redete so schnell und aufgeregt auf Französisch, dass Hermann nichts verstand und wandte sich dann wieder an sie alle. »Ich weiß nicht, wie man dieses Ding auf Deutsch nennt.« Er klopfte mit einer Zange gegen irgendetwas unter der Motorhaube. »Ich kann es reparieren. Aber es wird auf jeden Fall bis morgen dauern. Ich muss es bestellen.«

»Oh je!« Olivier schien ehrlich bestürzt. »Ihr habt doch so schönen Urlaub geplant!«

Na, »schön« war wohl Definitionssache. Es ging eben nicht anders, das Treffen mit Regina musste sein. Wenn Hermann ehrlich war, würde er lieber … immerhin sollte Paris ja ganz interessant sein, unterbrach er schnell seinen Gedankengang. Und auf ein Strandhotel an der Côte d'Azur, wo die drei Hühner hinwollten, konnte er gern verzichten. Das war seinem Verständnis nach das Gegenteil eines schönen Urlaubs.

»Schneller geht es nicht.« Entschuldigend hob Frédéric

die Schultern. Mit einem Knall schlug er die Motorhaube zu. »Ich bringe *la bagnole*, eure Klapperkiste, erst einmal in meine Werkstatt«, entschied er ohne zu fragen und begann direkt damit, das Auto an seinem Fahrzeug zu befestigen.

Niedergeschlagen sah die Gruppe wenig später zu, wie er mit dem klapprigen Abschleppwagen den Audi die Straße hinunterzog.

»Ihr könnt gern noch eine Nacht bei uns bleiben«, schlug Cécile vor.

Hermann sah Anika an, die unglücklich zurückblickte. Bärbel trat von einem Fuß auf den anderen, Doris putzte ihre Brille.

»Ja gut«, sagte Hermann schließlich. »Bis Saint-Tropez wärt ihr heute eh nicht gekommen, so oft wie eine von euch aufs Klo muss. Da können wir auch noch die eine Nacht hierbleiben.«

Damit war der Damm gebrochen. Die drei Damen versicherten Cécile, wie gern sie bleiben würden, Olivier schenkte Anika ein schüchternes Lächeln, und sie ignorierte ihn gekonnt – genau wie gestern Abend.

»Ist das wirklich in Ordnung?«, fragte sie Hermann stattdessen. Ihre Besorgnis musste er ihr wirklich abgewöhnen. Er hatte doch als Erster zugestimmt, dass es in Ordnung war, oder etwa nicht?

Die Gefühle, die er in Bezug auf das Treffen mit Regina hatte, waren mehr als nur zwiespältig, ein weiterer Tag Aufschub kam ihm da gerade recht. »Natürlich. Dann können wir den Tag nutzen, um uns was Vernünftiges zum Anziehen zu kaufen.« Er wollte nicht in einem Pullover bei Regina auftauchen, den er dann seit einer Woche trug.

»Aber für Sigrid gibt's heute Abend keinen Schnaps mehr«, fügte er lauter hinzu. Doch das wäre nicht nötig gewesen. Sigrid hatte auch den ersten Teil verstanden. Kaum dass sie einen Shoppingtrip witterte, entwarf sie einen Schlachtplan, um in die nächstgelegene größere Stadt zu kommen. Sie bestürmte Olivier, ihnen sein Auto zu leihen – auf dem Rückweg würden sie auch seine Einkaufsliste aus dem Supermarkt mitbringen.

»Wir sollten den Tag für Besichtigungen nutzen«, warf Doris ein. Sie kramte in ihrer Handtasche nach einem Notizzettel. »Sowohl Colmar als nächstgrößere Stadt sowie Ribeauvillé sind absolute Sehenswürdigkeiten, die jeder Elsass-Tourist …«

»Jaja«, unterbrach Sigrid. »Hast du eigentlich schon wieder deinen alten Badeanzug dabei? An der Côte d'Azur muss man immer den letzten Schrei tragen.«

Hermann wusste schon, weshalb er sich von der Côte d'Azur so fern wie möglich hielt.

Doris sah Bärbel an, die mit den Schultern zuckte. »Ich hab auch nur einen schwarzen Einteiler«, sagte sie.

»Kinder!« Sigrid schlug die Hände über dem Kopf zusammen. Dann zauberte sie von irgendwoher einen Strohhut mit breiter Krempe, setzte ihn auf, hakte auf der einen Seite Anika, auf der anderen Bärbel unter und sagte: »Wir sind in Frankreich, Mädels. Mode ist hier das A und O.«

Hermann sah mit hochgezogenen Augenbrauen zu Cécile, die belustigt der Unterhaltung zugehört hatte. »Vor allem braucht man für Saint-Tropez dieses gewisse *je ne sais quoi*«, sagte sie und zwinkerte Sigrid zu. »Und das hast du.«

Stolz nickte Sigrid, bevor sie Doris fragte: »Was heißt das?«

»Ich weiß nicht, was.«

»Na das, was Cécile da gerade gesagt hat!«

»Ja«, sagte Doris. »Das heißt das.«

»Das heißt was?«

Hermann riss der Geduldsfaden: »Herrgott noch mal, Doris hat übersetzt! Das berühmte *je ne sais quoi*, das gewisse Etwas, das man nicht beschreiben kann, das ist doch ein geflügeltes Wort.« Sigrid und Fremdsprachen, das war anscheinend, als ob man einem Storch das Kochen beibringen wollte.

»Wie auch immer.« Bestimmend schaute Sigrid in die Runde. »Wir machen uns dann auf den Weg.«

Genau zum richtigen Zeitpunkt kam auch Olivier zurück, der seinen Autoschlüssel geholt hatte. »Ihr müsst ein bisschen aufpassen mit den Fenstern, das hintere geht nicht mehr auf.«

»Wieso hat Frédéric das noch nicht repariert?«, fragte Sigrid.

»Na, der arme Kerl wird doch nicht persönlicher Handlanger seiner Freunde sein«, entgegnete Bärbel.

»Genau.« Olivier nickte. »Und außerdem muss ich mir dann wieder eine Strafpredigt anhören, wie ich mit meinem Auto umgehe.«

Die drei Damen stiegen ins Auto, Anika setzte sich hinters Steuer. Als Hermann ebenfalls einsteigen wollte, schüttelte Sigrid den Kopf. »Du störst uns nur«, sagte sie. Hermann wollte protestieren, denn natürlich störte er nicht, er störte nie jemanden. Andererseits hätte er dann wenigstens eine Zeit lang Ruhe von diesen Hühnern und ihrem Gegacker.

»Wir bringen dir was mit.« Ungefragt griff Bärbel ihm in den Nacken, um nach dem Größenschild seines Pullovers zu sehen. »Sechsundfünfzig, Doris, merk dir das!«, dann hakte sie ihn unter und führte ihn zu einem der Liegestühle im Garten der kleinen Pension. Drückte ihn sanft, aber bestimmt darauf, schob ihm ein Kissen unter den Kopf und verabschiedete sich mit einem fröhlichen Winken, bevor sie mit den anderen in Oliviers Auto davonbrauste.

So schlecht fühlte es sich wirklich gar nicht an, aufs Abstellgleis geschoben worden zu sein. Mit dem Kopf im Schatten ließ Hermann sich die Sonne auf die nackten Füße scheinen, trank währenddessen eine hausgemachte Zitronenlimonade mit Minze und hörte den Vögeln beim Singen und den Bienen beim Summen zu. Cécile kniete währenddessen in einem der kleinen Beete und jätete Unkraut. Hin und wieder wechselten sie ein, zwei Worte miteinander und verfielen dann wieder in ein angenehmes freundschaftliches Schweigen.

Neben Hermann stand ein Busch in lila Blüte, der von einer Hummel nach der anderen frequentiert wurde. Fleißige kleine Kerlchen.

In einiger Entfernung am Haus werkelte Olivier ebenfalls enthusiastisch an den Fensterläden herum. Was genau er tat, konnte Hermann nicht erkennen, aber er konnte ein entferntes Hämmern hören. Ansonsten war es ruhig. Ruhig und friedlich. Und so schloss er ein bisschen die Augen und atmete tief ein und aus. Ein großer Holunderbusch, der in einer schattigen Ecke des Gartens an die Hauswand geschmiegt stand, verströmte seinen Duft.

Hin und wieder hörte Hermann Céciles weiche Schritte im Gras. Kein klapperndes Geschirr, keine quasselnden Alten. Er wusste nicht genau, weshalb ihm ausgerechnet jetzt wieder das Stift einfiel, dessen Gartenbereich ihm wirklich zuwider gewesen war. Außer in ganz seltenen Momenten mit Frau Doll hatte er die Stille dort nicht genießen können.

Das Stift. Obwohl er erst seit etwas über 24 Stunden nicht mehr dort war, schien seine Zeit dort eine Ewigkeit zurückzuliegen.

Jetzt hörte er, wie Cécile sich seinem Liegestuhl näherte.

»Möchtest du etwas essen?« Als Hermann die Augen aufschlug, stand sie bereits neben ihm. Ein Tablett in den Händen, beladen mit Baguette, etwas Käse, Wurst und Tomaten. »Münsterkäse, eine elsässische Spezialität«, erklärte sie.

Dankbar machte er sich über die Jause her und noch dankbarer trank er das kleine Glas Wein, das Cécile danebengestellt hatte. Er hatte kaum bemerkt, wie hungrig er geworden war und aß sich jetzt an dem köstlichen frischen Weißbrot satt, bevor er sich erneut bequem zurücklehnte und die Augen schloss.

Er musste eingenickt sein, doch als er erwachte, kniete Cécile wieder – oder immer noch – in einem ihrer Beete und jätete Unkraut. Jetzt hockte Olivier daneben. Er hielt einen Brief in der Hand und redete in schnellem Französisch auf Cécile ein. Die wiederum reagierte nur mit wiederholtem Kopfschütteln. Beide sahen nicht glücklich aus.

»Schlechte Nachrichten?«, fragte Hermann und räusperte sich. Seine Stimme gehorchte ihm nicht ganz, sie war noch rau vom Schlaf.

Erschrocken fuhren die beiden jungen Leute herum. »Oh nein, wir sind uns bloß nicht einig, was es heute zum Abendessen geben soll«, beschwichtigte Olivier, stand auf und rang sich ein Lächeln ab, das seine Augen nicht erreichte.

Hermann verkniff sich ein »Wem willst du hier einen Bären aufbinden?«. Er merkte, wann er angelogen wurde, aber andererseits ging es ihn auch überhaupt nichts an. Was die Durands für Streitigkeiten oder Sorgen hatten, war genau das: die Sache der Durands, und nicht die eines neugierigen alten Knackers auf dem Weg nach Paris. Also nickte er bloß und versuchte einen Blick auf den Brief zu erhaschen, den Olivier immer noch in der Hand hielt – ein gewisses Maß an Neugier war doch wohl erlaubt. Aber die Druckbuchstaben waren zu klein, er konnte nicht einmal raten, wer der Absender war.

Finanzen, dachte er, bevor er zum zweiten Mal an diesem Nachmittag wegdöste. Bei Streitereien innerhalb der Familie ging es doch immer ums Geld.

Mit der Ruhe war es vorbei, als Hermanns Reisebegleiterinnen am späten Nachmittag vom Einkaufen zurückkamen: Mit Gepolter und Getöse fielen die drei Damen mit Anika im Schlepptau in den Garten ein, dass ihm nach fünf Minuten schon schwindelig war. Die drei machten einen Lärm wie eine ganze Kompanie, sie rückten Stühle, stellten Gläser bereit und natürlich Prosecco. Sie holten ihre Einkäufe hervor, reichten ihm ganz stolz eine Reisetasche, gefüllt mit einem Hemd, Pullover und zwei T-Shirts und schnatterten auf Anika ein, was für hübsche Kleider sie sich doch gekauft hatte.

Hätte er doch ein Hörgerät wie der alte Professor Eichmann, dachte Hermann sehnsüchtig. Der konnte es einfach ausstellen und war so dermaßen schwerhörig, dass er dann nicht einmal mitbekam, wenn Frau Wunz ihre Opern auf voller Lautstärke laufen ließ.

»Was hast du gemacht?«, fragte Anika ihn schließlich.

»Die Ruhe genossen.« Er warf den drei Damen einen bösen Blick zu. Aber dann trug Cécile erneut Brot, Käse, Wurst, Oliven und Chips nach draußen. Das Essen hier war einfach unwiderstehlich und versöhnte Hermann ein klein wenig mit dem Geschnatter.

»Ein kleiner Appetithappen vor dem Abendessen«, verkündete die Gastgeberin. Olivier brachte eine Flasche »Ricard«, der scharf nach Anis – und Alkohol – roch.

»Oh Gott, ich muss heute mal etwas weniger essen«, stöhnte Sigrid. »Morgen geht's doch an den Strand!«

Auf Anikas mahnenden Blick hin verkniff Hermann sich jede Bemerkung zum Thema Bikinifigur, und weil er versprochen hatte, heute nichts zu trinken, biss er stattdessen herzhaft in ein Stück Wurst.

Olivier goss ein, verteilte die Gläser und belegte Anika mit Beschlag. Er fragte sie aus, wo sie zum Einkaufen gewesen waren, welche Strecke sie genommen hatten und überhaupt, wie es ihr hier im Elsass gefiel.

Hermann beäugte ihn argwöhnisch. Ein endgültiges Urteil hatte er noch nicht gefällt. Dafür musste er erst wissen, was die Streiterei mit Cécile zu bedeuten hatte.

Cécile wiederum, er konnte es sich selbst kaum erklären, hatte er ähnlich schnell ins Herz geschlossen wie Anika. Ebenfalls wie Anika war sie eine patente junge Frau, die mit Fröhlichkeit und dem Herz am rechten Fleck auch anpacken konnte und keine Prinzessin zu sein schien.

Unwillkürlich drängten sich ihm Gedanken an Regina auf. Was für eine Persönlichkeit war sie? Und hätte er als Vater einen Einfluss auf ihre Entwicklung gehabt, wenn er sich um sie gekümmert hätte?

Die nächste Frage konnte und wollte er nicht beantworten, er wusste noch nicht einmal, ob er sie wirklich weiterverfolgen wollte. Sie würde ihn möglicherweise zu unangenehmen Wahrheiten führen, doch sie setzte sich am hartnäckigsten fest: Wenn er ihr ein Vater gewesen wäre, hätte er sie zum Positiven oder zum Negativen beeinflusst?

Glücklicherweise rief in diesem Augenblick Cécile zum Essen, und so packten die drei Witwen ihre Errungenschaften zusammen. Sigrid schnappte sich noch schnell ein Stück Käse von der Snackplatte, während Anika und Olivier beschlossen, Cécile beim Auftragen und Decken zu helfen. So konnte Hermann noch ein paar Minuten in seinem Liegestuhl verschnaufen und sich für das sicherlich turbulente Abendessen wappnen.

Die Gedanken an Regina ließen sich nicht abschütteln und kreisten in seinem Kopf. Verdammt. Morgen würde er es doch ohnehin erfahren, da musste er sich heute nicht verrückt machen! Er atmete ein paarmal tief ein und aus, aber Regina ließ sich nicht mehr aus seinem Kopf vertreiben.

»Bonjour, Monsieur!«, rief es da vom anderen Ende des Gartens herüber, wo ein schmaler Weg neben einer Hecke nach draußen führte. Frédérics Autowerkstatt lag in dieser Richtung. Es sah lustig aus, wie der große Mann sich durch den engen Durchgang bei der Hecke zwängte.

»Bonjour, Monsieur!«, rief noch eine zweite Stimme. Wo sich der Automechaniker befand, war auch sein Freund, der Polizist nicht weit.

»Guten Abend«, rief Hermann zurück, froh über die Unterbrechung seiner Gedanken.

»Olivier hat gesagt, Cécile kocht heute Abend wieder«, erklärte Frédéric. Da waren sie wieder, die beiden Charmeure, die Cécile um die Wette schöne Augen machten, das war auch Hermann nicht entgangen. Beide schienen bis über beide Ohren in die hübsche Französin verliebt zu sein. Er war sich mittlerweile nicht mehr sicher, ob Olivier und Cécile überhaupt verheiratet waren. Anika ging davon aus und …

Oh, er war doch ein alter Trottel! Jetzt fiel es ihm wie Schuppen von den Augen. Deshalb hatte das Mädchen Oliviers Annäherungsversuche so kompromisslos abgewehrt. Sie fand Olivier interessant und fühlte sich nur unwohl, weil sie die Situation nicht einschätzen konnte.

Hermanns eigenen Beobachtungen zufolge war der Franzose auch ganz begeistert von Anika.

Hermann schüttelte den Kopf. Musste er sich hier denn um alles kümmern?

»Cécile ist Oliviers Schwester, richtig?«, fragte er die Neuankömmlinge geradeheraus.

Er hievte sich aus dem Liegestuhl hoch, wobei Frédéric ihm eine Hand reichte und entschlossen hochzog.

»Natürlich. Sie war in der Schule eine Klasse über uns«, antwortete Emmanuel. »Und alle waren wir in sie verschossen.«

Über die Vergangenheitsform musste Hermann grinsen. Die war ganz und gar nicht angebracht. »Wenn gestern Abend ein Indikator ist, langt das, was Cécile heute kocht, auch für euch noch«, kam Hermann beinahe elegant auf das ursprüngliche Thema zurück. »Was macht das Auto?«, fügte er dann hinzu.

»Ahhh.« Frédéric wiegte seinen Kopf hin und her.

»Er muss warten«, übersetzte Emmanuel. »Diese Ersatzteile …« Er zuckte mit den Schultern.

»Morgen früh!«, versprach Frédéric. »Dann könnt ihr nach Paris.« Er sprach es »Pari« aus, mit langem i und ohne s.

»Aber jetzt gehen wir etwas essen.«

»Und trinken!«, ergänzte Frédéric, hakte Hermann unter, und gemeinsam marschierten sie ins Haus.

Nach einem erneut fantastischen Abendessen, bei dem Cécile die elsässische Küche mit der gehobenen französischen kombiniert hatte, rieb Hermann sich die Hände. »So, und an unserem letzten Abend bringe ich euch Poker bei«, sagte er zu Sigrid, Doris und Bärbel.

»Damit euch an der Côte d'Azur nicht langweilig wird«, ergänzte Anika lachend und legte deutlich Ironie in ihre Stimme. Als ob die drei Freundinnen in den nächsten Tagen nicht genug Unterhaltung hätten!

»Auch und gerade am Strand kann man pokern«, belehrte Hermann sie jedoch und sie gab schulterzuckend nach.

Er mischte, teilte die Karten aus und erklärte dann lang, breit und äußerst umständlich die Regeln.

»Ich habe nichts verstanden«, antwortete Bärbel auf seine Frage, ob nun alles klar sei.

»Mir fehlen ein paar Wörter«, sagte Cécile.

»Es ist so«, begann Doris, die sich während Hermanns Erklärungen Notizen gemacht hatte und sie nun aufgrund der fehlenden Brille angestrengt blinzelnd von dem kleinen Zettel ablas. »Pokern ist ein Glücksspiel, bei dem unter Einsatz von sogenannten Chips, Plastikkärtchen in unterschiedlichen Farben, die für jeweils eine andere Geldsumme stehen ...«

»Spielen wir etwa um Geld?«, unterbrach Bärbel entsetzt.

»Nein, um Kopfschmerztabletten«, grummelte Hermann, sodass nur Anika es verstand, die direkt neben ihm saß.

Nachdem sich aber auch Cécile querstellte, als es ums Geld ging, und Emmanuel vorschlug, der Sieger bekäme einfach jeweils ein Glas Schnaps, ließ Hermann sich auf einen Kompromiss ein.

»Die Anfänger können ja vielleicht zusammenspielen«, sagte er salbungsvoll und blickte Cécile an. »Du könntest dir zum Beispiel von deinem *Bruder* helfen lassen.«

Das Wort »Bruder« hätte er gar nicht so hervorheben müssen. Auch ohne die Betonung war es das Einzige, das Anika in seinem Satz wahrnahm. Bruder. Olivier war Céciles Bruder! Himmel, und sie hatte gedacht, er wäre ein treuloser Ehemann und … Ihre Wangen wurden heiß und Anika war froh, dass sie ihr Gesicht zumindest halbwegs hinter den Karten verstecken konnte. Céciles Bruder.

Vom ersten Spiel bekam sie kaum etwas mit und stieg nach der zweiten Runde aus. Weder ihr Blatt noch ihre Konzentration ließen es zu, dass sie weiter mitbluffte. Die anderen jedoch waren voll dabei, Doris' Zungenspitze blitzte immer wieder rechts in ihrem Mundwinkel auf, wenn sie hoch konzentriert in ihre Karten blickte.

Überraschenderweise gewann Sigrid haushoch: Außer Hermann stiegen nach und nach alle aus, und als Sigrid schließlich sehen wollte, hielt sie vier Asse in der Hand und Hermann … rein gar nichts.

»Deine Chuzpe«, murmelte Anika.

»Ich hätte wissen müssen, dass sie ein gutes Blatt hat«, flüsterte Hermann zurück. »Die Hühner gehen ja nicht hoch, ohne dass sie auch etwas in der Hand halten.«

Doch beim nächsten Mal war es genau andersherum: Als Hermann schließlich ausstieg und somit Sigrid zum zweiten Mal gewann, fanden sich unter ihren Karten gerade einmal zwei Könige.

»Na, bist du jetzt nicht froh, dass wir nur um Schnaps spielen?«, fragte sie, als Emmanuel ihr erneut eingoss.

Olivier prostete Anika mit seinem Weinglas zu, und ihre Wangen wurden schon wieder heiß, als sie in seine Richtung blickte. Herrje. Sollte sie sich für ihr Verhalten entschuldigen? Aber was würde er dann von ihr denken?

»Oh, du Hexe!« Hermann drohte Sigrid lachend mit dem Zeigefinger. »Du hast mich absichtlich in die Irre geführt.«

Sigrid lächelte zuckersüß, als sie sagte: »Stadtmeisterin Löhne von 1995 bis 1998. Und noch einmal 2005.«

»Pokerqueen!« Cécile, die ein leidliches Pokerface gehabt hatte, aber offenbar weit entfernt von einer hervorragenden Spielerin war, zeigte sich beeindruckt.

»Euch Weibern ist einfach nicht zu trauen«, sagte Hermann.

»Salut auf das!«, rief Frédéric, zwinkerte in Céciles Richtung und hob sein Glas.

»Woher hast du denn jetzt einen Schnaps?«, fragte Emmanuel. »Der war für die Gewinnerin!«

Unschuldig zuckte der Automechaniker mit den Schultern. »Getriebe müssen geölt werden, weißt du?«

Die zweite Nacht in der Pension war kurz, dennoch schlief Hermann hervorragend. Den anderen musste es ähnlich gegangen sein, denn er wartete an diesem Morgen kaum eine halbe Stunde, bis als Erste Bärbel zum Frühstück erschien und nach und nach die anderen eintrudelten. Der Alkohol war trotz der Pokerrunde etwas langsamer geflossen als am Tag zuvor, und so waren alle schon früh fit und aufbruchbereit.

»Saint-Tropez wartet!« Sigrid klatschte in die Hände. Wenn sie keinen Kater hatte, war sie ja nicht zum Aushalten! Hätte sie mal den zweiten Siegerschnaps selbst getrunken, statt ihn an Frédéric zu verschenken.

»Wie der Duracell-Hase auf Drogen«, flüsterte Anika ihm zu, die offenbar seinen Blick bemerkt hatte.

»Wir sind schließlich im Urlaub«, erklärte Bärbel gutmütig wie immer das Verhalten ihrer Freundin.

»Ja, eben!« Hermann hoffte, dass sein verständnisloser Blick alles Weitere transportierte.

Aber da rückte Doris schon wieder ihre Brille zurecht und zog aus ihrer Handtasche, die innen Ausmaße besitzen musste, die von außen nicht einmal zu erahnen waren, diverse Reiseführer und Landkarten hervor. »Ich habe uns mal die wichtigsten Punkte entlang der Strecke markiert«, begann sie, und Hermann schaltete für den Rest des Monologs ab.

»Schlimmer als die OHL«, flüsterte er Anika zu.

»Niemals so durchsetzungsfähig!«, gab sie zurück. Gut, damit hatte sie recht. Die OHL hätte ihnen schon längst die Croissants weggenommen und den Milchkaffee gegen Kamillentee getauscht.

»Das Kloster Cluny ist eines der …«, kam Doris nun auf konkrete historische Gegebenheiten zu sprechen. Bärbels Augen waren fest auf ihren Kaffee gerichtet, während Sigrid nun eine Unterhaltung mit Cécile anfing.

Da klopfte es an der Küchentür, die zum Garten hinausführte.

»Du kommst ja wie gerufen!«, sagte Bärbel, als Frédéric den Raum betrat.

»Ah, ich habe schlechte Nachrichten.« Der Automechaniker nahm seine Mütze vom Kopf und knetete sie wie ein Schüler, der seine Hausaufgaben vergessen hatte, verlegen in den Händen.

»Du kannst das Auto nicht reparieren«, riet Olivier.

»Also bitte, für wen hältst du mich?« Frédéric schien in seiner Ehre gekränkt. »Natürlich kann ich es reparieren, ich kann alles reparieren.«

»Aber?«, fragte Anika. Irgendetwas musste ja sein, sonst wäre er nicht so schüchtern hereingekommen.

»Wer nichts reparieren kann, sind die Autofirmen!« Nichts mehr von Verlegenheit, Frédéric war in seinem Element und kaum zu bremsen. »Peugeot, Mercedes, Audi, alles Verbrecher! Sie kaufen billig ein und verkaufen teuer. Sie produzieren alles so, dass es schnell kaputtgeht. Mit Elektronik, die man nicht mehr reparieren kann, die man gleich austauschen muss. Ich kann manchmal trotzdem. Aber eben manchmal muss man es austauschen. Oder am besten gleich das ganze Auto verschrotten und ein neues kaufen. Es sind alles Verbrecher!«

»Freddie.« Olivier legte ihm eine Hand auf die Schulter. »Was ist denn nun los?«

»Sie schicken mir das Ersatzteil nicht. Übermorgen. Oder vielleicht danach. Vielleicht auch erst nächste Woche! Wie soll ich da vernünftige Arbeit leisten?« Aufgebracht hob er die Hände und ließ sie wieder fallen.

»Nächste Woche?« Entsetzt sah Sigrid ihre Freundinnen an.

»Was ist mit Saint-Tropez?«, fragte Doris.

»Das Meer!«, rief Bärbel.

»Du hast ganz recht«, mischte Hermann sich nun an Frédéric gewandt ein. »Alles Verbrecher!« Na gut, dass die beiden diesbezüglich auf einer Wellenlänge waren, hätte Anika sich denken können.

»Ach Mensch, ihr hattet doch dieses Strandhotel gemietet«, wandte sie sich an die drei Damen.

»So schön es hier ist«, entschuldigend sah Sigrid Cécile und Olivier an, »wir haben ja einen Urlaub gebucht, ein Haus, und Doris hat schon die besten Restaurants zum Abendessen herausgesucht.«

Und wahrscheinlich auch Tische reserviert, dachte Anika, so organisiert, wie Doris war. Sigrid überlegte. »Ist hier vielleicht irgendwo ein Mietwagen zu bekommen?«

»In Colmar?« Cécile sah ihren Bruder an.

»Wo ist denn der nächste Flughafen?«, fragte Sigrid.

»Ich kann doch einfach googeln.« Offenbar war Anika der einzige Fan neuester Technologie.

Doris beobachtete neugierig durch ihre dicken Brillengläser hindurch, was Anika tippte. »Faszinierend«, kommentierte sie die Suchfunktion. Viele ihrer Senioren im Stift besaßen Smartphones, daher war Anika überrascht, dass Doris noch keines hatte. Aber die Begeisterung, mit der sie kurzsichtig aufs Display blinzelte, hieß wohl, dass es nicht mehr lange dauern konnte, bis sie sich eines kaufte, vermutete Anika. Sie tippte auf die Werbeanzeige einer bekannten Mietwagenfirma.

»Es gibt eine Autovermietung am Flughafen Mülhausen/Basel, angeblich ab siebzehn Euro pro Tag«, zitierte Anika die Werbung.

»Das gilt wahrscheinlich für ein Mofa.« Hermann schnaubte.

»Wir brauchen ein Modell mit Platz für viele Koffer.«

Ein Peugeot, der groß genug war, kostete knapp 200 Euro pro Tag.

»Wir brauchen ihn für zwölf Tage, das macht also …« Doris schnappte hörbar nach Luft. Anika selbst dachte daran, dass ihr ganzer letzter Urlaub inklusive Übernachtung und Verpflegung nicht so teuer gewesen war.

Sigrid zuckte mit den Schultern. »Zug?«, fragte sie.

»Da fährt nur der Nachtzug.«

»Warte mal, können wir das Auto nicht in Saint-Tropez abgeben? Dort brauchen wir es ja eigentlich nicht, oder?«

Doris wühlte in Unterlagen und schüttelte ihren Kopf. »Da haben wir keine Besichtigungen geplant. Ich hätte ja diverse Vorschläge gehabt, aber ihr wolltet, ich zitiere, in der Sonne sitzen und Alkohol trinken.«

»Wunderbar.« Sigrid nickte zufrieden. »Und könnten wir dann auch für die Fahrt zurück eines ab Saint-Tropez mieten?«, wandte sie sich an Anika.

Anika googelte. Die Möglichkeit, ein Leihauto an einem anderen Standort abzugeben war zwar teurer, als es zum gleichen Ort zurückzubringen, sparte den dreien aber natürlich elf Tage Mietkosten. Aufgrund ihres Autos, der Garderobe, die Sigrid besaß, und der Freigiebigkeit, mit der sie Anika am gestrigen Tag das besonders hübsche Sommerkleid geschenkt hatten, das sie Anika unbedingt aufdrängen wollten, hatte Anika schon vermutet, dass es den dreien an Geld nicht mangelte. Und so stimmten sie der

Automietung zu, Anika gab Sigrids Kreditkartennummer ein und schloss die Buchung ab.

»Ihr habt ein Auto«, informierte sie die Freundinnen dann. »Einen Peugeot.«

»Natürlich!« Auch wenn Frédéric vorher noch über Peugeot geschimpft hatte, schien er nun stolz auf die französische Automarke.

»Frédéric bringt euch sicher nach Mülhausen«, sagte Cécile.

Der Automechaniker nickte eifrig. »Aber klar, das gehört zum Service.«

Ob er immer so hilfsbereit war oder ob es an der Tatsache lag, dass Cécile ihn gebeten hatte, wusste Anika nicht.

Olivier, der der Unterhaltung bisher schweigend zugehört hatte, setzte sich nun neben sie. »Ihr müsst ja auch weiter, ihr wollt doch nach Paris.«

Hermann nahm noch einen kräftigen Schluck Kaffee. »Eile mit Weile«, sagte er gewichtig.

»Wisst ihr, was?« Sigrid runzelte die Stirn. »Wir kommen doch erst in zwölf Tagen zurück. Wenn mein Auto wirklich übermorgen fertig wird, könnt ihr doch einfach mit dem Audi nach Paris fahren.«

»Nein, das können wir nicht annehmen«, antwortete Anika automatisch.

Hermann sah sie von der Seite an. »Was meine reizende Reisebegleitung damit sagen möchte«, wandte er sich an

Sigrid, »ist ›Herzlichen Dank für dieses nette Angebot, wir bringen den Audi in zwölf Tagen wohlbehalten hierher zurück‹.«

»Nein, wirklich«, protestierte Anika, wurde aber von Bärbel unterbrochen, die ihrerseits »Nein, wirklich!« sagte. »Was soll das Auto weiter in der Werkstatt stehen, wenn's fertig ist, und bei Frédéric Platz blockieren?«

Anika zögerte zwar immer noch, aber Hermann hatte die Sache längst mit Handschlag besiegelt, und so gab sie schließlich nach. Sie hoffte nur, dass der Verkehr in Paris nicht so schlimm war, wie sie befürchtete. Auch nur der kleinste Kratzer im Audi, und sie würde vor Scham sterben.

»Das heißt, ihr bleibt noch ein paar Tage hier.« Cécile strahlte.

Auch Olivier lächelte zufrieden und nun konnte sich auch Anika nicht dagegen wehren, erleichtert zu nicken. Gut, dass sie Urlaub hatten. Urlaub, dachte sie und wunderte sich über sich selbst. Sie waren nicht im Urlaub.

Hals über Kopf hatte sie ihren Job hingeworfen und nun musste sie sich um Hermann kümmern und ihn nach Paris bringen. Was sie erwartete, wenn sie wieder zurück in Deutschland war, wusste sie nicht und wollte sie sich auch lieber nicht ausmalen.

Aber heute, heute und morgen und übermorgen, ja doch, da hatten sie noch Urlaub.

7. Kapitel

Der Abschied von den drei Witwen fiel so laut aus, wie Hermann erwartet hatte. Würden sie sich nicht ohnehin in zwölf Tagen höchstwahrscheinlich wiedersehen, hätte er sich bestimmt noch weiter in die Länge gezogen und das Geschnatter kein Ende genommen.

»Du hast jetzt ein paar Tage Zeit, um dein Pokerface zu üben«, verabschiedete Sigrid sich von ihm.

Doris sah ihn aufmerksam an und hob den Zeigefinger. »Vergiss nicht, Notre-Dame in Paris zu besuchen! Den Eiffelturm, den Triumphbogen, den Louvre …«

»Ich bezweifle, dass wir dazu die Zeit haben«, unterbrach er sie.

Sie kniff die Augen und dann die Lippen zusammen, dann steckte sie ihm ein kleines Büchlein zu. »Ich hab noch genug Reiseführer«, sagte sie.

Kopfschüttelnd blickte er ihr hinterher, als sie ins Auto kletterte.

Als Nächste umarmte Bärbel ihn. »Du alter Griesgram, sei nett zu unserem Mädel«, sagte sie und drückte Anika herzlich an sich.

»Bin ich immer«, grummelte Hermann und kurz darauf saßen die drei endlich bei Frédéric im Auto und winkten frenetisch, als er abfuhr.

Hermann seufzte auf. »Haben wir das auch geschafft!«

Anika grinste. Wahrscheinlich war sie ebenfalls froh, die drei Nervensägen los zu sein. Auch wenn sie hin und wieder ihre Momente gehabt hatten.

»Und was machen wir beide jetzt?«, fragte Anika ihn, als sie zurück ins Haus gingen.

Ihm reichte es mit der Aufregung für heute. »Ich plane, im Garten zu liegen und Gott einen guten Mann sein zu lassen«, erklärte er.

»Das klingt gut. Vergiss nicht …«

»Meine Medikamente zu nehmen und genug zu trinken. Ja doch, ich bin nicht senil.«

Anika drückte kurz seine Hand. »Ich bin und bleibe Pflegerin«, sagte sie.

Sie betraten gerade wieder die Küche, in der Cécile das Frühstück abräumte und Olivier noch einen Espresso im Stehen trank.

»Wie wäre es denn, wenn du heute eine Pause vom Job machst?«, fragte Hermann und setzte sich auf einen Stuhl. »Ich bin versorgt. Und möglicherweise hätte einer unserer Gastgeber ja Lust, dir ein bisschen die Umgebung zu zeigen.«

Nach den Anfangsschwierigkeiten schlichen Olivier und Anika nun wie auf Eierschalen umeinander herum.

»Das ist eine wundervolle Idee!«, griff Cécile seinen Vorschlag sofort auf. »Olivier, du könntest doch heute etwas mit Anika unternehmen?« Herrlich, wenn auch mal andere mitdachten.

»Oh.« Anika wurde rot.

»Also, ich dachte …« Olivier fuhr sich durch die Haare. »Vielleicht könnten wir eine kleine … also mit dem Fahrrad ist es eine kleine Strecke, aber nicht zu weit bis nach Ribeauvillé. Zehn Kilometer. Falls du Lust hast, könnten wir …« Er brach ab und sah sich Hilfe suchend um.

Hermann stieß Anika, die in eine Art Schockstarre verfallen zu sein schien, seinen Zeigefinger in den Oberarm.

»Oh.« Ihre Wangen wurden noch ein kleines bisschen röter. »Gerne. Ich würde mich freuen, die Umgebung ein bisschen besser kennenzulernen.«

Die Umgebung, soso. Hermann versuchte, sein Grinsen zu unterdrücken.

»Schön.« Cécile blickte zu Hermann herüber. »Und wir zwei machen es uns hier gemütlich.« Sie holte eine große Rührschüssel aus einem Küchenschrank, was in ihm die berechtigte Hoffnung auf einen nachmittäglichen Kuchen weckte. Das würde zumindest unter seine Definition von »gemütlich« fallen.

*

Der kleine Schuppen war mit Ranken überwuchert und Olivier musste ein paarmal an der Tür ruckeln, bevor sie aufging.

»Wir fahren nicht so oft Fahrrad, wie du siehst«, erklärte er lachend, als er zwei völlig verstaubte Räder nach draußen schob. »Hoffentlich funktionieren sie noch.«

»Mit dem richtigen Werkzeug kann ich einen Platten reparieren.« Das hatte Anika schon im Grundschulalter von ihrem Großvater gelernt. Aus Kraftgründen hatte ihr Opa den Mantel immer aus dem Reifen ziehen müssen, aber den Schlauch ins Wasser tauchen, um das Loch zu finden, und dann mit Kleber und Flickzeug werkeln, das war fast wie basteln gewesen und hatte ihr immer Spaß gemacht.

Doch sie musste ihr Können nicht unter Beweis stellen. Nachdem sie mit einem Lappen den größten Schmutz abgewischt und die Reifen aufgepumpt hatten, wirkten die Fahrräder beinahe wie neu. Anika setzte sich auf Céciles Drahtesel, drehte eine kleine Runde, um sich zurechtzufinden und klingelte dann lang und ausgiebig.

»Geht schon los«, sagte Olivier und richtete sich auf. »Ich dachte nur, ich nehme das … Ahh!« Er griff noch einmal nach dem Päckchen, das er auf den Gepäckträger geklemmt hatte, und suchte nach der Bezeichnung. »Das Flickzeug!« Er lachte. »Ich dachte, ich nehme das Flickzeug besser mit.«

Und dann fuhren sie los.

Wie schon tags zuvor bei der Autofahrt konnte Anika sich an den grünen Hügeln kaum sattsehen. Nur spürte sie heute den leichten Wind im Gesicht und die Sonne auf ihren nackten Armen. Es roch nach Sommer. Anders konnte sie es nicht beschreiben. Dieser intensive Geruch nach Sonne, Gras und frischen Tannennadeln weckte Erinnerungen an längst vergangene Tage ihrer Kindheit, an Urlaube, an Zeiten des Glücks.

Der Fahrradweg befand sich etwas abseits der Straße, und rechts neben ihnen wechselten sich blühende Wiesen mit Weingärten ab.

Anika genoss die Fahrt und hatte das Gefühl, dass mit jedem Meter ein Stück der Anspannung der letzten Zeit von ihr abfiel. Viel zu bald schon waren sie in Ribeauvillé, fand sie, sie hätte noch gut und gerne kilometerlang so weiterfahren können. Aber es gab ja immer noch den Rückweg, und außerdem bemerkte sie in dem Moment, wie durstig sie war.

»Schau mal dort!«, rief Olivier in diesem Moment. Über der Wiese kurz vor dem Ortseingangsschild kreisten mindestens drei Störche, einer stakste unter ihnen durch das Gras.

Anika und Olivier stellten ihre Fahrräder ab. Cécile hatte ihnen etwas Limonade mitgegeben, die sie aus Wasser, Zitrone und kaum Zucker selbst zubereitete, und Olivier reichte Anika die Trinkflasche.

»Ich weiß gar nicht, was die eigentlich fressen … Frösche?«, fragte Anika mit Blick auf die Störche, als sie ihm die Flasche zurückgab.

»Hier in der Gegend wahrscheinlich viele Eidechsen oder was sie sonst noch so finden.«

»Kommen die jedes Jahr?«

»Mal mehr, mal weniger. Früher, als die Pension noch ein Bauernhof war, gab es auch dort auf dem Dach ein Storchennest«, erzählte Olivier. »Mathieu habe ich unseren Storch als Kind genannt. Er ist jeden Sommer zurückgekommen, zusammen mit seiner Frau. Großvater hat immer geschimpft, weil die Zweige der Nester unsere Regenrinne verstopft haben. Aber er hat sie nie verjagt. Irgendwann ist Mathieu dann nicht mehr gekommen.«

»Oh nein!«

»Großvater hat mich beruhigt und mir versprochen, dass er ein paar Kilometer weiter einen größeren, schöneren Bauernhof mit einem besseren Dach gefunden hat.«

Anika musste lachen. »Wie bei meinem Kaninchen! Meine Tante Linda hat mir damals versichert, dass es weggelaufen ist, in die Freiheit.« Ihre Mutter hatte dazu die Augen gerollt, aber immerhin nichts gesagt.

»Sieh mal!« Olivier deutet mit dem Finger auf den Storch, der seinen kreisenden Gleitflug über der Wiese nun beendete, zum Sinkflug ansetzte und mit einigen letzten hastigen Flügelschlägen auf dem Boden aufsetzte.

Auf der Suche nach der nächsten Beute stakste er durch die Wiese.

Anika drehte sich zu Olivier. »Kennst du das Sprichwort ›Da brat mir doch einer nen Storch!‹?«, fragte sie.

»Nein.« Er lachte. »Aber ich glaube nicht, dass Störche gut schmecken. Sonst hätte Cécile sie längst auf unsere Speisekarte gesetzt.«

Nun musste auch Anika lachen. »Nein, nein, man sagt es, wenn man überrascht ist. Wenn irgendetwas ganz unglaublich ist.«

Olivier überlegte einen Moment, dann nickte er und sagte lächelnd: »Ich habe keine Ahnung, was ein gebratener Storch mit einer Überraschung zu tun hat, aber ich werde es mir merken.«

Die Trinkflasche im Rucksack verstaut, schnappten sie sich ihre Fahrräder und machten sich wieder auf den Weg. Schon ein paar Hundert Meter weiter stand ein altes Bauernhaus, auf dessen Dach wieder ein Storchenpaar nistete, aber diesmal hielten sie nicht an.

»Im Ortskern von Ribeauvillé gibt es auch einige.« Olivier zwinkerte ihr zu. »Auf den Dächern in der Altstadt.«

*

Es war wunderschön im Garten der Durands und heute auch himmlisch ruhig, weil kein Hämmern zu hören war, während Olivier an den Fensterläden werkelte. Heute machte er ja eine Pause, um Anika Ribeauvillé zu zeigen. Wie gut also, dass Hermann hiergeblieben war.

Er konnte nun einspringen und für Cécile die Leiter halten, auf der sie am Kirschbaum hinaufstieg. Sie wollte einige Zweige anbinden, aus Sorge, dass sie der Last der vielen Früchte nicht standhalten und brechen würden. Schließlich war es ein alter Baum und die Früchte würden noch einige Wochen brauchen, um vollständig zu reifen.

Cécile hatte ein Kopftuch um ihre Locken gebunden und trug wie immer bei ihren Gartenarbeiten eine ausgebeulte Jeans. Obwohl sie sie alle zwei Tage wusch, hatte sie keine Chance, gegen die Grasflecken anzukommen, wie sie Hermann erklärt hatte. Er hatte nicht verstanden, warum sie sie überhaupt wusch. Das war doch reine Zeitverschwendung. Aber wahrscheinlich war das so eine Frauensache.

Anika richtete neuerdings jeden Morgen sehr umständlich ihre Frisur. Er war sich noch nicht ganz sicher, wie er das fand. Einerseits schien Olivier wirklich nett zu sein, andererseits schwärmte Anika so sehr für ihn, dass Hermann sich ein wenig Sorgen machte, wo das hinführen sollte. Auch wenn es sonst niemandem aufgefallen zu sein schien, ihm konnte sie nichts vormachen, dafür kannte er sie zu gut.

Was, wenn Olivier sich als Nichtsnutz entpuppte? In den zwei Tagen, die Hermann ihn jetzt kannte, hatte er ihn sympathisch gefunden. Aber das hatte er ganz am Anfang über den jungen Doktor, der im Stift Vertretung des Stiftsarztes übernommen hatte, auch gedacht. Bis der plötzlich damit angefangen hatte, Anika in den Ausschnitt zu glotzen.

Das Mädchen hatte einen anständigen Mann verdient!

Oder was, wenn Olivier ein anständiger Mann war? Das barg ja noch schlimmere Risiken! Wo wollten sie leben? Er würde seine Pension verlassen müssen, das würde ihm sicher nicht gefallen. Oder würde Anika gar auf die Idee kommen, hierbleiben zu wollen?

Es kribbelte an Hermanns Armen, als ob dort Insekten herumkrabbelten. Doch obwohl es überall im Garten summte und brummte, lag es nicht an den Fliegen. Langsam wurde ihm auch heiß, sie standen hier zwar im Schatten, aber das Thermometer zeigte schon deutlich über 25 Grad an.

»Bist du bald fertig?«, fragte er nach oben.

Cécile sagte etwas, das er nicht verstehen konnte, und kletterte dann flink die Leiter herunter. Das Gesicht gerötet, die Locken unter dem Kopftuch mit Schweiß an die Schläfe geklebt, lächelte sie ihn an.

»Oh je!«, sagte sie dann besorgt. »Du bist ja ganz rot im Gesicht. Komm, wir trinken was.« Sie fasste ihn sanft am Ellbogen, so wie Anika das immer tat, und wie bei Anika war er zu milde gestimmt, um ihr seinen Arm zu entziehen.

Die Oberste Heeresleitung, ha, die hatte einmal versucht, ihn am Arm in den Speisesaal zu führen – aber auch nur ein einziges Mal.

Ächzend und dankbar für die Pause ließ Hermann sich in den Gartenstuhl fallen, den Cécile ihm an dem kleinen Tisch im Schatten zurechtschob. Das kühle Wasser tat gut. Seine Zunge schien am Gaumen zu kleben. Sie füllte zwei große Gläser und er trank in gierigen Schlucken. »Langsam«, erinnerte er sich an Anikas Stimme. Auch wenn es albern war, aber er zwang sich, kleinere Schlucke zu nehmen. Sie hatte ihm ausführlich erklärt, weshalb er bei Hitze kalte Getränke nur langsam trinken sollte. Er hatte nicht zugehört. Aber ihr zu Gefallen hielt er sich seitdem daran.

»Vielen Dank für die Hilfe«, sagte Cécile.

»Na, das war doch selbstverständlich!«

»Nein, war es nicht.« Sie lachte. »Ich sag dir, wenn alle Gäste so hilfsbereit wären, würde ich die Pension unter keinen Umständen verkaufen.«

»Ihr wollt die Pension verkaufen?« Hermann blieb der Mund offen stehen. War das der Grund für die Diskussion gewesen, die er gestern zwischen den Geschwistern mitbekommen hatte?

»Was heißt wollen.« Cécile lachte, doch es klang freudlos. »Wir müssen. Wir können Lucien nicht ausbezahlen und … ach, ich möchte dich nicht mit meinen Geschichten langweilen!«

Hermann zog die Augenbrauen hoch und blickte sich um. »Habe ich gerade einen spannenden Termin, den ich vergessen habe? Nein. Also los, erzähl«, forderte er sie auf.

Sie fuhr sich mit der Hand über die Stirn. »Die Pension gehörte meinen Großeltern«, begann sie. »Oma und Opa hatten hier einen richtigen Bauernhof, mit Hühnern und Schweinen. Deshalb existiert auch dieser schöne Garten mit den Obstbäumen. Hier«, sie zeigte auf den Lavendelbusch neben Hermanns Liege, der gerade angefangen hatte zu blühen und in dem die Hummeln ein- und ausflogen. »Auf dieser Wiese habe ich als Kind mit den Hühnern gespielt.« Sie hielt inne. »Irgendwann haben sie dann ein paar Zimmer umgebaut und an Urlauber vermietet. Na, und heute wäre es Agritourisme und total in Mode.« Sie lachte.

Er hatte das Wort Agritourisme zwar noch nie gehört, aber er konnte sich vorstellen, dass die heutigen Städter viel Geld zahlten, um einmal das Landleben kennenzulernen. Zu seiner Zeit hatte man das noch »Urlaub auf dem Bauernhof« genannt. Vor allem mit Kindern war das sicher eine tolle Sache. Plötzlich schoben sich erneut Gedanken an Regina nach vorne. Ob er so etwas gemacht hätte, wenn er Regina ein Vater gewesen wäre?

»Meine Mutter wollte lieber nichts damit zu tun haben, sondern nach Paris, in die große Stadt. Stattdessen ist sie in Straßburg gelandet, wo sie meinen Vater kennengelernt hat. Er ist Städter durch und durch, in Straßburg aufgewachsen und interessierte sich kaum für Aubure. Klar, in den Ferien sind wir uns zuliebe oft hierhergefahren. Olivier und ich …« Ihr Blick wurde wehmütig. »Weißt du, wir haben hier die glücklichsten Tage unserer Kindheit verlebt. Und als Opa gestürzt ist, als ich gerade Anfang zwanzig war, und Oma nicht wusste, wie sie allein alles schafft …«

»Da habt ihr ausgeholfen«, ergänzte Hermann.

»Ich war etwas zögerlicher als Olivier. Er hat in Aix studiert, Aix-en-Provence. Das war ihm wahrscheinlich zu südlich.« Sie lachte. »Er hat sofort seine Sachen gepackt und ist nach Hause gekommen.«

Nach Hause. Hier war also immer ihr Zuhause gewesen. Nicht in Straßburg bei den Eltern, sondern in Aubure auf dem Bauernhof – in der Pension.

»Und du bist ihm gefolgt?«

Cécile nickte. »Ja, von Straßburg aus ist es bloß ein Katzensprung. Aber auch Straßburg ist wunderschön!« Offenbar hatte sie genug von den schweren Geschichten und begann von der Stadt zu erzählen, in der sie aufgewachsen war. Er ließ sie reden, wollte sie nicht weiter belasten und hörte geduldig zu.

*

Etwas außer Atem, aber glücklich kamen Anika und Olivier in Ribeauvillé an.

»So, jetzt zeige ich dir unsere große Stadt!« Bei den Worten lachte Olivier, schließlich war Ribeauvillé alles andere als groß. Dafür war es wunderhübsch.

Sie stellten die Fahrräder am Eingang der Grand Rue ab. Auf Kopfsteinpflaster führte die Fußgängerzone sie einen leichten Hügel hinauf, links und rechts empfingen sie Fachwerkhäuser mit bunten Fensterläden und dekorierten Schaufenstern. Wein wurde angepriesen, Käse, Brot, alles, was das Herz begehrte. Jede Menge Souvenirartikel, von denen Anika zumindest einen Storch aus Stoff einmal in die Hand nehmen musste, gab es ebenfalls. In einer Patisserie gönnten sie sich ein Eis und schlenderten dann, die Waffelhörnchen in der Hand, weiter hinauf bis zu einem Torturm, der sich direkt über der Straße erhob. Anika blieb stehen.

»Wow, das muss ein Postkartenmotiv sein.«

»Oh, wahrscheinlich sogar fünf«, antwortete Olivier. »Das ist la Tour des Bouchers, der Fleischerturm.«

»Die haben dort …« Nein, das machte keinen Sinn. In einem Turm Tiere schlachten?

»Ich habe keine Ahnung, warum er so heißt«, beantwortete Olivier ihre unausgesprochene Frage. »Aber er ist sehr alt. Früher wurden durch ihn die beiden Stadtteile getrennt.« Er deutete auf die Turmuhr. »Und er zeigt nicht nur die Zeit an, es gibt auch eine Glocke.«

»Er sieht aus wie ein Kirchturm.«

»Ein Kirchturm ohne Kirche. Die gibt es weiter oben.« Olivier deutete die Straße hinauf.

Sie schlenderten weiter und Anika hörte überall Französisch, viel Deutsch, hin und wieder Englisch. »Nerven euch die Touristen eigentlich?«, fragte sie, als eine besonders laute Gruppe an ihnen vorbeizog.

Olivier stupste sie leicht an. »Ja, total«, sagte er. »Deshalb betreiben wir eine Pension und ich spiele Reiseführer für ein schönes deutsches Mädchen.«

»Oh.« Mehr wusste sie nicht zu sagen. Sie hatte gar nicht an sich selbst und Hermann gedacht, als sie ihre Frage gestellt hatte. Eine Touristin, war das alles, was er in ihr sah? Aber dann … er hatte sie hübsch genannt. Oder tat er das ebenfalls bei allen anderen Frauen, die in seiner Pension abstiegen? War er nur charmant und höflich, wie man das als Gastgeber war?

Sie rieb sich die Stirn und beschloss, nicht weiter darüber nachzudenken. Es war zu schönes Wetter, um den Tag mit Grübeln zu verbringen. Links von der schmalen Hauptstraße zweigte ein Gässchen ab, in dem ein blau gestrichenes Haus besonders auffiel.

»Komm!«, rief sie und zog ihn in das Sträßchen hinein. Hier durften schon wieder Autos fahren, obwohl Anika sich fragte, wie die ohne Schaden zu nehmen zwischen den Häusern hindurchpassen sollten. Blumenkübel standen vor den Haustüren aus Holz, an einer war ein Dekoschildchen angebracht. Die Zeichnung hatte Anika schon ein paarmal in den Souvenirläden gesehen: ein Mann und eine

Frau mit altertümlicher Kleidung in Rot, Schwarz und Weiß.

»So sieht unsere Tracht aus, die Elsässer Tracht«, sagte Olivier. »Die Männer tragen Hüte und die Frauen riesige Schals, manchmal auf dem Kopf. In Colmar gibt es oft Tanzabende. Du siehst also: Bei uns werden keine Störche gekocht, aber wir haben auch seltsame Traditionen«, beendete er die kleine Ausführung.

Anika gluckste. »Wir kochen sie auch nicht, wir braten sie.«

»Noch schlimmer.« Olivier schüttelte den Kopf.

Als sie nach einem entspannten Stadtbummel, einem Getränk in einem netten Café und einer sonnigen Rückfahrt wieder in der Pension ankamen, saß Hermann im Garten in ein reges Gespräch mit Frédéric vertieft.

»Nein, nein, nichts geht über einen Jaguar. Der Mark 2, was für ein unglaubliches Auto!«, sagte Hermann gerade.

»Oh Gott, Oldtimer, ermutige ihn nicht auch noch!« Olivier stöhnte, als er die beiden begrüßte.

»Du bist kein Autofan?« Anika grinste.

»Ich habe eins, weil ich nicht zu Fuß zum Einkaufen im Intermarché gehen kann«, erwiderte Olivier.

Frédéric seufzte theatralisch. »Da will ich mit meinem besten Freund meine Leidenschaft teilen, und was ist? Kein Interesse!«

»Cécile ist ein würdiger Ersatz«, sagte Olivier.

Darauf antwortete Frédéric nichts mehr, sondern grinste nur.

»Cécile mag Autos?«, fragte Anika.

»Oh, nicht irgendwelche Autos! Oldtimer!«, geriet Frédéric ins Schwärmen. »Sie liebt Ford oder VW.«

»Die Klassiker!«, warf Hermann glücklich ein. »Wer mag den Karmann-Ghia nicht?«

Den Namen hatte Anika noch nie gehört, aber Frédérics Augen leuchteten.

»Cécile und Frédéric können sich begeistern«, erklärte Olivier. »Sie gehen gemeinsam auf Veranstaltungen, in Monte Carlo, in Caen, ich weiß nicht, wo noch überall.« Er zuckte mit den Schultern.

Interessant, dachte Anika. Frédéric war sehr eindeutig, was seine Flirtkünste anging, von Cécile hatte sie bisher nicht viel mehr als amüsierte Blicke auffangen können. Anscheinend gehörte sie zum eher zurückhaltenden Typ Frau.

Aber wenn die beiden schon gemeinsam auf Veranstaltungen gingen … oh, là, là.. Anika musste lächeln.

»Cécile könnte ich in meiner Werkstatt anstellen, kein Problem. Nur Olivier und Emmanuel: Catastrophe!« Frédéric hob die Hände. »Wenn ich Emmanuel frage, was für ein Auto er fährt, was sagt er?«

Alle sahen ihn erwartungsvoll an.

»Ein Polizeiauto.« Alle fielen in das Gelächter ein, das

dem verzweifelten Ausruf folgte. Und wenig später stieß auch Emmanuel zu ihnen, gerade rechtzeitig, um sich wie die anderen über Céciles Essen herzumachen.

»Morgen sind wir dran mit Einkaufen«, nuschelte er zwischen zwei Bissen der köstlichen Gnocchi. Cécile hatte heute einen Ausflug in die italienische Küche gewagt, der äußerst gelungen war.

»Ich frage mich, ob wir der Wierczinak Céciles Rezepte mitbringen sollen«, überlegte Hermann ebenso undeutlich mit vollem Mund. Die ehemalige Köchin im Stift rühmte sich immer ihrer internationalen Küche.

»Aber fragt Cécile vorher«, sagte Olivier an Emmanuel gewandt.

»Das letzte Mal habt ihr mir solch ein Chaos an Zutaten mitgebracht, ein Wunder, dass man es überhaupt essen konnte!«

Offenbar aßen die beiden Junggesellen regelmäßig bei den Durands mit und revanchierten sich dafür mit Einkäufen. Anika fand das Arrangement erstaunlich liebevoll. Wie eine richtige Familie, dachte sie und fragte sich, warum ihr der Gedanke einen Stich versetzte. Vielleicht, weil nicht einmal ihre tatsächliche Familie – ihre Mutter – sich so verhielt. Sie versuchte, sich schnell wieder auf die Unterhaltung zwischen Frédéric und Cécile zu konzentrieren.

»Du kannst doch aus allem etwas zaubern«, versuchte er es gerade auf die charmante Tour.

Cécile drehte sich zu Anika. »Es gab Ketchup, Avocados, Schokolade, Sekt und Kartoffeln.«

»Uff.«

»Zum Glück war unsere Vorratskammer noch nicht ganz leer.«

Anika erinnerte sich an eine Fernsehsendung, bei der Köchen solche unmöglichen Einkäufe vorgelegt wurden und sie spontan ein Menü daraus machen mussten und erzählte Cécil amüsiert davon.

»Da hätte ich gewonnen, das kann ich dir sagen! Ketchup und Avocados, das muss man sich mal vorstellen.« Cécile lachte.

»Solange du keine Störche brätst«, warf Olivier nun ein und zwinkerte Anika so verschwörerisch zu, dass ihr die Röte in die Wangen schoss.

8. Kapitel

In den nächsten Tagen verbrachten Hermann und Anika viel Zeit im Garten. Hermann schlafend oder Limonade trinkend, Anika neben Cécile beim Unkraut jäten oder im Gespräch mit Olivier. Auffällig oft verabschiedeten die beiden sich zu Spaziergängen oder auf einen Eiskaffee ins Dorf.

Zwischendurch spielten Hermann und Anika Poker, manchmal stieß Frédéric zu ihnen. Er schien viel freie Zeit zu haben.

»Bis die Ersatzteile kommen …«, sagte er und hob die Schultern. Er hatte gleich mehrere Autos, bei denen sich die Reparatur hinauszögerte, behauptete er. Aber so ganz sicher war Anika sich nicht, dass er nicht trotzdem noch die eine oder andere Aufgabe hätte erledigen können.

Doch wenn er so über die Runden kam. Warum sollte er sich kein schönes Leben im Garten der Durands machen und währenddessen versuchen, Cécile für sich zu gewinnen.

Die jedoch zeigte sich so augenzwinkernd unbeeindruckt wie in den ersten Tagen, und Anika musste zugeben, ein bisschen neidisch auf ihre Gelassenheit zu sein. Wie gut hätte sie selbst ein wenig davon gebrauchen können.

Schnell hatte Anika das Gefühl, die kleine Pensionsfamilie schon seit Ewigkeiten zu kennen. Sie war nicht der Typ fürs Faulenzen, also hatte sie es sich angewöhnt, neben Hermanns Pflege in der Küche mitzuhelfen. Indem sie Cécile über die Schulter schaute und ihr zuarbeitete, lernte sie etwas, durfte immer als Erste probieren und konnte beim Tischdecken ein wenig ungestört mit Olivier plaudern, bevor das turbulente Essen losging.

Inzwischen konnte sie das Herzklopfen, das sich in Oliviers Nähe einstellte, nicht mehr leugnen. Jedes Mal wenn er sie fragte, ob sie einen Eiskaffee mit ihm trinken wollte oder vielleicht Lust hätte, im Intermarché einen guten Wein auszusuchen – nicht, dass Anika auch nur ansatzweise Ahnung von Wein gehabt hätte, aber sie nahm den Vorwand gerne an, um etwas Zeit mit Olivier zu verbringen –, wurde es noch stärker.

Wenn es nach ihr ging, hätte sie den ganzen Tag damit zubringen können, mit ihm zu scherzen und seine Lachfalten zu betrachten, die sich so nett an seinen Augen kräuselten.

Sehnsüchtig dachte Anika an ihren gemeinsamen Ausflug nach Ribeauvillé zurück. Es war schön gewesen, einen ganzen Tag mit ihm allein zu verbringen. Ob sie ihn noch einmal bitten konnte, Fremdenführer zu spielen? War das zu unverschämt? Und vor allem: Was, wenn er überhaupt keine Lust hatte, kein Interesse an ihr und sie hier etwas falsch interpretierte? Was wenn er sie zum Einkaufen nur aus Höflichkeit mitnahm?

»Wie oft hat Olivier dich nun auf einen Eiskaffee eingeladen?«, fragte Hermann in diesem Augenblick, als könne er Gedanken lesen. Sie lagen nebeneinander auf zwei Gartenliegen im Schatten des Kirschbaums.

Anika wandte ihm abrupt das Gesicht zu und sah ihn stechend an. »Dreimal. Warum?«

»Nicht gleich so angriffslustig.« Hermann lachte leise. »Mich hat nur der Prozentsatz interessiert: Drei Tage, drei Eiskaffees.«

Reines Interesse. Bloße Neugier. Hermann fragte erstaunlich häufig nach Oliviers und Anikas Aktivitäten. Sie kniff die Augen zusammen.

In diesem Augenblick trat der Pensionsbesitzer selbst zu ihnen. Anika zog die Beine etwas zu sich heran, sodass er sich auf die Liege neben sie setzen konnte.

»Ihr lasst es euch gut gehen.« Olivier lachte.

»Jeder, wie er verdient«, antwortete Hermann.

Anika hielt Olivier ihr Glas mit Limonade hin, damit er auch einen Schluck trinken konnte. Plötzlich fiel ihr auf, wie vertraut sie mit ihm umging, und war sich nicht sicher, wie sie dazu stand. Einerseits genoss sie seine Gegenwart, wie er da auf ihrem Liegestuhl neben ihr saß und wie selbstverständlich ihre Limonade trank, andererseits … Es gab immer ein Andererseits, richtig?

»Ich wollte fragen«, begann Olivier und betrachtete intensiv das Limonadenglas, »also ich dachte ... vielleicht hättest du Lust ... Also, ich könnte dir noch ein bisschen mehr von unserer Gegend zeigen«, schlug er schließlich vor.

»Oh! Das musst du aber nicht. Uns ist nicht langweilig hier!« Sie wollte nicht, dass er dachte, er müsse ihnen ein Programm bieten, weil es ihnen im La Cigogne oder in Aubure nicht gefiel.

»Ganz und gar nicht«, stimmte Hermann ihr zu. Ächzend hievte er sich in seinem eigenen Liegestuhl hoch und stellte sein Limoglas auf dem kleinen Tisch zwischen ihnen ab. »Trotzdem täte dir etwas Bewegung gut. Dein Angebot ist angenommen, Junge, du machst morgen mit Anika einen Ausflug.«

Gesagt, getan. Am nächsten Morgen wurde Anika von Cécile mit Wanderschuhen ausgestattet. Olivier packte einen Rucksack, und dann setzte Frédéric sie an einem kleinen Parkplatz mitten im Nirgendwo ab, von dem aus sie loswanderten.

Anika genoss das Kitzeln der Sonnenstrahlen auf ihren Armen, das Gras, das am Wegesrand um ihre nackten Waden strich und noch feucht vom Regen der letzten Nacht war. Doch das Beste war die Luft, die so wunderbar nach Sommer, nach Natur und Erholung roch.

Der Weg, den Olivier ausgesucht hatte, war nicht zu anstrengend, aber anfangs ging es schon kräftig bergauf. Zum Glück war Anika es ja gewohnt, den ganzen Tag auf den Beinen zu sein, und der weiche Waldboden war deutlich angenehmer als das Linoleum des Stifts.

Irgendwann hatten sie die Kuppe eines Bergrückens erreicht, dem sie nun folgten und der nur noch in leichten Wellenbewegungen leicht bergauf und bergab führte. In einem Tal unter ihnen entfalteten sich Wiesen, und hinter und neben ihnen lockte der Wald.

Hin und wieder trafen sie ein paar Kühe am Wegesrand, einmal passierten sie eine kleine Ziegenherde.

Anika genoss die Wanderung so sehr, dass sie kaum bemerkte, wie die Zeit verging. So war sie überrascht, als Olivier verkündete, den perfekten Platz für eine Mittagspause gefunden zu haben. Er breitete eine Picknickdecke auf einem besonders grünen und sonnigen Fleckchen Wiese aus und zauberte die mitgebrachten Köstlichkeiten aus seinem Rucksack hervor.

Wenig später saßen sie nebeneinander im Gras. Spontan löste Anika ihre Schnürsenkel und streifte ihre Schuhe und Socken von den Füßen. Sie genoss das Gefühl des kühlen Grases, das zwischen ihren Zehen kitzelte und machte sich hungrig über Baguette und Käse her.

Hin und wieder traf ihr Blick Olivier, und jedes Mal blickte auch er genau in diesen Momenten zu ihr. Sie konnte nicht anders als immer wieder schnell wegsehen. In seiner Nähe wurde sie ohnehin dauernd rot, er löste etwas in ihr aus, was sie längst vergessen geglaubt hatte.

Durch zwei Haarsträhnen hindurch warf sie ihm erneut einen verstohlenen Blick zu, und dieses Mal schaute er geradeaus, ins Tal, sodass sie sein Profil beobachten konnte. Die winzigen Fältchen um die Augen waren vor allem zu sehen, wenn er lachte. Leichte Bartstoppeln zeichneten sich auf seinen Wangen ab, er hatte sich heute wohl nicht rasiert.

Als er sich zu ihr umdrehte, zwang sie sich, seinem Blick standzuhalten, auch wenn sie genau wusste, dass sie sofort wieder knallrot geworden war. Sie konnte es auf die Sonne schieben.

»Es ist schön hier, oder?«, fragte er.

Schön, ja, das war es. Wunderschön. Aber es gab da noch etwas anderes: Anika fühlte einen inneren Frieden, eine Entspannung, die sie lange nicht mehr gespürt hatte, nicht auf ihren seltenen Urlaubsreisen, und schon gar nicht in ihrem stressigen Job. Ob es an den Weinbergen lag, dem vielen Grün der Natur oder vielleicht auch Olivier selbst, konnte sie nicht sagen, doch sie fühlte sich in diesem Augenblick unwahrscheinlich wohl.

»Es ist etwas ganz Besonderes«, antwortete sie. »Und einfach alles sieht aus wie ein Postkartenmotiv.« Sie musste lächeln.

Und dann waren da plötzlich Hunderte von Schmetterlingen in ihrem Bauch, als Olivier sacht ihre Hand berührte. Er sah sie an, hob dann eine Hand und strich ihr eine Haarsträhne aus der Stirn.

»Das wäre auch ein Postkartenmotiv«, sagte er leise.

Er beugte sich ganz leicht vor und Anika spürte, wie ihr Puls sich beschleunigte. Sie schloss die Augen und hielt unwillkürlich den Atem an.

Da gab ihr mit einem Mal etwas von hinten einen Schubs, und eine feuchte Zunge fuhr ihr übers Ohr. Zu Tode erschrocken sprang sie auf. Olivier war ebenfalls sofort hochgeschossen und blickte sich verwirrt um.

»Bastian! Komm zurück! Aus!«, rief eine Frauenstimme auf Deutsch.

Während Anika noch nach Luft schnappte und versuchte, ihr klopfendes Herz unter Kontrolle zu bringen, erfasste sie langsam die Situation: Schwanzwedelnd sprang ein schlanker Jagdhund um sie herum, auf dem Weg hinter ihnen beeilte sich eine kleine Familie, den Hund – Bastian – wieder einzufangen.

»Herrje!« Die Frau hatte rote Wangen und kurz geschnittene blonde Haare. Sie trug praktische Kleidung und Wandersandalen und auch ohne ihren Ausruf hätte Anika sie als Deutsche erkannt. Witzig, dachte sie abwesend, wie ihr das in den letzten Tagen öfter aufgefallen war: Touristenkleidung. Ihr Mann, beinahe ebenso klein wie sie, perfektionierte das Outfit zum Partnerlook. Nur der Sohn, der etwas missmutig hinter den beiden her trottete, hatte sich dem Jack-Wolfskin-Trend verweigert und trug Jeans und Turnschuhe.

»Entschuldigen Sie bitte, unser Basti ist manchmal ein bisschen aufgeregt.« Wie auf Kommando stupste Bastian Anika seine nasse Nase in die Kniekehle, und sie musste laut auflachen. Von einem Jagdhund am Küssen gehindert! Sie kraulte ihn hinter den Ohren und versicherte seinen Besitzern, dass alles in Ordnung war und sie sich nur erschreckt hatte.

Olivier warf ein Stöckchen für den Hund, und dann verabschiedete sich die Familie auch schon wieder.

»Na, das war ja was.« Anika sah den vieren hinterher. Die Stimmung zwischen Olivier und ihr war gelöst, aber die Romantik dahin. Lachend klopfte er sich die Hose ab.

»Komm, wir gehen in Kaysersberg einen Kaffee trinken.« Er zeigte auf das Städtchen links von ihnen im Tal.

Kaysersberg war kleiner als Ribeauvillé. Mitten hindurch zog sich ein Fluss, über den zahlreiche Brücken führten. Auch hier wurde die Fußgängerzone von Fachwerkhäusern gesäumt, die Straße bestand aus Kopfsteinpflaster, und es gab sogar noch mehr Storchennester als in Ribeauvillé. Anika konnte sich kaum sattsehen, so idyllisch war alles.

»Besonders berühmt ist der Weihnachtsmarkt«, erklärte

Olivier. »Aber dafür müsstest du noch ein Weilchen länger hierbleiben.«

Oder wiederkommen, dachte Anika und versuchte nicht zu viel in ihr Herzklopfen hineinzuinterpretieren, das seine Worte auslösten. Sie hatten eine tüchtige Wanderung hinter sich, da war das normal.

»Oh, und es gibt sogar eine Burg!« Anika deutete auf die Schlossruine etwas oberhalb des Städtchens, die ebenso wie das Städtchen selbst nicht die größte war.

»Willst du sie sehen?«, fragte Olivier.

»Unbedingt!« Es war nicht allzu weit zur Burg, aber wenn Anika ehrlich war, reichte ihr das Wandern fürs Erste. »Aber heute nicht mehr«, sagte sie also. »Mir war ein Kaffee versprochen worden.« Sie lächelte Olivier an, und gemeinsam schlenderten sie die malerische Fußgängerzone entlang, bis sie gegenüber einem Souvenirgeschäft – wie konnte es auch anders sein, schließlich reihte sich hier ein Fachwerkhaus mit Plüsch-Störchen im Schaufenster an das andere – ein nettes Café fanden. Der Bach plätscherte im Hintergrund, die Sonne beschien die grünen Fensterläden mit den roten Herzen am Haus gegenüber, und Anika bestellte einen Café au lait.

»Wie eine richtige Französin«, lobte Olivier ihre Aussprache.

»Es ist interessant, dass hier so viele Namen deutsch klingen. Der Bach hinter uns heißt Weiss, richtig? Wie die

Farbe. Und dann stammt Albert Schweitzer von hier, und dann wiederum«, sie zeigte auf das Café, »ist alles so wunderbar französisch.«

»Unser Dorf, Aubure, war eine Zeit lang eine deutsche Stadt. Altweier. Ja, die elsässische Geschichte …«

Anika hatte auf Wikipedia einiges nachgelesen und kannte sich hier inzwischen etwas aus. »Es muss schlimm gewesen sein im Krieg«, sagte sie traurig. Die wenigsten Stiftsbewohner redeten über ihre Erinnerungen, aber immer mal wieder rutschte einem in einem Halbsatz doch eine Bemerkung heraus. Es bescherte Anika oft eine Gänsehaut, wenn sie an den Schmerz dachte, den diese Generation erlebt hatte.

Olivier fuhr sich mit der Hand über das Gesicht. »Wir standen immer zwischen den Stühlen, weißt du? Im ersten Weltkrieg waren die Franzosen misstrauisch, ob wir nicht mit den Deutschen sympathisieren, und die Deutschen dachten, wir kämpfen gegen sie. Im Zweiten Weltkrieg dann … viele Elsässer kämpften auf der französischen Seite oder in der Résistance. Doch es wurden auch viele von den Deutschen gezwungen, für sie zu kämpfen.«

Das Verhältnis zu Deutschland war kompliziert gewesen. »Und trotzdem sprecht ihr beide, Cécile und du, so gut Deutsch.«

»Meine Großeltern haben es uns beigebracht. Das Elsass ist ein Grenzgebiet, es gab hier immer Deutsche und

Franzosen, die friedlich nebeneinander und miteinander lebten. Was die Regierungen der Länder tun oder denken, hatte nie etwas mit der Einstellung der Leute hier zu tun. Die Kriege haben auch menschlich viel zerstört. Wir sind nur Menschen, Deutsche und Franzosen. Und wir sollten Freundschaft schließen.«

»Freundschaft schließen«, sagte Anika bewegt und folgte einem Impuls, seine Hand zu nehmen. Er lächelte und schloss seine Finger um ihre. Es fühlte sich vertraut an, warm, weich, trotz einiger Schwielen, die von seinen Reparaturarbeiten am Haus herrühren mussten, und so, als müsse es genau so sein: ihre Hand in seiner.

Erst als sie sich zwanzig Minuten später auf den Rückweg machten, lösten sie ihre Hände voneinander. Olivier rief Frédéric an, damit er sie an einem der Parkplätze rund um Kaysersberg abholte. So mussten sie nicht den ganzen Weg wieder zurückwandern. Anika fühlte sich unbeschwert, frei und glücklich, als sie eng nebeneinander her zum Parkplatz gingen, wobei sich ihre Arme immer wieder zufällig berührten.

Am Rand der Altstadt setzten sie sich unter einem Baum auf eine Parkbank. Für heute hatten sie genug Sonne abbekommen. Anika hatte in den letzten Tagen ohnehin neue und dunklere Sommersprossen bekommen, ein Sonnenbrand, wenn auch leicht, musste nicht sein.

Durch die Zweige über ihnen schimmerte ein Stück

Himmel und sie konnte einen Storch erkennen, der gerade zu seinem Nest zurückschwebte.

Olivier neben ihr bewegte sich leicht, sodass seine Schulter an ihre stieß. Sie sah ihn an, und die Geräusche der Stadt traten in den Hintergrund. Die Autos auf der Ringstraße nahm sie nur noch entfernt wahr.

Olivier ging es offenbar ähnlich, der Ausdruck in seinen Augen war so intensiv, dass ihr ganz heiß wurde. Und nun war es Anika, die eine Hand auf seinen Oberschenkel legte und näher an Olivier heranrückte. Sie verflochten ihre Finger miteinander, und er murmelte: »Es war ein schöner Tag mit dir.« Sie war ihm jetzt so nah, dass sie seinen Atem spüren konnte. Wie von selbst hob sie die Hand, um über seine Wange zu streichen. Ihre eigenen fühlten sich bereits an, als würden sie glühen. Sie öffnete ihre Lippen ganz sacht, ganz leicht, und ...

In diesem Moment hupte es so laut hinter ihnen, dass sie vor Schreck auseinanderfuhren.

»Taxi! Taxi! Sie haben ein Taxi bestellt?«, brüllte Frédéric aus dem Fenster seines Wagens.

Erst der Hund, jetzt Frédéric! Was war das für ein Timing? Hätte er nicht zwei Minuten später auftauchen können? Oder wenigstens eine? Anika war sich nicht ganz sicher, aber sie meinte, Olivier leise fluchen zu hören, bevor er seufzend aufstand.

Mit einem Handschlag begrüßte er seinen Freund und ließ Anika den Vortritt auf der Beifahrerseite.

Während der kurzen Fahrt redete Frédéric ununterbrochen, worüber, konnte Anika nicht sagen. Sie war zu sehr in Gedanken versunken, um ihm folgen zu können und froh, dass niemand eine Antwort von ihr erwartete.

Zurück in der Pension, duftete es schon wieder köstlich nach Essen. Cécile war also in der Küche mit dem Abendessen beschäftigt. Anika warf einen kurzen Blick in den Garten und fand Hermann Zeitung lesend im Liegestuhl, eine Karaffe mit Wasser neben sich auf dem Tisch.

Mit zwei weiteren Gläsern aus dem Küchenschrank gesellten sie und Olivier sich dazu.

»Seid ihr eigentlich in diesem Internet zu finden?«, fragte Hermann, wedelte mit der Zeitung und setzte sich aufrecht hin.

Olivier runzelte die Stirn.

»Na, Anika hat dort doch den Mietwagen gesucht und ursprünglich wollte sie uns in Charleston ein Zimmer mieten«, erklärte Hermann seine Frage wild in Anikas Richtung gestikulierend. »Mit ihrem Telefon über eben dieses Internet.«

Anika nickte bestätigend, auch wenn Olivier Hermanns Sätze – vermutlich nicht unerheblich wegen ›Charleston‹ – zu verwirren schienen.

»Und da habe ich mich gefragt, ob man euch, La Cigogne, dort ebenfalls findet.«

Olivier rieb sich nachdenklich die Nase. »Kommt darauf an«, sagte er.

Das verwirrte nun wiederum Hermann, der wahrscheinlich davon ausging, dass jemand entweder »in diesem Internet« war oder nicht. Interessiert fragte Anika nun nach, weil sie Hermanns Gedankengang gar nicht so dumm fand: »Ihr habt eine Homepage?«

»Genau. Aber um auf den Booking-Portalen aufgenommen zu werden, muss man Gebühren bezahlen.« Olivier sah sie nicht an.

Zu ihrer Überraschung nickte Hermann verständnisvoll. »Verstehe«, sagte er. Anika selbst fand die ganze Unterhaltung hauptsächlich kurios.

In diesem Augenblick rief Cécile etwas nach draußen, und Olivier entschuldigte sich, um ihr zu helfen.

Nachdem er ins Haus verschwunden war, wandte Hermann sich an Anika: »Du erklärst mir das alles mal, ja? Booking-Portale, was ihr jungen Leute euch immer ausdenkt.«

Da die Verwirrung hier offenbar reihum ging, war jetzt Anika an der Reihe. »Okay«, sagte sie daher, ohne zu wissen, was Hermann genau interessierte und vor allem, warum um alles in der Welt es ihn interessierte.

»Gut. Ich habe heute schon meinen Beitrag geleistet. Wie sagt man: ›Offline‹?« Er faltete die Zeitung fein säuberlich zusammen und legte sie auf den Tisch.

»Okay«, wiederholte Anika ihre Antwort von vorhin. Einen Moment wartete sie ab, ob Hermann weitererzählen würde und ihr erklären, worum es ging, doch er legte sich nur wieder auf die Liege, verschränkte die Arme hinter dem Kopf und grinste äußerst selbstzufrieden. Er würde vor dem Abendessen gar nichts mehr erklären.

Also zuckte Anika mit den Schultern, goss sich ein Glas Wasser ein und beobachtete eine fleißige Hummel, die, angezogen von der bunten Decke, mit Beinchen voller Pollen aus dem Lavendelstrauch zum Gartentisch flog.

»Das ist Pierre«, erklärte Hermann.

Die Tage in Céciles Garten schienen ihm gut zu tun. Nun war er schon per Du mit den Insekten. Zufrieden trank Anika ihre Limonade und gemeinsam sahen sie Pierre beim Pollensammeln zu und freuten sich über die dicken gelben Pölsterchen, die er mit sich herumtrug.

»Vielleicht sollte man Buddhist werden«, murmelte Hermann irgendwann, als die Sonne schon schräg stand. »Als Hummel wiedergeboren zu werden, stelle ich mir nicht als das Schlechteste vor. Den lieben langen Tag an Blumen schnüffeln und ein bisschen durch die laue Sommerluft fliegen.«

Anika musste lachen. Sie blickte Pierre hinterher, der wieder im Lavendelbusch verschwand und sagte zu Hermann: »Wir kaufen dir morgen einen schwarz-gelb gestreiften Pullover.«

Lange Zeit hörte sie nichts mehr von Hermann, der in der untergehenden Sonne vor sich hindöste. Und dann summte er plötzlich leise: »Brummbumm.«

Beim Abendessen hatte Cécile einen separaten zweiten Tisch gedeckt – für drei Personen. Olivier hatte sich eine schwarze Weste übergezogen und kredenzte ihnen heute Abend mal ganz professionell den Wein. So schick hatte er sich sicher für die neuen Gäste gemacht, die offensichtlich angereist waren. Denn in der letzten Zeit, als nur Anika, Hermann und die drei Witwen hier gewesen waren, hatte er sich nie so förmlich angezogen.

Anika war ein bisschen stolz darauf, so als ob sie von Anfang an mehr als reine Pensionsgäste gewesen waren, als ob die Geschwister in ihnen Freunde gesehen hätten.

Frédéric und Emmanuel allerdings, die bereits am Tisch saßen, zogen Olivier feixend auf und Frédéric zupfte ihn an der Weste, als er an ihnen vorbeiging.

»Die elsässische Tracht.« Anika grinste. »Es fehlt nur noch der Filzhut!«

Die Idee gefiel Frédéric offenbar. »Oh, Cécile, ich weiß, was ich dir zum Geburtstag schenke!«, rief er. »Eine vollständige Tracht. Dann kannst du euren Gästen so richtig Folklore bieten.« Er zwinkerte ihr zu, woraufhin sie ihm spielerisch mit dem Kochlöffel drohte.

In diesem Moment betrat die Familie mit dem Hund den Raum, die Anika und Olivier schon in den Weinbergen über den Weg gelaufen war.

Sie grüßten in die Runde, stutzten einen Augenblick, als sie Anika und Olivier sahen, und lachten dann, als der

Hund schwanzwedelnd auf Anika zulief.

»Oh, hallo, Bastian.« Sie kraulte ihn hinter den Ohren und sein Schwanz klopfte gegen das Tischbein.

»Dann nehmen Sie ihm sein Verhalten von heute Mittag nicht übel?«, fragte die kleine Frau. Als ob Anika diesem freundlichen Ungetüm, das nun begeistert ihre Hand leckte, böse sein könnte. Liebevoll lächelnd schüttelte sie den Kopf, klopfte ihm noch einmal leicht die Flanke, bevor er hinter seinen Besitzern hertrottete und sich dem immer noch missmutig dreinschauenden Teenie zu Füßen legte.

Die Mutter wandte sich nun an Hermann, um sich bei ihm zu bedanken. »Sie hatten recht, wenn das Essen auch nur halbwegs so gut ist, wie es duftet, dann hat sich die Umbuchung gelohnt.«

Die was? Anika warf ihm einen Blick zu.

Genauso selbstzufrieden wie schon im Garten grinste er vor sich hin. Dann erklärte er schließlich, dass er die drei am Vormittag auf der Straße getroffen hatte.

»Ich wollte ein Foto machen, vom Storchennest am anderen Ende der Straße«, erklärte er in so leisem Tonfall, dass nur Anika es hören konnte und fuhr schnell fort, um zu verhindern, dass sie zu einer Frage ansetzte. »Weshalb, ist jetzt unwichtig. Jedenfalls hat mich diese nette Familie dort nach ›directions‹ gefragt. Und bei der Aussprache habe ich gleich gewusst, dass es Deutsche sind, da hätte es das Autokennzeichen nicht gebraucht«, verkündete er stolz.

»Sie wollten ins Hotel Vier Jahreszeiten, und ich habe ihnen die echte elsässische Erfahrung im Traditionshotel La Cigogne empfohlen.«

Soso, das Traditionshotel La Cigogne. Der Vater der kleinen Familie zumindest war begeistert vom Wein, den Olivier kredenzte, und die Mutter lobte das Haus und dessen »urige« Einrichtung. Dem Teenager schien gar nichts zu gefallen, dafür war Bastian mit so ziemlich allem glücklich zu machen. Anika musste grinsen, als der Hund schon wieder mit seinem Schwanz wedelte, weil Cécile sich dem Tisch näherte.

»Ist dir nicht aufgefallen, dass hier viel zu wenig Gäste sind?«, flüsterte Hermann Anika zu. »Und das vollkommen grundlos! Es ist die beste Pension weit und breit! Die Menschen müssten in Scharen hier einfallen! Es fehlt eindeutig an Werbung.«

Deshalb die Frage nach dem Internet. Weshalb sich Hermann so dafür interessierte, war ihr immer noch schleierhaft, aber wahrscheinlich war dem alten Mann einfach nur langweilig gewesen, ohne Pokern und nur mit einer Zeitung als Gesellschaft.

»Die Durands sollten dich einstellen«, sagte Anika. »Als Koberer, oder wie heißen die Leute, die in Urlaubsländern immer die Menschen in ihre Restaurants drängen wollen?«

»Ich wäre ein hervorragender Koberer.« Hermann nickte. »Oder noch besser so ein Werbemännchen wie die menschlichen Hotdogs vor den amerikanischen Imbissbuden. Nur statt Hotdog trage ich ein Storchenkostüm.«

»Was ist mit dem Hummel-Pullover?«, fragte Anika.

Er wiegte bedächtig seinen Kopf hin und her. »Im Frühling Storch, im Sommer Hummel und im Winter der Weihnachtsmann.«

»Oh, ihr müsst unbedingt im Winter wiederkommen!«, rief Cécile, die offenbar den letzten Teil des Satzes gehört hatte. »Da gibt es hier ganz wunderbare Weihnachtsmärkte!«

Hermann sah Anika an. »Siehst du. Der perfekte Plan.«

Als alles verputzt war, machten sie sich gemeinsam ans Aufräumen. Es war sowohl für Anika als auch für Hermann selbstverständlich, dass sie halfen, wenn Cécile schon jeden Abend am Herd stand und sie versorgte. Hermann hatte Céciles Proteste schon vor zwei Tagen abgewürgt.

»Wir sind eben voll zahlende Gäste *und* zusätzliche Hilfskräfte. Ein Geschenk des Himmels quasi. Freu dich drüber und genieß es!« So hatte er es ausgedrückt, und irgendwann hatte sie zugelassen, dass Anika das Kochgeschirr spülte, was nicht in die Maschine passte, und Hermann auf einem Küchenstuhl sitzend das Besteck polierte.

Gegen halb zehn strahlte die Küche wieder blitzblank und Anika sah Hermann an, dass es ihm schwerfiel, sich noch länger wach zu halten. Ohne viel Aufsehens half sie ihm die Treppe hinauf in sein Zimmer.

Auf dem Weg wieder nach unten kam ihr Cécile entgegen und verabschiedete sich ebenfalls ins Bett. Zurück in der Küche war sie plötzlich mit Olivier allein. Die Tatsache ließ ihr Herz schneller schlagen.

»Es ist ein bisschen kühl draußen, aber noch so schön.« Olivier hielt eine angebrochene Flasche Wein in die Höhe. »Wollen wir die noch leer machen?«

»Gute Idee!«, entschied sie und holte zwei Gläser aus dem Schrank, während Olivier sich auf die Suche nach einer Wolldecke für sie machte, damit sie nicht fror.

Die Luft war tatsächlich noch sehr angenehm draußen. Ohne Decke hätte sie wahrscheinlich gefroren, aber so war es wunderbar. Anika saß in einem dicken Kapuzenpulli am Gartentisch, die Decke um ihre Beine gewickelt. »So packen wir unsere Senioren auch immer ein.« Anika musste schmunzeln.

»Ich bezweifle, dass Hermann das mit sich machen lässt.«

»Oh, Hermann ist ein Sonderfall!« Jetzt lachte sie laut.

Der Wein war gut, die Stimmung zwischen ihnen gelöst, aber Anika fand, dass ihre Stühle doch ein kleines bisschen zu weit voneinander entfernt standen. Sie überlegte gerade, sich aus ihrem Kokon herauszuschälen, da rückte Olivier zu ihr heran.

»Ich wollte mich noch für den schönen Tag bedanken«, sagte er.

»Nein, nein, das funktioniert umgekehrt.« Sie stupste ihn leicht an. »Du warst der Fremdenführer.«

»Ah, und da hast du einen sensationell guten erwischt.« Er zwinkerte ihr zu. »Ich kenne jeden Geheimtipp der Region.«

Das konnte sie sich vorstellen. Er liebte die Gegend, die Städte, Dörfer und die wunderschöne Landschaft, das merkte man sogar, ohne dass er es mit einem Wort erwähnte.

»Ich bin aber auch eine sensationell gute Touristin«, erwiderte Anika.

»Wir sind ein tolles Team.«

Einige Momente saßen sie einfach so da, sahen sich an und grinsten. Dann öffnete Olivier den Mund, um etwas zu sagen, schloss ihn wieder und fuhr sich stattdessen mit der Hand durch ihre Haare. »Du bist sehr schön«, flüsterte er.

Anika war froh, dass es dunkel war, da war es egal, ob sie rot wurde oder nicht. Nur die Stille machte sie nervös. Ihr Herz klopfte so heftig, dass es sich anfühlte, als müsste auch er es hören, auch wenn das ein alberner Gedanke war. So etwas konnte man nur spüren. In ihren eigenen Ohren jedoch übertönte es das Zirpen der Grillen. Olivier legte einen Arm um sie, sie kuschelte sich näher an ihn heran. Dann hob sie ihren Kopf, sah zu ihm auf, sodass ihre Lippen ganz nah an seinen waren.

»Ah, was macht ihr denn noch hier?«, rief jemand hinter ihnen.

Sie fuhren auseinander.

Emmanuel! Himmel! »Nicht schon wieder!« Wie war der denn so leise an sie herangeschlichen?

»Das könnten wir dich auch fragen«, sagte Olivier, der sich als Erster wieder gefasst hatte.

»Ich habe mein Portemonnaie hier vergessen. Aber ich wollte euch nicht stören. Macht ruhig weiter.« Er ging an ihnen vorbei in die Küche.

Perplex blickten sie ihm hinterher, bis Olivier die Schockstarre überwand und sich ihr wieder zuwandte. »Ich …« Etwas unglücklich brach er ab.

Anika schluckte. Das Licht in der Küche ging an. »Vielleicht sollten wir auch schlafen gehen.« Seufzend stand sie auf und faltete die Decke zusammen. Es würde eine andere Gelegenheit geben. So wie es heute schon drei gegeben hatte. Und wenn es keine gab, vielleicht war das Schicksal.

Sie warf Olivier noch ein schiefes Lächeln zu und ging auf das Haus zu. Erst als sie die Tür schon beinahe erreicht hatte, stand er auf. »Du wolltest doch die Burg sehen, oder? In Kaysersberg?« Abwartend grinste er sie an.

Sie rieb ihre Hände aneinander, um sie aufzuwärmen.

»Jetzt?« Es war schon mindestens halb elf. Das meinte er doch nicht ernst?

»Jetzt ist der beste Zeitpunkt dafür.«

Ungläubig sah Anika ihn an. Dann schüttelte sie lachend den Kopf. Was für eine verrückte Idee. Aber sie und Hermann waren neuerdings ja Spezialisten für verrückte Ideen. »Auch wenn ich nicht ganz sicher bin, ob das die Wahrheit ist: Warum eigentlich nicht«, sagte sie.

Der Kapuzenpulli würde auf Dauer nicht reichen. Also holten sie noch ihre Jacken, schlossen hinter Emmanuel die Küchentür zu und gingen zur Straße.

»Um diese Uhrzeit gibt es keine Touristen dort. Deswegen kann man die Atmosphäre in aller Ruhe genießen – und deswegen ist jetzt die beste Zeit«, erklärte Olivier auf dem Weg zu seinem Auto.

»Und ist das erlaubt?«, wunderte Anika sich. »In Deutschland wäre die Burg jetzt ganz sicher geschlossen.«

Olivier grinste und öffnete ihr die Autotür.

Der Spaziergang zur Burg hinauf dauerte nicht lang. Es gab ein bisschen Steigung, aber nicht halb so schlimm wie bei ihrer Wanderung am Morgen. Sie mussten nur aufpassen, wo sie hintraten, da der Weg durch den Weinberg nicht beleuchtet war. Olivier zog sein Smartphone heraus und versuchte mit der Taschenlampenfunktion für etwas mehr Licht zu sorgen. Kichernd stolperte Anika dennoch zweimal. Oben mussten sie über eine Absperrung klettern, um zum Turm zu gelangen.

»Keine Sorge, wir tun nichts Illegales«, sagte Olivier.

Anika lachte. Sie glaubte ihm kein Wort. Am Burgturm angelangt, drückte Olivier die Klinke der rostigen Tür hinunter, die zum Inneren führte. Es war abgeschlossen.

»Jetzt müssen wir leise sein«, sagte er und zog einen Schlüssel aus seiner Hosentasche.

»Keine Sorge, wir tun nichts Illegales«, wiederholte Anika seine Worte.

Olivier lachte. »Überhaupt nicht! Ich habe den Schlüssel gefunden!«

»Mmmmh. Manche Leute geben Fundstücke wieder ab.«

Er grinste. »Das habe ich.«

Er musste ihren verwirrten Blick gespürt haben, denn dann fügte er hinzu: »Aber bevor ich ihn zurückgegeben habe, na ja, sagen wir mal, ich war jung und abenteuerlustig und mein Opa hatte eine kleine Werkstatt im Fahrradschuppen.«

»Du hast den Schlüssel nachgemacht?«

»Sag's nicht der Polizei.« Im fahlen Mondlicht konnte sie sehen, wie er ihr zuzwinkerte.

Dann schaltete er erneut die Taschenlampenfunktion an seinem Smartphone ein und streckte seine Hand nach Anika aus.

Schritt um Schritt stiegen sie die Stufen hinauf. Nach der Hälfte etwa gab es ein kleines Plateau zum Verschnaufen, und obwohl es körperlich nicht so sehr anstrengte – es war keine steile Treppe und die einzelnen Stufen nicht sehr hoch –, nahm Anika das Angebot für eine kleine Pause doch gern an. In der Dunkelheit die Schritte auf dem unbekannten Untergrund zu setzen, forderte ihre ganze Konzentration. Sie war froh, dass sie sich an Olivier festhalten konnte, das gab ihr Mut.

»Okay«, sagte sie, als sie sich wieder so weit sicher fühlte, den Rest des Aufstiegs in Angriff zu nehmen. Unwillkürlich hatte sie geflüstert, die Atmosphäre schien so geheimnisvoll.

Die letzten Meter wurden immer leichter, je näher sie dem Ziel kamen, und als sie am Ende der Treppe durch eine weitere Tür auf die Aussichtsplattform auf dem Turm traten, brachte Anika nur ein überwältigtes »Oh« heraus.

Sterne, überall Sterne! So viele hatte sie ihr ganzes Leben noch nicht gesehen. Der Himmel war nicht schwarz, er wirkte eher tiefblau, aber doch so dunkel, dass die glitzernden Lichter darauf um die Wette funkelten und leuchteten. Keine Wolke war zu sehen.

Wie angewurzelt stand sie einige Augenblicke einfach nur da und genoss den Anblick des Nachthimmels. Manche Sterne schienen heller als andere, die Sternbilder waren deutlich zu sehen, auch wenn sie nur zwei oder drei von ihnen kannte.

»Kein Wunder, dass die Menschen früher Tiere und andere Bilder darin gesehen haben«, flüsterte sie. Es war alles so klar zu erkennen!

»Komm mal mit.« Olivier zog ganz leicht an ihrer Hand und führte sie zu den Zinnen. Wenn sie sich etwas daran lehnte und hinüberbeugte, konnte sie die Dächer von Kaysersberg sehen. In einigen Fenstern brannte noch Licht und hin und wieder fuhr ein Auto auf der Bundesstraße durchs Tal. Hier oben war es still und ein leichter Wind wehte.

Olivier lehnte sich neben Anika an die Zinne und legte eine Hand um ihre Taille. Sie seufzte glücklich und drehte sich zu ihm.

»Hier sollte uns niemand stören«, flüsterte er. »Kein Hund, kein Frédéric, kein Emmanuel …«

»Dafür hat sich der Aufstieg schon gelohnt.« Anika flüsterte ebenfalls. »Ruhe und … nur wir beide.«

»Nur wir beide.« Sanft strich er ihr eine Haarsträhne aus der Stirn, bevor er seine Hand an ihrer Wange, an ihrem Hals entlang nach unten gleiten ließ. Sie schloss die Augen. Seine Lippen fühlten sich weich an, als er sie auf ihre legte, während seine ganz leichten Bartstoppeln rau über ihr Kinn fuhren. Mit seiner rechten Hand fuhr er ihren Rücken hinunter zur Taille.

Fast automatisch legte sie eine Hand in seinen Nacken, vergrub ihre Finger in seinem Haar und schlang ihren anderen Arm um seinen Oberkörper, zog ihn näher an sich heran. Sie öffnete ihren Mund ganz leicht und fuhr mit der Zungenspitze über seine Lippen. Dann spürte sie seine Zunge, und der Kuss wurde intensiver.

Sie wusste nicht genau, wie lange sie so dastanden, eng umschlungen, sie wusste nur, dass sie schon lange nicht mehr so viele Schmetterlinge gespürt hatte. Als sie sich voneinander lösten, waren sie beide ein bisschen außer Atem.

Olivier sah sie aufmerksam an, strich ihr über die Wange, als Antwort lächelte sie. Und erst da lächelte auch er, gab ihr noch einen sanften Kuss auf die Nase und drehte sie dann an der Schulter so, dass sie wieder einen guten Blick über Kaysersberg hatte. Seinen linken Arm ließ er um ihre Taille geschlungen, mit dem rechten deutete er nach vorn.

»Schau, dort hinten ungefähr liegt unser Dorf. Und in diese Richtung Ribeauvillé.«

Er zeigte ihr, wo es nach Colmar ging und wo nach Paris, und dann standen sie wieder einfach nur da, eng nebeneinander, betrachteten die Welt unter ihnen und konnten sich einfach nicht loslassen. Winzige Fledermäuse flatterten über ihnen durch die Nacht und verschwanden wieder.

»Es ist so schön mit dir«, flüsterte Olivier irgendwann, und weil Anika darauf keine Antwort wusste, küsste sie ihn einfach noch mal.

Am liebsten hätte sie ewig hier oben gestanden, die ganze Nacht mit Olivier verbracht. Auch er schien sich nicht von ihr lösen zu wollen. Irgendwann, als es kalt wurde, legte er beide Arme um sie und zog sie ganz nah zu sich heran. Sie zögerten den Zeitpunkt der Rückkehr noch ein bisschen heraus, bis sie beide ernsthaft froren.

Schließlich machten sie sich an den Abstieg, nur um unten noch einmal ein paar Minuten küssend vor dem Turm zu stehen.

Als sie zur Pension zurückkamen, war es schon deutlich nach Mitternacht. Dennoch stand Cécile im Flur und telefonierte aufgeregt. Auf ihren Wangen hatte sie rote Flecken, und sie fuhr sich immer wieder nervös durch die Haare. Olivier ging auf sie zu, doch bevor er etwas sagen konnte, beendete sie das Gespräch.

»Putain de merde!«, rief sie, und selbst Anika war klar, dass das ein Fluch sein musste. Olivier fragte etwas und sie schien nur zu bereit, ihm alles zu erzählen. Schnell und lang redete sie auf ihn ein, fuhr sich auch jetzt immer wieder durch die Haare und gestikulierte wild. Sie war vorher schon aufgebracht gewesen, doch während des Gesprächs mit ihrem Bruder schien sich ihre Wut nur noch zu steigern.

Anika stand etwas unschlüssig daneben, sie hatte das Gefühl, ein Eindringling in dieser Szene zu sein. Sie war keine Klatschtante, die sich in die Probleme anderer Leute einmischte. Andererseits würde sie Olivier und auch Cécile sofort unterstützen, wenn sie Hilfe brauchten und wollten. Aber taten sie das?

Gerade als Anika überlegte, einfach leise die Treppe zu ihrem Zimmer hinaufzuschleichen, drehte Olivier sich zu ihr um, fasste sie an der Hand und zog sie zu sich heran.

»Entschuldige, du verstehst sicherlich kein Wort. Das war unser Onkel am Telefon«, sagte er zur Erklärung auf Deutsch.

»Er ist ein *connard*!«, rief Cécile.

Anika blinzelte verwirrt, und Olivier übersetzte: »Ein Arschloch. Es geht um die Pension.« Er seufzte. »Sie gehörte unseren Großeltern.«

Das wusste sie bereits, von seiner Kindheit auf dem alten Bauernhof hatte er ihr ja bereits erzählt und sich sehr glücklich angehört.

»Das heißt, meine Mutter und mein Onkel haben jeweils die Hälfte geerbt. Wie ich dir auch schon erzählt habe, hat meine Eltern die Pension überhaupt nicht interessiert, und Lucien wollte nur Geld – seinen Anteil –, mehr war auch ihm nicht wichtig.«

»Deshalb habt ihr die Pension weitergeführt.«

»Richtig.« Sie konnte sehen, wie stolz er auf ihre Arbeit und das Haus war. »Wir haben Lucien immer eine Art Miete gezahlt. Jeden Monat hat er Geld bekommen, dafür durften wir hier leben.«

Anika nickte. »Und jetzt gibt es ein Problem?«

»Ja, jetzt gibt es das Problem, dass Lucien ein – wie sagt man – Arschloch ist«, mischte Cécile sich ein.

Olivier fuhr sich mit der Hand übers Gesicht. »Wir hatten einen Wasserschaden. Wir mussten neue Rohre einbauen, viel Geld für Handwerker ausgeben.«

»Mit Frédérics und Emmanuels Hilfe hat Olivier getan, was er konnte. Aber die Leitungen unten drunter, im Boden, das mussten Profis machen«, erklärte Cécile weiter.

Langsam begann Anika zu ahnen, worauf es hinauslief. »Ihr konntet Lucien seine Miete nicht mehr zahlen.«

»Und jetzt droht er, uns zu verklagen. Er will, dass wir die Pension verkaufen.«

»Die Pension verkaufen?« Erst jetzt fiel Anika auf, dass Céciles Wangen nicht nur vor Wut gerötet waren, sondern dass es rechts und links neben ihren Augen Tränenspuren gab. Spontan umarmte Anika die Pensionsbesitzerin. »Da gibt es sicher einen Weg!«, sagte sie. »Es muss einen geben, wir müssen ihn nur finden.«

»Ich glaube, nicht.« Cécile drückte Anika, dann nahm sie das von Olivier angebotene Taschentuch und schnäuzte sich ausgiebig. »Wir haben eine Frist bis September.«

»Er lässt einfach nicht mit sich reden«, ergänzte Olivier. »Ich habe Cécile gesagt, dass wir es schaffen, dass wir irgendwo einen Kredit bekommen. Aber …«

»Olivier ist in den letzten Wochen von Bank zu Bank gelaufen.« Cécile ließ die Schultern hängen. »Keine Chance.«

»Wenn wir bis September nicht das Geld zusammenhaben, um ihn auszuzahlen, müssen wir verkaufen.« Olivier seufzte.

»Und wenn ihr das Geld bis dahin zusammenbekommt? Ihr habt doch Gäste in der nächsten Zeit! Und die Saison fängt erst an! Was ist mit euren Freunden? Ich meine, irgendjemand hat doch sicher etwas Geld gespart.« Sie hatte Geld gespart! Nicht ganz dreitausend Euro, aber nach ihrer Tour nach Paris würde sie alles tun, um die Pension zu retten. Es musste doch eine Lösung geben.

Cécile sah sie traurig an. »Er will achtzigtausend Euro«.

Entsetzt riss Anika die Augen auf. Als Olivier nur resigniert mit den Schultern zuckte, sagte sie: »Was für ein *connard*!«

9. Kapitel

Der nächste Morgen brachte Veränderungen. Hermann und Anika saßen gerade beim Frühstück. Das deutsche Ehepar war vor etwa zwanzig Minuten zu einer erneuten Wanderung aufgebrochen, den schlecht gelaunten unwilligen Sohn im Schlepptau und Bastian hoch motiviert vorwegspringen.

Anika trank in Gedanken versunken ihren Milchkaffee, Cécile sortierte Rezepte, wohl um sich fürs Abendessen vorzubereiten, und Hermann las eine deutsche Zeitung von vorgestern. Nur Olivier war unterwegs, wo genau, wusste Anika nicht, es war ihr unangenehm gewesen, Cécile zu fragen, deshalb hatte sie sein Fehlen lieber schweigend hingenommen.

Ohne anzuklopfen stürmte plötzlich Frédéric in die Küche. »Gute Nachrichten!«, rief er. »Das Auto ist repariert!«

Cécile blickte auf. »Dann könnt ihr endlich nach Paris fahren!«

Anika versuchte zu lächeln, doch unter Hermanns forschendem Blick gelang es ihr nur halbwegs.

»Wir könnten auch ...«, begann er, aber sie schnitt ihm das Wort ab. Deshalb waren sie unterwegs und überhaupt erst hierhergekommen. Paris war der Grund, dass sie zu Hause alle Brücken hinter sich abgerissen hatte.

»Wir fahren nach Paris«, sagte sie entschlossen.

Dann drückte sie seine Hand, wobei ein echtes Lächeln über ihr Gesicht huschte. »Wir bringen dich zu deiner Tochter.«

Nun war es an Hermann, etwas gequält auszusehen.

»Ich pack unsere Sachen«, verkündete Anika und stand auf. Bevor sie aus der Küche verschwand, wandte sie sich noch an Cécile. »Falls Olivier … also kannst du …«

»Oh, er kommt gleich zurück, er ist bloß beim Intermarché. Das kannst du ihm alles selbst sagen.« Cécile grinste und wandte sich wieder ihrer Rezeptsammlung zu.

Als Anika die Treppe hinaufging, versuchte sie, ihre widerstreitenden Gefühle zu beruhigen. Einerseits wollte sie endlich nach Paris, um Hermanns Tochter zu finden, andererseits wollte sie am liebsten ewig hierbleiben, Céciles Kochkünste genießen, mit Hermann Poker spielen, mit Frédéric und Emmanuel scherzen und das Gefühl von Zusammenhörigkeit in sich aufsaugen. Und mit Olivier … ja, mit Olivier …

Der gestrige Abend war wunderschön gewesen, die Sterne, der Turm, die Küsse. Nachdem sie Cécile so aufgelöst getroffen hatten, hatten sie ihr Zeit gegeben, um sich ausgiebig aufzuregen, bevor sie sich sichtlich erschöpft ins Bett verabschiedet hatte.

Olivier und Anika hatten noch ein Weilchen in der Küche gesessen. Er hatte sie immer wieder geküsst und zwischendurch von seinem Onkel und ihren Problemen mit ihm erzählt. Irgendwann hatten sie sich doch dazu durchgerungen, sich voneinander zu trennen und jeder in sein Bett zu gehen, wo Anika vor Aufregung noch eine ganze Zeit wach gelegen hatte.

Doch was erhoffte sie sich jetzt, überlegte sie, während sie die Treppe zu ihrem Zimmer hinaufstieg. Was wollte sie? Einige Antworten auf diese Fragen hatte sie bereits: Sie wollte ihn noch öfter küssen. Sie wollte ihn besser kennenlernen, mit ihm ausgehen, mit ihm den Alltag erleben, zusehen, wie er einen Fensterladen reparierte. Ihm helfen, den Schuppen neu zu streichen und abends an ihn gekuschelt einschlafen.

Doch es waren Tagträume, mit denen ganz schnell wieder Schluss sein musste, schalt sie sich selbst.

Olivier wusste, dass sie weiterfahren würde, und sie hatte es auch von Anfang an gewusst. Sie lebten über sechshundert Kilometer entfernt voneinander. Selbst wenn sie für Olivier mehr war als eine nette Abwechslung – bei dem Gedanken musste sie schlucken und hoffte sehr, dass sie mehr für ihn war als eine weitere Eroberung, eine weitere Touristin, die seinem Charme erlegen war und die zum Glück bald abreiste –, selbst dann hätte eine Beziehung zwischen ihnen beiden keinerlei Zukunft. Nein, es war schon ganz gut, dass Frédéric das Auto repariert hatte und sie heute mit Hermann weiterfuhr, bevor sie ihr Herz noch voll und ganz verlor. Olivier brachte sie nur durcheinander.

Sie würde jetzt packen und dann in den Wagen steigen.

Auch wenn sie mit den drei »lustigen Witwen« Kleidung zum Wechseln eingekauft hatte, dauerte das Packen nicht lang. Ihre Habseligkeiten waren immer noch ziemlich überschaubar, und so konnte Anika schon nach knapp zwanzig Minuten ihren und Hermanns Kofferersatz in Form von großen Papiertüten, die Cécile ihnen geliehen hatte, die Treppe hinuntertragen. Hermann folgte ihr, die Hand schwer aufs Geländer gestützt, aber wie üblich hatte er ihr Hilfsangebot abgewehrt.

»Hast du auch alles dabei?«, fragte er auf dem Weg nach draußen. »Hast du im Bad nachgesehen? Unter dem Bett?«

»Ja, ja und ja«, antwortete Anika brav. »Hast du deine Tabletten?«

»Als könnte ich die vergessen. Du schreist ja immer gleich Zeter und Mordio, wenn ich sie nicht innerhalb von dreißig Sekunden vorweisen kann.« Er klopfte sich auf die Brusttasche seines Polohemds.

Hermann trug seine Schmerztabletten und die Augentropfen bei sich, Anika die Blutdrucktabletten, um nicht zu riskieren, dass er etwas verwechselte. Im Stift gab es Portionierer, beschriftete Plastikschälchen, in die die Pflegerinnen jeweils die Tabletten für morgens, mittags und abends hineingaben. Hier kümmerte Anika sich jeweils bei den Mahlzeiten um die Einnahme. Auch die Schmerzmittel waren zwar nicht ganz harmlos, aber indem sie ihm selbst die Verantwortung für die Einnahme übertrug – auch wenn sie nachfragte –, wollte sie ihm etwas Selbstständigkeit zurückgeben, die ihm im Stift genommen worden war. Es war eine Kleinigkeit, und doch wusste sie, dass sie im Kopf des Patienten einiges bewirken konnte.

Draußen wartete Frédéric stolz neben dem blank polierten Audi. Er hatte sogar die Windschutzscheibe geputzt.

»Freie Sicht«, sagte Anika und besah sich den Wagen von vorn bis hinten. »Vielen, vielen Dank!« Sie gab Frédéric einen Kuss links und rechts auf die Wange, wie sie es mittlerweile von den Franzosen gelernt hatte, dann drückte sie ihn kurz an sich.

Auch Oliviers Auto stand wieder in der Einfahrt, fiel Anika auf, doch Hermann unterbrach ihren Gedankengang, indem er Frédéric informierte: »Die Rechnung übernimmt Sigrid.«

»Aber da wir das Auto nutzen, übernehmen wir natürlich eine Anzahlung.« Anika legte Nachdruck in ihre Worte, doch Hermann zuckte nur gleichgültig mit den Schultern.

»Nein, nein, von euch nehme ich kein Geld.« Frédéric setzte seine obligatorische Schiebermütze ab. »Freunde helfen Freunden.«

»Ja, aber …«, protestierte Anika, doch Frédéric trat einen Schritt zurück, hob die Hände und schüttelte lächelnd den Kopf. »Kein Geld von euch«, wiederholte er.

»Aber doch wohl von Sigrid?« Hermann kniff die Augen zusammen. »Junger Mann, ich hoffe, dein Geschäftsmodell sieht solche Ausnahmen nicht ständig vor. Sonst möchte ich nicht der Prüfer deiner Bilanzen sein.« Kopfschüttelnd öffnete er die Beifahrertür.

Olivier, der gerade aus der Haustür trat, half dem alten Mann beim Einsteigen.

»Olivier, bitte sag Frédéric, dass er eine Rechnung für den Audi stellen soll«, wandte Anika sich an ihn.

»An Sigrid!«, rief Hermann.

Schnell schloss Anika die Tür auf seiner Seite.

»Keine Chance. Eine gute Reise«, wünschte Frédéric.

»Da kann man nichts machen.« Olivier zuckte mit den Schultern. »Freddie war immer schon … têtu … holzköpfig.«

»Holzköpfig auch«, hörte Anika Hermann murmeln. Nachdem sie Frédéric noch einmal den Arm gedrückt hatte, wandte sie sich widerstrebend Olivier zu.

»Danke für alles.« Die Worte klangen selbst in ihren eigenen Ohren ungelenk.

»Gerne.« Er sah sie abwartend an.

Sie kam sich völlig steif vor, wusste aber nicht, wie sie mit ihm umgehen sollte. Sie waren sich so nah gewesen am gestrigen Abend und nun …

Was dachte er von ihr? Von ihnen? Hatte er den Abend als genauso schön empfunden wie sie selbst? Und weshalb nur verliebte sie sich immer genau dann, wenn die Umstände ihr Steine in den Weg legten?

»Es war sehr schön bei euch und ich bin froh, dass wir hier gelandet sind«, sagte sie schließlich. Jetzt lächelte er. »Das fand ich auch«, antwortete Olivier und strich ihr wie so oft in den letzten Tagen eine Haarsträhne aus dem Gesicht. Vielleicht sollte sie ihre Haare einfach offen tragen. Über was sie gerade nachdachte! Das war doch völlig irrelevant!

»Gute Reise euch zwei Zugvögeln«, rief nun Cécile, die mit einem Päckchen unter dem Arm zu ihnen trat. »Ich habe euch ein bisschen Kuchen eingepackt.« Sie öffnete die hintere Autotür und stellte ihr Päckchen dort auf dem Boden ab.

»Ein bisschen! Wer soll denn diese Mengen essen?« Hermann schien zu versuchen, vorwurfsvoll zu klingen. Aber die Tatsache, dass er über das ganze Gesicht strahlte, strafte seine Worte lügen.

Cécile öffnete noch einmal die Beifahrertür und hauchte ihm zwei Küsschen auf die Wangen, bevor sie um das Auto herum zu Anika kam. »Denkt dran, ihr seid immer willkommen bei uns. Und wir freuen uns auf euren Zwischenstopp auf der Rückreise«, sagte sie, bevor sie sich auch von Anika verabschiedete und zurück in die Hofeinfahrt trat.

Anika sah ihr hinterher – mehr aus dem Grund, dass sie immer noch nicht wusste, was sie Olivier sagen sollte.

Schließlich räusperte er sich. »Fahr vorsichtig«, sagte er leise, griff nach ihrer Hand und drückte sie. Für einen Augenblick dachte Anika, er wollte sie küssen, aber dann war der Moment vorbei, und mit einem letzten Blick trat auch er vom Auto zurück.

Anika stieg ein, schnallte sich an und startete den Motor. Das war es also. Jetzt war es vorbei, jetzt ging es los.

Au revoir, Elsass, *bonjour*, Paris. Sie schluckte ein paarmal, um den Kloß im Hals loszuwerden. Da hupte es plötzlich hinter ihnen und eine Sirene ging los.

Erschrocken drehte Anika sich um.

Emmanuel saß in einem blauen Streifenwagen, uniformiert. »Die Gendarmerie!«, rief er durch sein geöffnetes Fenster. »Sie werden wohl nicht zu schnell fahren, oder?«

Anika lachte. Ein weiteres Hupen und die vier Freunde, die ihnen vom Straßenrand zuwinkten, waren das Bild, das sich ihr einprägte, als sie Aubure verließen.

Auf der Autobahn hingen sie beide ihren eigenen Gedanken nach. Anika dachte erst, dass Hermann schlief, so reglos lag er zurückgelehnt da. Doch als sie kurz hinüberblickte, merkte sie, dass er die Augen geöffnet hatte.

Sie selbst dachte an den letzten Abend mit Olivier, an seine Küsse und versuchte, die Sehnsucht zurückzudrängen.

In ein paar Tagen würde sie ihn wiedersehen. Zumindest für einige Stunden, wenn sie den Audi zurückbrachten. Was danach kam, wusste sie nicht. Ob es je die Möglichkeit geben würde, sich wiederzusehen? Doch selbst wenn Olivier nie mehr werden würde als eine schöne Erinnerung, dann war das doch auch schon eine ganze Menge.

»Im Moment leben«, murmelte sie. Das war doch das, was alle immer predigten. Angeblich machte das glücklich und Planungen für die Zukunft verursachten Stress.

»Wann denn sonst? In der Zukunft bin ich tot«, erwiderte Hermann.

Automatisch wollte Anika ihm widersprechen. Dann fiel ihr wieder der Grund ein, weshalb sie überhaupt auf dem Weg nach Paris waren. Sie schluckte.

»Wir machen das Beste draus«, flüsterte sie.

Er schwieg und ihr wurde heiß. Hatte sie etwas Falsches gesagt? Sein Leben so zu reduzieren, seine Ängste so banal beiseitezuwischen … was hatte sie sich dabei gedacht?

Sie wollte sich gerade für ihre fehlende Sensibilität entschuldigen, da öffnete er schließlich doch den Mund. »Und wie wir das Beste draus machen«, wiederholte er ihre Worte und drehte sich zu ihr um. »Anika, die letzten beiden Tage waren besser als alles, was ich in den letzten Jahren erlebt habe. So viel Lebensfreude habe ich im Stift überhaupt noch nie verspürt, und da schließe ich die Szene, als Frau Doll Herrn Heidrich mit ihrem Rollator gerammt hat, mit ein.«

Sie lachten beide, sie hatten auch damals gelacht, Hermann laut und vernehmlich, Anika verstohlen, denn auch Herr Heidrich war ihr Patient gewesen.

Er hatte sich wieder einmal beschwert – seine Lieblingsbeschäftigung –, dieses Mal darüber, dass ein Rollator im Weg gestanden hatte. Da war Frau Doll von hinten an ihn herangeschlichen, hatte ihm ihren Rollator so dermaßen in die Hacken gerammt, dass er tatsächlich ein bisschen zusammengesackt war, und zuckersüß gesagt: »Entschuldigung, Sie standen im Weg.«

Doch auch wenn sie in Erinnerung an Frau Doll lächelte, musste Anika sich anschließend heimlich eine Träne aus dem Augenwinkel wischen. Typisch Hermann, seine ernste Aussage mit der Rollator-Szene zu garnieren, um nur ja keine Sentimentalität aufkommen zu lassen. Aber die Botschaft war angekommen.

»Mir geht's ähnlich«, sagte sie leise.

Und da stahl sich tatsächlich ein Lächeln auf Hermanns Gesicht.

Gegen elf machten sie eine Pause auf einem kleinen Rastplatz mit WC. Ein Tisch mit Bänken stand in der Sonne, an dem Anika und Hermann es sich gemütlich machten und Céciles Päckchen öffneten. Es gab Kougelhopf, die elsässische Version eines Gugelhupfes, den Cécile ja schon angekündigt hatte, außerdem hatte sie es nicht lassen können und zusätzlich Äpfel, Tomaten, Baguette und Münsterkäse eingepackt. Gut gesättigt holte Anika schließlich die Pokerkarten heraus.

Ein LKW-Fahrer, der gerade geparkt hatte und seine Pause auf dem Rastplatz verbringen wollte, gesellte sich zu ihnen. Kurzerhand rückten sie zur Seite und ließen den Mann mitspielen. Gesprochen wurde kaum, da er weder Deutsch noch Englisch konnte und offenbar auch nur gebrochen Französisch. Dem Kennzeichen seines LKW nach kam er aus Rumänien.

So saßen sie zu dritt in der Sonne, ließen sich den leichten Wind um die Nase wehen und vergaßen für eine halbe Stunde ihre bevorstehenden Aufgaben, bevor sie alle drei wieder aufbrachen.

Nach etwa anderthalb Stunden Fahrt, es war schon beinahe zwei, überlegte Anika gerade, ob sie noch einmal eine kleine Pause einlegen sollten, die langen Autofahrten waren anstrengend für Hermann, da wies ein Straßenschild auf die Abfahrt nach Reims hin.

»Reims«, murmelte Hermann. »Reims … was war in Reims?«

Doch bevor Anika ihm antworten konnte, schlug er sich auf den Oberschenkel. »Natürlich! Lucien! Diese schäbige Ratte.«

Das wusste er?

»Ach deshalb!« Jetzt fiel es Anika wie Schuppen von den Augen. Daher sein Interesse am Internetauftritt der

Pension, daher seine Überredungskünste bei der deutschen Familie.

»Vielleicht hat er selbst Geldprobleme?«, überlegte Anika. Sie wollte sein Verhalten nicht entschuldigen, der Verlust der Pension wäre für Olivier und Cécile schrecklich, aber er hatte sicher seine Gründe. »Er würde seiner Nichte und seinem Neffen bestimmt nicht aus Spaß schaden.«

»Ach, süße Familienbande«, ätzte Hermann. »Das müsstest du inzwischen doch gemerkt haben. Nicht einmal eine Vater-Tochter-Verbindung ist Garant für eine liebevolle Beziehung.« Er sah angestrengt aus dem Fenster.

Anika wählte ihre nächsten Worte vorsichtig. »Das Leben ist nicht immer einfach.«

»Der Mann ist Anwalt«, brachte Hermann das Thema wieder rigoros auf die Familie Durand zurück.

»Wir können ihn ja fragen, warum er das tut.« Dieser Satz, der eigentlich nur so dahergesagt war, um Hermann etwas entgegenzusetzen, ließ sie innehalten.

Hermann schien es ähnlich zu gehen. Denn er sah sie interessiert von der Seite an.

»Ich meine, eigentlich geht es uns gar nichts an«, sagte sie zögerlich.

»Ja, wir sollten uns nicht einmischen«, stimmte Hermann ihr zu.

»So was geht doch immer schief«, bekräftigte Anika.

Sie schwiegen einige Augenblicke. Anika ging vom Gas und blieb auf der rechten Spur.

»Wir müssten ja gar nicht mit ihm reden.« Hermann blickte wieder aus dem Fenster. »Überhaupt nicht seinetwegen abfahren. Nur ... Reims besichtigen.«

»Reims besichtigen«, wiederholte Anika. »Es ist sicher schön dort.«

»Ganz sicher.«

»Wir wollten eigentlich nach Paris.«

Anika warf Hermann einen kurzen Blick zu, und auf seinem faltigen Gesicht zeichneten sich widerstreitende Gefühle ab. Eines war ganz deutlich: Furcht. Eine Welle der Zuneigung erfasste Anika und sie griff kurz nach seiner Hand, um sie zu drücken. »Es wird schon alles gut werden«, sagte sie aufmunternd.

»Natürlich.« Hermann klang abwesend. Dann seufzte er. »Mach dir nicht so viele Gedanken um mich, mir geht's gut.« Er blickte wieder aus dem Fenster. Schließlich schnalzte er leicht mit der Zunge und sagte. »Ich hätte nichts gegen eine kleine Kaffeepause einzuwenden. Vielleicht in ... Reims?«

Das war das letzte Stichwort, was Anika brauchte. Sofort fädelte sie sich auf den Bremsstreifen ein und fuhr von der Autobahn ab.

Reims war keine Millionenstadt, aber im Vergleich zur Ruhe bei den Durands kam Anika sich hier vor wie in einem Bienenstock. Hummeln waren Einzelgänger, fiel ihr da ein. Pierre machte es schon richtig, sich im Lavendelstrauch der Durands häuslich einzurichten.

Reims besaß ein wunderschönes altes Stadtbild, wenn auch nicht halb so alt wie das mittelalterliche Fachwerk im Elsass. Dafür waren die Gebäude ausladender und eleganter. Wenn Anika hätte raten müssen, hätte sie bei vielen Häusern auf das 18. oder 19. Jahrhundert getippt.

Es gab deutlich mehr Autos, und sogar Straßenbahnschienen führten durch die Stadt. Anika ließ sich von dem ins Auto integrierte Navi ins Stadtzentrum führen und hatte Glück, als jemand gerade aus einem großen Parkplatz im Schatten einer Kastanie ausparkte. Perfekt.

Nicht weit entfernt entdeckten sie eine Art Fußgängerzone, in der sich einige Restaurants, Cafés und Hotels aneinanderreihten. Hermann hielt sich tapfer, dennoch wollte sie ihm so bald wie möglich die Gelegenheit geben, sich zu setzen.

»Hier sieht es doch nett aus.« Anika deutete auf ein kleines Café, eine »Brasserie«. Unter den ausladenden Baumkronen waren große weiße Sonnenschirme aufgespannt, die zahlreiche Tische vor den herabfallenden Blättern und Hitze schützten. Es waren nur wenige Tische besetzt und eine Kellnerin lächelte ihnen freundlich zu, als sie sich einen Platz aussuchten.

»Hervorragende Idee.« Ächzend ließ Hermann sich in einen Stuhl fallen. »Du guckst dir jetzt die berühmte

Kathedrale an.« Als Anika sich stattdessen neben ihn setzen wollte, scheuchte er sie mit einer Handbewegung wieder auf.

»Los, los, Stadtbesichtigung. Lass den alten Mann hier sitzen und tu was für deine kulturelle Bildung. In Reims wurden schon Könige gekrönt.«

Anika zögerte und er schnaubte. »Diese Stadt ist viel zu groß, als dass wir dem Herrn Rechtsanwalt über den Weg laufen könnten. Also sollten wir unsere Zeit in Reims wenigstens sinnvoll verbringen. Du kümmerst dich um den historischen Part und ich um den kulinarischen: Ich trinke einen Kaffee und lasse Gott einen guten Mann sein.«

»Ob ein Kaffee …«, begann Anika und wollte eigentlich auch noch hinzufügen, dass sie ohnehin beschlossen hatten, Lucien Durand in Ruhe zu lassen, sie wurde aber gleich von Hermann unterbrochen. Stirnrunzelnd fügte er hinzu: »Wir sind übrigens in der Champagne. Also vielleicht doch keinen Kaffee.«

Die Verbindung von Alkohol und Blutdruckproblemen war nicht besser als die von Kaffee und Blutdruck, aber Anika biss sich auf die Zunge. Etwas Fürsorge war gut, sie hatte längst gemerkt, dass er ihre Fragen nach den Tabletten, danach, ob er etwas brauchte, ob er sitzen, liegen oder etwas trinken wollte, akzeptierte. Aber auf ihrer Reise sollte er sich auch anders fühlen als im Heim. Er sollte selbstbestimmt leben können, und dazu gehörten dann eben auch

Kopfschmerzen, wenn er wie in den letzten Tagen hin und wieder unvernünftig war und zu viel Alkohol trank.

Als Hermann den Kopf in den Nacken legte und zufrieden seufzte, als ein Luftzug ihn streifte, schulterte Anika ihre Handtasche.

»Wenn was ist, ruf mich an«, schärfte sie ihm ein. »Auch, wenn du denkst, es ist nichts, aber dich unwohl fühlst.« Die Nummer hatte sie zu Beginn ihrer Reise in sein altertümliches Telefon eingespeichert – auf der Kurzwahltaste.

Sie winkte ihm noch einmal und ging los, um die Stadt zu erkunden.

Sightseeing machte allein nicht einmal halb so viel Spaß wie in Begleitung, fiel Anika auf, als sie beinahe lustlos die Glasfenster von Marc Chagall betrachtete, die die Kathedrale zierten. Sie hatte das Gebäude gegoogelt und lief nun mit Wikipedia als Fremdenführer hindurch. Natürlich waren die Informationen äußerst ausführlich, aber mit Olivier war es schöner gewesen.

Olivier … Sie riss sich von ihren Gedanken los, und bevor sie ins Grübeln kam, machte sie sich auf den Weg zum Place Royale. Gebäude mit Arkaden umringten eine offenbar berühmte Statue von Louis XV., die in der Mitte des Platzes stand. Doch auch das fand Anika recht unspektakulär. Sie war nicht sicher, ob es daran lag, dass Olivier fehlte, oder Hermann – sie wusste, dass er irgendeine beißende

Bemerkung über den König oder Chagall in petto gehabt hätte – oder an Reims selbst, sie musste sich eingestehen, dass ihr einfach nicht der Sinn nach einer Besichtigungstour stand.

Und so kam sie schon eine knappe Stunde später wieder an ihrem Ausgangspunkt an, der Brasserie unter den Bäumen am Place Drouet-d'Erlon.

»Ich hoffe, du hast deine Freizeit genossen, während ich fleißig war«, begrüßte Hermann sie, als sie zu ihm an den Tisch kam. Auch die übrigen Tische hatten sich gefüllt, es war früher Nachmittag, einige aßen noch spät zu Mittag, andere genossen schon einen Kaffee. Überall um sie herum saßen Franzosen und Französinnen, viele in Anzügen und Kostümen, offenbar war das Lokal ein beliebter Treffpunkt für die umliegenden Geschäftsleute.

»Wieso fleißig?« Anika hängte ihre Handtasche über einen Stuhl und setzte sich.

Hermann hatte ein leeres Espressotässchen und ein volles Wasserglas vor sich stehen und sah hochzufrieden aus mit sich und der Welt. »Der gute Herr Rechtsanwalt arbeitet dort drüben.« Er nickte in Richtung des Kirchturms.

»Er arbeitet ... woher weißt du das denn jetzt?«, fragte Anika.

»Ich habe mich ein bisschen mit der Kellnerin unterhalten. Das Gespräch entwickelte sich zufällig in diese Richtung.«

»Zufällig.«

Er zuckte mit den Schultern.

»Ich nehme an, die junge Dame sprach fließend Deutsch?«

»Nein, es war tatsächlich etwas komplizierter, ihr die Informationen zu entlocken«, gab Hermann zu. »Aber du glaubst gar nicht, wie kommunikativ Menschen auch mit Gesten sein können. Er ist übrigens Stammgast in dieser Brasserie.«

»Sag bloß.«

»Jaja, er kommt gern zum Mittagessen.« Unbeteiligt sah Hermann den über den Platz eilenden Menschen zu. »Und noch häufiger trinkt er hier am Nachmittag einen Espresso in der Sonne.«

Anika wartete einen Augenblick, bevor sie langsam fragte. »Ist so ein Nachmittag zufälligerweise auch heute?«

»Aha!« Triumphierend hob Hermann seinen Zeigefinger. »Interessiert dich der Herr Onkel etwa? Hast du etwa vor, dich einzumischen?«

»Ich …« So ganz wusste Anika nicht, was sie nun sagen sollte. Einerseits interessierte er sie. Sehr sogar. Andererseits konnte sie nicht einschätzen, was Olivier davon halten würde, wenn sie so in seine Privatsphäre eindrangen. Wiederum andererseits: Was war mit ihr und Olivier? War da überhaupt etwas?

»Und was ist mit dir?«, fragte sie dann. »Hatten wir uns nicht geeinigt, dass wir uns nicht einmischen wollten?«

»Meine liebe Anika«, Hermann legte die Hände auf den

Tisch, »wenn man in solch einer großen Stadt per Zufall im gleichen Café sitzt wie die … die Nadel im Heuhaufen, die man sucht, dann … dann …«

»Dann ist es Schicksal?« Anika zog die Augenbrauen hoch.

»Ganz genau.« Triumphierend hob Hermann einen Zeigefinger. »Wenn das Schicksal andere Pläne hätte, warum hat es uns dann hierhergeführt?« Herausfordernd sah er sie an, und sie gab nach.

»Na gut. Und weil du einen Narren an den Geschwistern Durand gefressen hast …«

»Einen Narren gefressen! Cécile ist eine ganz annehmbare Gesellschaft gewesen«, spielte Hermann die letzten Tage herunter. »Und daher ist es nur natürlich, dass mich ihr Wohlergehen beschäftigt.«

»Richtig. Denn es gibt nicht viele annehmbare Personen in deinem Umfeld.«

»Leider.« Hermann zuckte seufzend mit den Schultern.

Jetzt musste Anika widerwillig doch grinsen.

»Und wie war Oliviers Gesellschaft so? Ebenfalls … annehmbar?« Hermann zwinkerte ihr zu.

»Nun sag schon, welcher ist es!« Anika blickte sich um. Links von ihnen saß ein Pärchen, das sich angeregt unterhielt. Eindeutig zu fröhlich, entschied Anika. Hinter ihnen saßen drei Männer in Anzügen, die alle auf ihr Smartphone starrten. Könnte schon eher sein.

»Ganz hinten«, flüsterte Hermann dann. »In Gesellschaft einer jungen Frau.«

Anika versuchte, nicht zu auffällig hinüberzustarren. Tatsächlich, das musste er sein. »Er sieht Cécile ähnlich.« Die gleichen dunklen Locken, der gleiche Schwung der Augenbrauen, nur dass bei Cécile alles fröhlich und einnehmend wirkte, während ihr Onkel eher verschlossen aussah. Außerdem war er ein ganzes Stück älter und es zogen sich schon einige silberne Strähnen durch seine Haare.

»Und jetzt?«, fragte Anika.

»Jetzt setzen wir uns für die nächste Viertelstunde in die Sonne. Bei dem schönen Wetter.« Hermann grinste und stand umständlich aus dem unbequemen Stuhl auf. Anika nahm sein Glas und gemeinsam gingen sie hinüber an den Tisch neben Lucien Durand.

Hermann rutschte mit seinem Stuhl so nah an den Rechtsanwalt und seine Begleitung heran, dass die beiden ihn irritiert ansahen.

»Entschuldigung«, sagte er und ruckelte noch ein paarmal vor und zurück. Dann blickte er Lucien Durand mit gespieltem Erstaunen an. »Kennen wir uns nicht?«, fragte er.

Durand zögerte kurz, dann entgegnete er mit starkem Akzent auf Deutsch: »Ich denke nicht.« Steif wandte er seinen Blick ab, um Zucker – viel Zucker – in seinen Espresso zu schütten.

»Doch, doch.« Hermann legte einen Finger an die Lippen

und tat, als denke er nach. Anika schwankte zwischen Begeisterung und dem Wunsch, aus der Situation zu fliehen.

»Excusez-moi?«, fragte die junge Frau in vorwurfsvollem Ton und wandte sich dann mit gerunzelter Stirn an Lucien Durand, um ihr Gespräch fortzuführen.

Doch so leicht ließ sich Hermann nicht beirren. Wenn Anika an Szenen mit der Obersten Heeresleitung dachte …

»Kein Grund, sich zu entschuldigen.« Er machte eine wegwerfende Handbewegung und sprach dann wieder mit dem Rechtsanwalt persönlich: »Ich glaube, wir kennen Ihre Nichte und Ihren Neffen.«

»Wen?«

»Cécile und Olivier Durand.«

»Ah ja.« Unbeteiligt trank der Rechtsanwalt einen Schluck seines Espressos.

»Lucien?« Die junge Frau fragte erneut etwas auf Französisch. Aber er zuckte nur mit den Schultern. Er tat, als ginge nichts und niemand ihn etwas an.

Der Mann war ihr allein schon aus den Erzählungen von Cécile und Olivier von Grund auf unsympathisch und seine Haltung Hermann gegenüber verbesserte ihren Eindruck nicht. Deshalb mischte Anika sich nun ein: »Es geht um Ihre … Forderungen«, sagte sie und vermied das Wort »Erpressung«. »Um die achtzigtausend Euro, die die beiden Ihnen zahlen sollen.«

»Ah.« Er lächelte, wobei er alles andere als freundlich

wirkte. Er zeigte viel Zahnfleisch. »Sie meinen das Erbe, das mir rechtmäßig zusteht.«

»Rechtmäßig, rechtmäßig«, meckerte Hermann. »Werden Sie mal vierundachtzig Jahre alt, dann wissen Sie auch, dass Sie sich von rechtmäßig nichts mehr kaufen können.«

»Die beiden sind doch mit Ihnen verwandt«, sagte Anika. »Wie können Sie da so herzlos sein?«

»Ich habe ihnen genug Zeit und Möglichkeiten eingeräumt.«

»Es gab einen Wasserschaden!«

Der Rechtsanwalt legte sein Sandwich ab und faltete stattdessen die Hände. »Es gibt immer irgendetwas. Die Pension läuft nicht, und das ist Fakt.«

»Sie brauchen nur ...«

»Lassen Sie mich raten«, er deutete mit dem Zeigefinger auf Anika, »Sie sind eine Weltverbessererin, die meint, mit Gesprächen kann sie die ganze Welt retten. Eine Träumerin, die keine Ahnung hat von der Realität. Was *Sie* hier wollen«, er zeigte auf Hermann und zuckte mit den Schultern, »ist mir schleierhaft.«

»Das kann ich Ihnen erklären.« Hermann blickte ihm fest in die Augen. »In meinem ganzen Leben gibt es genau eine Angelegenheit, die ich zutiefst bereue, und das ist die Tatsache, dass ich die Brücken zwischen mir und meiner Tochter abgerissen habe.« Durand schien kaum zuzuhören, doch Hermann fuhr unbeirrt fort: »Haben Sie Kinder?

Egal, ob ja oder nein. Brechen Sie die Brücke zu Cécile und Olivier nicht ab. Ob es nun Ihr Recht ist oder nicht. Es gibt Dinge, die sind alles Geld der Welt nicht wert.«

Durand sah ihn abfällig an.

»Aber ja, das werden Sie erst merken, wenn Sie so alt sind wie ich.« Hermann lächelte traurig.

»Dann kann ich ja nur hoffen, kein sentimentaler alter Trottel zu werden«, sagte Durand. »Und Sie beide haben meine Geduld nun wirklich überstrapaziert.« Damit winkte er der Kellnerin, legte Geld auf den Tisch und stand auf. Seine Begleiterin hastete ihm hinterher, als er mit langen Schritten über den Platz marschierte.

Die nächsten Minuten blieben Anika und Hermann schweigend an ihrem Tisch sitzen.

»Was haben wir erwartet?«, sagte Anika irgendwann. »Würde er sich so leicht überreden lassen, hätten Cécile und Olivier selbst schon etwas erreicht.«

»Sturer Bock.« Hermann blickte grimmig vor sich hin.

Da hatte er recht, aber was konnten sie nun noch tun? »Wir haben es immerhin versucht«, sagte Anika resigniert. Sie suchte in ihrem Portemonnaie nach Kleingeld und legte es auf den Tisch.

Die Lippen fest aufeinandergepresst, stand Hermann auf. »Dann lass uns gehen«, sagte er schließlich. »Aber man müsste wirklich …« Mitten im Satz unterbrach er sich, schwankte ein wenig und hielt sich an der Stuhllehne fest.

Sofort war Anika an seiner Seite. »Ist alles in Ordnung?«, fragte sie, während sie ihn sanft zurück auf seinen Platz dirigierte. »Ist dir schwindlig? Schmerzen in der Seite? Ein Engegefühl in der Brust?« Sie lockerte den Kragen seines Polohemdes.

»Nur kurz schwindelig.« Hermann wollte ihre Hände wegschlagen, merkte aber, dass er dazu zu kraftlos war.

»Kopfschmerzen?«, fragte Anika.

Als er nickte, kramte sie in ihrer Tasche. »Könnte der Blutdruck sein«, sagte sie. »Wir lassen ihn in der Apotheke messen.«

»Kein Wunder bei der ganzen Aufregung um diesen Mistkerl«, murmelte Hermann. »Dem müsste man gehörig in den Hintern treten!«

»Diesem ›connard‹«, murmelte Anika bekräftigend.

Sie fasste Hermann am Arm und stützte ihn auf dem Weg zur nächsten Apotheke, die sie schon vorhin durch das vor der Tür blinkende grüne Kreuz einige Häuser weiter entdeckt hatte.

Anika sprach mit der Apothekerin in einem Mischmasch aus Deutsch, Englisch und Zeichensprache – sie deutete mehrmals auf Hermann, bildete mit der Hand einen Ring um seinen Oberarm. Die Apothekerin, eine Frau um die fünfzig mit streng nach hinten gebundenen Haaren, brachte Anika das gewünschte Blutdruckgerät und stellte Hermann ungefragt ein Glas Wasser hin.

Anika band ihm die Manschette um den Arm, bat ihn darum, eine Faust zu machen, wartete einige Sekunden und hob dann die Augenbrauen. »Wie vermutet«, sagte sie, als sie das Gerät wieder einpackte. Sie wirkte erleichtert und er musste zugeben, ihm ging es mit der Diagnose ebenfalls besser.

Anika fragte ihn nach seinen Schmerztabletten und legte selbst die Tabletten, die sie bei sich trug, auf die Theke, damit die Apothekerin nach den Inhaltsstoffen gucken konnte. Gemeinsam brüteten sie über den Beipackzetteln, und schließlich holte die Apothekerin ein Päckchen mit Medikamenten aus einem hinteren Regal.

»Das ist noch einmal ein anderer Wirkstoff«, erklärte Anika, »wir versuchen es heute damit.« Sie hielt ihm das Glas Wasser hin, aus dem er bisher noch nicht getrunken hatte. »Und denk dran: Flüssigkeitsaufnahme …«

»Ist das A und O«, zitierte Hermann die OHL.

»Heute Abend gibt es keinen Alkohol.«

»Du bist Krankenpflegerin und nicht Gefängniswärterin!«

»Und du bist eben beinahe zusammengeklappt!« Auf seinen wehleidigen Blick hin ließ sie sich schließlich erweichen.

»Vielleicht ein kleines Glas Weinschorle«, gestattete sie. »Aber dann zu einer leichten Mahlzeit.«

Er verdrehte die Augen.

»Und wir sollten nicht bis nach Paris fahren heute.« Anika bedankte und verabschiedete sich von der Apothekerin und führte Hermann nach draußen. »Das Treffen mit Regina sollte stattfinden, wenn du erholt und fit bist.«

»Hier in Reims bleibe ich sicher nicht!«, regte Hermann sich auf. »Die Stadt von diesem unverschämten Rechtsanwalt!«

»Das Café war sehr nett«, wandte Anika ein. »Und die Apothekerin auch.«

»Lass uns weiterfahren, bevor ich noch auf die Idee komme, heute Nacht eine gewisse Rechtsanwaltspraxis zu demolieren.« Lust dazu hätte Anika ebenfalls. Sie überlegte und tippte etwas in ihr Handy, bevor sie entschied: »In Ordnung. Es ist nicht mehr ganz so weit, wie ich dachte. Wir fahren nach Paris. Dort suchen wir uns eine Unterkunft, etwas richtig Gutes zu essen und dann gehen wir ganz früh schlafen.«

Hermann nickte. Damit konnte er leben. »Eine Runde Poker?«, fragte er dann und Anika musste lachen.

10. Kapitel

Kurz hatte Anika sich überlegt, im nächstbesten Städtchen, das ihnen sympathisch vorkam, eine Bleibe zu suchen. Schließlich hatte das in Aubure hervorragend geklappt. Aber dann hatte sie daran gedacht, dass die Alternative wäre, in Paris morgen auszuschlafen und sich mit frischem Elan auf die Suche nach Regina zu machen, denn mehr als den Brief, der schon vor über 15 Jahren geschickt worden war und den darauf vermerkten Absender hatten sie nicht.

Als sie die Ausläufer der Stadt erreichten, war Anika sich schon nicht mehr sicher, ob es eine gute Idee gewesen war, mit dem Audi nach Paris hineinzufahren. Nicht dass sie groß eine Wahl gehabt hätte, ein anderes Auto stand nicht zur Verfügung, öffentliche Verkehrsmittel kamen wegen Hermanns Gesundheitszustand nicht infrage, und am nächsten Morgen wäre der Verkehr sicher auch nicht besser. Aber du lieber Himmel, war Paris riesig.

»Ein bisschen wenig Bäume«, meckerte Hermann vom Beifahrersitz, aber darauf konnte Anika jetzt nicht antworten. Sie brauchte ihre volle Konzentration. War Straßburg schon anstrengend gewesen, so war Paris eine Verkehrshölle.

Sie war froh, dass der Audi ein eingebautes Navi hatte und sie die Adresse des Hotels eingeben konnte, in dem sie bereits gebucht hatte. Sie hatte sich für eines dieser Kettenhotels entschieden, das viel zu teuer, aber so kurzfristig in Paris das einzig Erschwingliche war.

Bis sie am Hotel waren, hatte Anika schon Blut und Wasser geschwitzt, und als die Angestellte ihnen die Einfahrt zur Tiefgarage öffnete, verkrampften sich ihre Hände endgültig ums Lenkrad und sie wünschte sich, am Steuer eines Smart zu sitzen. Die Parklücken waren schmal, überall standen Pfeiler im Weg und die Kurven waren so eng, dass Anika sich nicht sicher war, ob sie die überhaupt nehmen konnte.

»Da kommst du locker rum«, behauptete Hermann an einer besonders engen Stelle. Die Einparkhilfe des Audis piepste nervös und Anika wartete jeden Moment auf das Kreischen von Metall auf Beton. Doch mit eingeklappten Spiegeln und gemurmelten Stoßgebeten schaffte sie es schließlich, den Audi sicher auf Parkplatz Nummer 21 abzustellen.

»Hab ich ja gesagt.« Zufrieden schnallte Hermann sich ab.

Das Aussteigen gestaltete sich aufgrund der Wand auf Anikas und einer Säule auf Hermanns Seite etwas schwieriger. Aber auch diese Hürde meisterten sie, ohne dass der Audi Schaden nahm.

Auf dem Weg zum Fahrstuhl schnüffelte Hermann. »Widerlich.«

»Holunderbüsche wachsen in einem Parkhaus keine«, sagte Anika.

»Deshalb sind Gärten Parkhäusern auch vorzuziehen.«

Anika lachte. »Wir sind in einer Großstadt. Einer riesigen Großstadt. Wenn man die ganze Metropolregion zusammenzählt, leben hier über zwölf Millionen Menschen. Hat Doris erzählt.«

»Na gut«, sagte Hermann. Der Fahrstuhl machte »Pling«. »Und angeblich soll es hier ja auch ein paar Sehenswürdigkeiten geben.« Hermann grinste. »Hat Doris erzählt.«

Oben im Hotel erwartete sie eine Angestellte im Kostüm, die ihnen mit professioneller Freundlichkeit einen schönen Tag wünschte, ihnen die Zimmerschlüssel oder vielmehr Kärtchen reichte, auf einem Umgebungsplan einzeichnete, wo sie sich befanden, und mitteilte, wann es Frühstück gab.

»Und das alles in unter drei Minuten«, murmelte Hermann, als sie im Aufzug standen. »Beeindruckend.«

Anika drehte ihr Zimmerkärtchen hin und her. Natürlich herrschte in Paris eine völlig andere Betriebsamkeit als in der kleinen elsässischen Pension. Was hatten sie erwartet? Alles außer nüchterner Geschäftsmäßigkeit wäre wohl unangebracht.

Oben angekommen, stapfte Hermann zu seinem Zimmer, öffnete die Tür und blieb in der Schwelle stehen.

»Was ist das denn?«

Anika stellte die Ersatzkoffer-Tüten ab und warf einen Blick über seine Schulter. »Sauber ist es doch«, sagte sie. »Und dass wir für das Geld keinen Palast erwarten konnten …«

»Anika, mein Mädchen, ich erwarte keinen Palast. Aber etwas mehr als eine Nasszelle kann man für beinahe hundert Euro die Nacht schon erwarten.« Er deutete mit dem Zeigefinger auf die Plastikwand, hinter der sich das ins Zimmer eingebaute Bad befand.

»Nicht in Paris.« Anika zuckte mit den Schultern.

»Dieses Paris.« Hermann schürzte die Lippen. »Das gefällt mir nicht.«

Sie entschieden, sich nach einer kurzen Pause und einem Nickerchen zum Abendessen wiederzutreffen.

Anika beschloss, Hermann einzuladen. Zu einem richtig guten Abendessen, das ihn mit Paris versöhnte. Die Blutdrucktabletten hatten geholfen, er hatte heute noch keinen Tropfen Alkohol angerührt und brav zwei Gläser Wasser getrunken. Ein leckeres Abendessen zur Ablenkung war also drin.

Etwa eineinhalb Stunden später ließen sie sich von der distanzierten Hotelangestellten einige Restaurants empfehlen. Anika entschied sich für eines, das gleich um die Ecke in der Nähe des Hotels lag, sodass Hermann so nicht viel laufen musste.

Das Essen war glücklicherweise wirklich gut, aber nach anfänglicher Begeisterung wurde Hermann immer schweigsamer und schweigsamer. Der morgige Tag schien ihm auf die Stimmung zu drücken.

»Weißt du schon, wo wir morgen hinmüssen?«, fragte er beim Dessert, das für Anika aus Mousse au Chocolat und für ihn aus einem Käseteller bestand – so viel zur leichten Mahlzeit.

Ah, darauf hatte sie gewartet. Sie nickte vorsichtig, zog ihr Handy und den Brief von Regina aus ihrer Handtasche, den er ihr anvertraut hatte.

Anika zeigte auf ihr Hotel im Stadtplan. »Ich habe das Hotel extra so gebucht, dass wir nicht einmal quer durch die Stadt müssen.«

»Das ist bei zwölf Millionen Einwohnern ein kluger Schachzug.« Hermann wollte vermutlich sarkastisch klingen, es klappte aber nicht ganz, seine Unsicherheit war deutlich zu spüren.

Anika fasste über den Tisch und drückte seine Hand. »Freust du dich denn nicht auch ein bisschen?«

Er seufzte schwer. »Ich hätte mich vor fünfzig Jahren freuen sollen«, sagte er leise. »Doch da bin ich weggelaufen.«

»Es ist nie zu spät, um neu zu beginnen«, erwiderte Anika ebenso leise und hoffte, dass sie recht hatte.

*

Selbst Anika bekam am nächsten Morgen beim Frühstück kaum etwas hinunter und kaute auf einem Stück Baguette mit Käse, von dem sie nicht sicher sagen konnte, ob er ihr schmeckte.

Hermann trank nur einen Tee. Ob er in der Nacht geschlafen hatte? Wenn, dann nicht viel. Seine Falten wirkten noch tiefer als sonst und seine Gesichtsfarbe war ungesund gräulich.

Sie waren heute beide nicht besonders gesprächig, das bevorstehende Treffen beschäftigte sie sehr. Anika hatte ihre berufliche Zukunft aufs Spiel gesetzt, dennoch wusste sie, dass sie sich immer wieder dafür entscheiden würde. Sie würde Hermann, der beim Frühstück nervös seine Hände knetete, jederzeit wieder zu dieser Chance verhelfen wollen. Auch wenn sie Regina nicht finden würden – hatten sie diese Möglichkeit überhaupt bedacht? –, sie wusste, dass es die einzig richtige Entscheidung gewesen war, herzukommen.

Sie brachte Hermann einen Orangensaft, mit dem er seine Tabletten nehmen sollte. »Dann hast du wenigstens ein paar Vitamine im Magen.«

Knapp zehn Minuten später wirkte Hermann immerhin entschlossen genug, um den Besuch bei Regina anzugehen.

»Ich hole das Auto, du wartest vor dem Eingang«, sagte Anika. Es dauerte ein bisschen, bis sie den Audi aus der Tiefgarage hinausmanövriert hatte, aber immerhin machte ihr das enge Gebäude nicht mehr ganz so viel Angst wie am Tag vorher. Zur Rue Berzélius, die auf Reginas Brief als Absenderadresse angegeben war, war es nicht wirklich weit. Hermann sah angestrengt aus dem Fenster, immer wieder wanderte seine rechte Hand zur Innentasche seiner Jacke, wo er mit etwas knisterte. Noch ein Brief?

Anika parkte den Audi so gut es ging in der Nähe der Nummer 25. Als sie vor dem Haus standen, sah Anika nach oben. Der Putz blätterte ab und die Fensterläden hingen schief. Dennoch besaß das Haus eine Aura von großstädtischer, schnoddriger Arroganz. »Ich mag bessere Zeiten gesehen haben, aber ich trage immer noch Pariser *Haute Couture*«, schien es zu sagen. Anika nickte zustimmend. Sie fand es passend für Hermanns Tochter, auch wenn sie die Frau kein bisschen kannte.

Die Klingelschilder waren verblasst. »Legrand«, murmelte Anika und suchte die Namen ab. Einige fehlten, andere waren unleserlich. Legrand war nicht zu finden.

»Wir sollten mit den fehlenden Namen anfangen«, schlug Anika vor. »Hier, einhundertelf. Dann arbeiten wir uns hoch.«

Hermann nickte und Anika schrieb alle infrage kommenden Appartement-Nummern ab.

Die Haustür stand offen, also traten sie ein. Es roch nach Curry, irgendwo schrie ein Kind. Der alte Fahrstuhl beförderte sie mit einem schwerfälligen Rattern nach oben.

Vor der Wohnungstür zu Apartment einhundertelf stieß Hermann hörbar Luft aus. Seine Hand bewegte sich zum Klingelknopf, verharrte darüber und sank wieder nach unten. Er brauchte drei Anläufe, während derer Anika versuchte, ihm aufmunternd zuzulächeln. Dann endlich drückte er. Nach einem kurzen Moment wurde die Tür einen Spaltbreit geöffnet. Man konnte die Hälfte eines Gesichts sehen, ganz offensichtlich eine ältere Frau. Der Spalt schloss sich wieder, bevor Hermann oder Anika auch nur etwas sagen konnten.

Anika klopfte an die Tür. Aber jetzt regte sich nichts mehr dahinter. Die alte Dame schien in Schockstarre verfallen zu sein. Hermann ebenfalls. Anika musste ihn schließlich anstupsen. »Die nächste Wohnung ist zwei Stockwerke höher.«

Auch hier wurde ihnen, diesmal von einem jungen Mann, die Tür vor der Nase zugeschlagen, noch während sie ihr Anliegen vortrugen. Es schien einen Grund zu haben, dass diese Bewohner ihre Namen nicht ans Klingelschild geschrieben hatten.

Bei jedem neuen Klingeln merkte Anika, wie die Anspannung in Hermann wuchs, denn auch bei der dritten und vierten Wohnung hatten sie kein Glück, dort machte nicht einmal jemand auf.

»Sie ist nicht hier«, sagte Hermann, als Anika im Fahrstuhl den fünften Stock wählte.

»Eine Wohnung bleibt noch.«

»Sie ist nicht hier«, wiederholte Hermann.

»Das weißt du doch gar nicht.«

»Wenn sie hier wohnen würde, würde ihr Name an der Klingel stehen.« Er rieb sich die Stirn. »Warum sollte sie inkognito hier leben?« Der Aufzug öffnete seine Tür, aber Hermann blieb stehen.

»Nun komm schon«, sagte Anika und zog ihn am Ärmel.

»Das hat doch keinen Zweck.«

Anika seufzte. Sie stellte einen Fuß in die Fahrstuhltür, um sie zu blockieren. »Du hast Angst.« Er wollte protestieren, aber sie sprach einfach weiter: »Ich hab auch Angst. Ehrlich. Und an deiner Stelle würde ich mir jetzt gerade wahrscheinlich in die Hose machen. Aber weißt du, was? Du bist nicht schlechter dran als jetzt. Wenn wir sie nicht finden, finden wir sie nicht. Ihr hattet die letzten fünfzig Jahre keinen Kontakt, dann schaffst du es auch die nächsten fünfzig noch ohne.« Sie zwinkerte ihm verschwörerisch zu. »Aber wenn wir sie finden …« Sie sah Hermann abwartend an.

Seine Augen huschten hin und her. Dann presste er die Lippen zusammen, nickte steif und stieg beherzt aus dem Aufzug.

Ohne zu zögern drückte er auf den Klingelknopf der letzten Wohnung auf ihrer Liste.

Es dauerte keine zehn Sekunden, da wurde die Tür geöffnet. Eine junge Frau mit dunklen Haaren in einem gepunkteten Rock sah sie neugierig an. Sie hielt ein Baby im Arm, das freudig quietschte.

Anika räusperte sich. *»Bonjour«*, begann sie. *»Cherchons …«* – Herrje. Sie war sich nicht sicher, wie es nun weitergehen sollte. Was durfte sie erklären, was nicht?

»Regina Legrand«, warf Hermann ein. Es war weder eine Frage noch eine Aussage gewesen und die beiden Worte schienen für einen Moment im Raum zu schweben.

Die junge Frau blickte sie verwirrt, aber nicht unfreundlich an.

»Kennen Sie Regina Legrand?«, vervollständigte Anika die Information. »Das ist ihr Vater«, fuhr sie fort und deutete auf Hermann.

»Ihr Vater.« Hermann nickte.

So viel zum Thema »Mit der Tür ins Haus fallen«, dachte Anika.

Da die Frau nur ihren Kopf schräg legte, versuchte sie es wieder in gebrochenem Französisch: *»Sa fille«*, sagte sie und zeigte auf Hermann, während sie gleichzeitig den Brief mit Reginas Adresse hochhielt. Die junge Frau blinzelte, öffnete überrascht den Mund, dann krähte das Baby, streckte die kurzen Arme aus und versuchte mit seinen Händchen an Hermanns Haaren zu ziehen.

Die junge Frau lachte. »Ma fille«, sagte sie. »Filine.« Dann folgten mehrere Sätze auf Französisch, denen Anika nicht folgen konnte. Wie es aussah, hatte auch Hermann jede Mühe. Verdutzt ließ er das Baby auf seinem Kopf herumtatschen, den er nicht wegzog. Mit einer Bewegung ihrer freien Hand winkte die junge Frau Anika und Hermann herein.

»Oh nein, nein, wir wollen nicht stören, wir suchen nur …«, begann Anika.

Aber die Frau ignorierte den Einwand und ging voraus in ihre Wohnung. Schließlich folgten ihr Anika und Hermann in eine helle Küche. Die Tapete wies lustige pastellfarbene Farbtupfer auf, und durch das einfache helle Holz der Möbel fiel die bunte Farbe noch besser auf.

»Schön haben Sie es hier!«, rief Anika. Diese Helligkeit hatte sie nach dem eher dunklen Flur nicht erwartet. Die junge Frau nickte stolz. Anikas spontaner Ausruf war wohl universal zu verstehen.

Dann bedeutete die Gastgeberin ihnen, sich zu setzen. Anschließend legte sie eine Hand auf ihre Brust und sagte: »Jeanne.«

Hermanns Namen wiederholte sie gleich mehrere Male, bis sie ihn zu ihrer Zufriedenheit aussprechen konnte. Sie rief etwas, lächelte noch einmal, formte mit der rechten Hand die Geste zum Telefonieren und zog ein Smartphone aus der Hosentasche, ohne ihr Kind abzusetzen.

»Sie wollen Regina anrufen?«, fragte Anika. »Kennen Sie Regina?«

Jeanne nickte. Ob sie Anikas Frage verstanden hatte, blieb dahingestellt, doch sie wechselte einige Worte mit jemandem am anderen Ende der Leitung.

Nachdem sie umständlich mit dem Finger über das Display gewischt hatte, um das Gespräch zu beenden, holte sie zwei Gläser und eine Flasche Saft aus dem Küchenschrank.

Hermann blieb mit zusammengepressten Lippen vor seinem Glas sitzen.

»Sie wird uns schon nicht vergiften wollen«, zischte Anika. »Außerdem sollst du viel trinken.«

Er verdrehte die Augen, nahm dann aber einen Schluck Saft und sah das kleine Mädchen auf dem Arm seiner Mutter an, das erneut versuchte, sich zu ihm hinunterzubeugen und an seinen Haaren zu ziehen.

»Filine«, sagte die Mutter lachend und zog das Kind ein Stück weg.

»Schon gut.« Hermann lächelte und zog für die Kleine ein paar Grimassen. Filine quietschte vor Freude und versuchte, ihn nachzuahmen.

»Allô«, rief in diesem Moment eine Stimme von der Wohnungstür her.

Dann kam schwer atmend eine füllige Frau in einem geblümten Sommerkleid herein. Sie hatte kurz geschnittene rote Locken, die wild von ihrem Kopf abstanden, und das breiteste Lächeln, das Anika je gesehen hatte. Dabei blitzen zwei Reihen perlweißer Zähne auf.

»Ich bin Monique.« Sie gab Anikas Gastgeberin zwei Küsschen auf die Wangen und beäugte dann Hermann und Anika kritisch. »Ich kann übersetzen.«

»Oh, das ist ja lieb, dass Sie vorbeikommen. Wir suchen Regina Legrand.« Erneut hielt Anika den Brief in die Höhe, auf dem die Adresse angegeben war. »Aber vorher erst einmal vielen Dank für Ihre Mühe und die Gastfreundschaft«, ergänzte sie. »Das ist wirklich sehr nett von Ihnen.«

Monique übersetzte und besah sich dann die handschriftliche Notiz auf Hermanns Brief. »Das ist hier«, stellte sie fest.

»Herzlichen Glückwunsch, Sherlock«, murmelte Hermann. Anika sah ihn warnend an. So nah am Ziel wollte sie es sich mit Monique nicht verscherzen.

Jeanne stellte ein paar interessierte Fragen, die Monique offenbar auch nicht beantworten konnte. Aber sie übersetzte nicht. Vielleicht führten die beiden Frauen die Unterhaltung vom vorherigen Anruf fort? Ganz sicher war Anika sich nicht, da Jeanne neugierig vor allem in Hermanns Richtung blickte.

»Hm.« Monique kniff die Augen zusammen. »Was wollen Sie von dieser Regina?«

»Das geht Sie gar nichts …«, begann Hermann, der in den letzten Minuten angefangen hatte, unruhig auf seinem Stuhl herumzurutschen. Anika stieß ihm ihren Ellenbogen in die Rippen.

»Entschuldigen sie, wir sind etwas erschöpft. Wissen Sie, Regina ist Hermanns Tochter«, erklärte sie.

Regungslos schien Monique auf weitere Erläuterungen zu warten. Als Jeanne versuchte, aus ihr herauszubekommen, worum sich das Gespräch nun drehte, winkte sie ab.

»Wir suchen sie«, ergänzte Anika, doch Monique starrte sie weiterhin ausdruckslos an.

Als weder Anika noch Hermann mit Erklärungen fortfahren wollten, fragte sie: »Warum suchen Sie sie und warum haben Sie ihre richtige Adresse nicht?«

Hermann hob den Kopf und nun unterbrach Anika ihn nicht, als er sagte: »Das geht Sie einen Dreck an.«

Für mehrere Augenblicke warfen sich Monique und Hermann Blicke zu, die von ablehnend bis zornig reichten, und Anika traute sich nicht zu atmen.

Dann endlich nickte Monique mit zusammengepressten Lippen, wandte sich an Jeanne und sprach mit ihr in schnellem Französisch. Jeannes Augen weiteten sich vor Überraschung, sie fragte etwas, noch etwas, doch Monique schüttelte nur den Kopf. Jeanne stupste sie an. Aber auch ihrer Freundin gegenüber begegnete Monique mit der gleichen Reglosigkeit wie Anika und Hermann.

Weder zustimmend noch ablehnend schien ihre Art Jeanne herauszufordern, deren Gesichtsausdruck immer expressiver wurde.

Schließlich setzte Jeanne sich Hermann gegenüber und sah ihn aufmerksam an. Monique warf ihr einen warnenden Blick zu, den sie mit zusammengezogenen Augenbrauen ignorierte. »Papa? Papa von Regina?«, fragte sie dann.

Hermann nickte, offenbar froh über den Wechsel der Ansprechpartnerin. Er seufzte und hob unglücklich die Schultern. »Es ist alles so verdammt kompliziert«, sagte er dann. »Und es tut mir so furchtbar leid.«

Seine Worte wurden von Monique emotionslos übersetzt. Jeanne schnalzte mit der Zunge, was eher an Monique gerichtet zu sein schien als an Hermann, denn dem strich sie kurz über den Arm. Dann stand sie auf, suchte nach einem Stift und kritzelte etwas auf einen kleinen Notizblock. Monique schnaubte missbilligend, doch Jeanne ignorierte sie, während sie das Blatt abriss und es Hermann überreichte. »Regina«, sagte sie.

»Danke.« Er klang überrascht. Seine Hand wanderte wieder zu seiner Jackentasche, dann brachte Jeanne sie zur Tür, wo sie Filine über den Kopf strich und Anika und Hermann zunickte. *»Bonne chance.«*

Und das verstand Anika auch ohne Monique. Viel Glück.

*

Einige Zeit später standen Hermann und Anika vor Regina Legrands Haustür. Anika legte den Finger auf den Klingelknopf, Hermann zupfte an seinem Hemdkragen. Ihm war heiß und kalt gleichzeitig.

»Bist du bereit?«, fragte Anika.

Ganz und gar nicht, hätte er am liebsten geantwortet. »Wir machen das«, sagte er aber stattdessen und drückte beherzt Anikas Finger auf die Klingel, bevor er es sich tatsächlich noch anders überlegte.

Es dauerte einige Augenblicke, bis sie Schritte hörten. Hermann hatte seine Hände mittlerweile in die Hosentaschen gesteckt. Auf der rechten Seite fühlte er den Brief, den er in der Nacht geschrieben hatte. Er wusste nicht, ob er ihn abschicken, ob er ihn Regina persönlich geben würde oder ob er sich gar nicht traute, ihn aus der Hand zu geben. Aber er hatte sich alles von der Seele schreiben müssen. Anika neben ihm schien mindestens ebenso aufgeregt zu sein wie er selbst, auch wenn sie tapfer versuchte, ihre Unruhe zu unterdrücken.

Endlich, und doch viel zu früh wurde die Tür geöffnet. Regina.

Ihm stand eine Frau um die fünfzig gegenüber, mit dunklen, zu einem kinnlangen Bob geschnittenen glatten Haaren. Glatt, so wirkte alles an ihr, elegant und glatt. Als einzigen Schmuck trug sie Perlenohrringe zu einem blauen Leinenkleid. Ihre Hände waren gepflegt und die Fingernägel unauffällig lackiert. Unwillkürlich dachte Hermann, sie müsse Lehrerin sein. Sie besaß diese autoritäre Ausstrahlung.

Er merkte, dass er sie anstarrte und wusste selbst nicht, worauf er wartete. Ein Erkennen? Ein intuitives Gefühl der Verbundenheit? Er selbst spürte – er wusste nicht, was er spürte.

Diese Frau dort, seine Tochter, war eine Unbekannte. Eine ihm völlig fremde Person. Und jetzt spürte er doch etwas: Ihm war übel. Was hatte er sich nur dabei gedacht hierherzukommen? Was war er nur für ein alter Trottel gewesen? Er nestelte an seinem Hemdkragen. Vielleicht, wenn er ein bisschen mehr Luft bekam …

Und dann war da plötzlich eine warme Hand, die seine rechte umfasste und sanft drückte. Ich bin hier, sagte Anika ihm damit wortlos, während sie sich höflich an Hermanns Tochter wandte: »Guten Tag, sind Sie Regina Legrand?«

Die Frau nickte abwartend.

»Hätten Sie einen Augenblick Zeit für uns?«

Schockzustand, dachte Hermann, so musste sich das anfühlen. Wenn man unbedingt etwas sagen wollte und sich nicht einmal rühren konnte. Sie war es also tatsächlich. Regina, seine Tochter.

Reglos betrachtete er ihr Gesicht, versuchte etwas wiederzufinden von Heide, die er damals geliebt hatte. Sie war doch blond gewesen. Mit einer spitzen kleinen Nase. Nur wie durch dicken Nebel bekam er Reginas Antwort mit, dass sie einen Termin habe und eigentlich los müsse. »Worum geht es denn?«

»Können wir vielleicht reinkommen?«

Immer noch führte Anika das Gespräch, und Hermann versuchte, sich zusammenzureißen. Er musste etwas sagen, irgendetwas sagen, ihr einen Hinweis geben …

»Ich bin wirklich in Eile. Wer sind Sie überhaupt?«

»Die Halsstarrigkeit hast du von mir.«

Beide Frauen starrten ihn an. Jetzt war er ins kalte Wasser gesprungen, jetzt hatte er die Bombe platzen lassen, jetzt musste er auch weitermachen. »Ich bin dein Vater«, ergänzte er also.

Regina, die den Arm schon nach ihrem Mantel an der Garderobe ausgestreckt hatte, hielt inne. »Sie … was?«

Sein kurzer Ausbruch hatte seine Kraftreserven aufgebraucht. Was jetzt? Wie sollte er ihr erklären, was in ihm vorging, vorgegangen war, weshalb er nie Kontakt aufgenommen hatte und warum gerade jetzt? Die Gedanken wirbelten in seinem Kopf.

»*Wer* sind Sie?«, hakte Regina noch einmal nach.

Da in Hermann immer noch ein Wirbelsturm an Entschuldigungen, Fluchtgedanken und Verwirrung herrschte, war er froh, als Anika mit einer Antwort einsprang.

»Hermann ist Ihr Vater«, sagte sie. »Wir haben Sie gesucht.«

»Und Sie sind?«

»Seine Pflegerin.«

Regina nickte beiläufig. »Aha. Hören Sie, ich habe es

wirklich eilig.« Steif schickte sie sich an, die Tür zu schließen.

Das konnte doch nicht wahr sein! Jetzt erst reagierte Hermann und streckte seine Hand aus. »Ich bin dein Vater«, wiederholte er laut.

Regina drehte sich zu ihm. »Das sagtest du bereits«, erwiderte sie kühl. »Was willst du?«

Er schluckte. »Mit dir sprechen.«

Sie zögerte, er konnte sehen, wie ihre Kiefermuskeln sich anspannten.

»Bitte«, fügte er leiser hinzu.

Schließlich atmete sie leicht aus und öffnete die Tür. »Ich habe zehn Minuten.«

Zehn Minuten! Bei allem, was er zu sagen hatte!

»Ich warte draußen«, sagte Anika.

Panik erfasste Hermann, als hätte ihm jemand den Boden unter den Füßen weggezogen. »Bleib«, flüsterte er und tastete wieder nach ihrer Hand, die er zwischenzeitlich losgelassen hatte. Sie schien zu zögern, doch er zog sie einfach hinter sich her in Reginas Wohnzimmer, das sicher ebenso elegant und glatt war wie seine Tochter selbst. Dennoch registrierte er den Raum kaum.

»Bitte.« Regina wies sie an, Platz zu nehmen, bot ihnen aber nichts zu trinken an. Zehn Minuten. Er holte Luft.

»Ich möchte mich entschuldigen.« So hatte er seinen Brief angefangen. Vielleicht sollte er ihn einfach vorlesen?

Denn nach all den Überlegungen, die er sich gemacht hatte, war sein Kopf nun komplett leer. Er hatte keine Ahnung, was er ihr sagen sollte.

»Aha«, quittierte sie seine Entschuldigung. Sie schürzte die Lippen und schlug die Beine übereinander. »Da hast du es also doch noch hierhergeschafft. Vierzig Jahre zu spät. Weißt du, ich hatte mir manchmal vorgestellt, was ich tun würde, falls du vor meiner Tür auftauchen würdest. Früher einmal. Sehr viel früher.«

Hermann betrachtete seine Schuhspitzen. »Ich weiß«, sagte er zum Fußboden. »Du hast jedes Recht der Welt, mir Vorwürfe zu machen. Es tut mir sehr leid.«

»Wirklich?«

Hermann blickte auf. »Wie?«, fragte er.

»Du hast dich mein ganzes Leben lang nicht für mich interessiert und jetzt ›tut es dir leid‹? So als hättest du den Elternabend vergessen. Vierzig Jahre lang. Entschuldige, dass ich das nicht ganz glauben kann.«

Er atmete aus und blickte auf seine Hände. »Du hast recht.« Seine Stimme klang belegt und er räusperte sich. »Ich habe auch nicht geglaubt, es wiedergutmachen zu können oder … oder …« Verdammt, wo waren seine Worte hin?

»Ich wollte einfach nur, dass du es weißt«, endete er hilflos. »Dass du deinen Frieden machen kannst mit der Tatsache …«

»Meinen Frieden?«, unterbrach Regina. Sie lachte ein wenig verächtlich. »Ich habe schon lange meinen Frieden gemacht. Ich habe einen Vater, seit meinem sechsten Lebensjahr. Er heißt Frank und er war immer gut zu mir. Ich brauche keinen zweiten.« Sie zuckte mit den Schultern. »Das hatte ich vorher gemeint mit ›sehr viel früher einmal‹. Der Gedanke an dich ...«, sie machte eine wegwerfende Handbewegung.

Er nickte. Das war gut. Sie war nicht allein gewesen. Sie hatte jemanden gehabt. Jemanden, der wahrscheinlich besser gewesen war, als er selbst es gewesen wäre.

»Was ist mit einem väterlichen Freund?«, fragte Anika nun. »Würden Sie den in Ihr Leben lassen wollen?«

Regina sah sie an und schüttelte den Kopf. »Nein.« Nüchtern wandte sie sich an Hermann. »Das sage ich nicht aus Groll gegen dich. Aber was soll das bringen? Ich habe meine Familie«, nun blickte sie wieder zu Anika, die protestieren wollte. »Und du hast deine. Wir brauchen uns nicht.«

Sie hatte es zu etwas gebracht, das konnte er sehen. Eine gestandene Frau, die ihn, den alten Trottel, nicht brauchte. Die ihr Leben auf ihre Art lebte. Ohne den Vater, der sich nie gekümmert hatte. Hatte sie einen Mann? Einen Freund? Vielleicht sogar Kinder? Die Wohnung wirkte nicht so. Er hatte so viele Fragen stellen wollen.

»Ich muss jetzt wirklich los«, sagte Regina. In einer eleganten Bewegung faltete sie ihre übereinandergeschlagenen

Beine auseinander, stand auf und ging zur Wohnzimmertür. »Ich danke dir für dein Kommen. Und das meine ich wirklich ernst.« Es war der erste Moment, in dem sie ihn nicht abweisend ansah. Aber schon im nächsten Moment verschloss sie sich wieder und wirkte so kühl wie zuvor. »Wir hatten nie Kontakt. Ich denke, es ist besser, wenn das so bleibt.«

»Aber …«, versuchte Anika es noch einmal.

»Ich muss nun wirklich los«, schnitt Regina ihr das Wort ab und sah demonstrativ auf ihre Armbanduhr.

Zum dritten Mal in diesem Gespräch nickte Hermann langsam. Lächelnd stand er auf. »Ich bin froh, dass es dir gut geht.«

*

Wie betäubt trat Anika nach draußen. Hermann schien es ähnlich zu gehen, auch wenn er tapfer so tat, als wäre ihm alles egal.

»Tja«, sagte er seufzend und zuckte mit den Schultern.

»Nix tja«, erwiderte Anika. Das Geräusch der zuschlagenden Tür – die wievielte heute? – hallte ihr immer noch in den Ohren. Sie sah Regina vor sich, die vor ihnen die Treppe hinuntergehastet war, ohne sich auch nur zu verabschieden oder einmal nach ihnen umzudrehen.

War sie so kalt oder lief sie vor Gefühlen davon, die tief verschüttet waren? Es hatte einen Moment im Gespräch gegeben, an dem Anika gedacht hatte, die Abweisung schwinden zu sehen. Sie schüttelte den Kopf. Nein, das konnte es noch nicht gewesen sein.

»Wir versuchen es morgen noch einmal«, sagte sie entschieden.

»Du hast gehört, was sie gesagt hat.«

Doch Anika blieb hartnäckig: »Dann hat sie mehr Zeit, steht nicht unter Stress, da wird es anders verlaufen.«

»Lass es gut sein«, beschwichtigte Hermann.

»Vielleicht ist gerade irgendwas los in ihrem Leben, sodass sie nicht …«

»Lass es gut sein«, wiederholte Hermann und unterbrach sie etwas unwirsch. Deutlich ruhiger fuhr er fort: »Wir haben es versucht. Sie war deutlich genug. Akzeptier das bitte.«

Sollte die ganze Reise umsonst gewesen sein? dachte Anika bitter. Hermanns letzter Wunsch löste sich in Luft auf. Es gab diese einzige Sache, die er in seinem Leben bereute, und sie war nicht mehr gutzumachen? Nein, Anika weigerte sich, das so zu akzeptieren. Sie würde Hermann morgen einfach an die Hand nehmen und ihn zwingen, noch einmal zu Regina zu gehen, noch einmal mit ihr zu sprechen. Und wenn nötig, würde sie Regina zwingen zuzuhören!

Wütend schloss Anika die Autotür auf, als sie ein Baby hinter sich krähen hörte. Sie drehte sich um.

»Filine!« Aus Hermanns Gesicht löste sich die Anspannung.

»Sie hat Sie rausgeschmissen, richtig?« Monique stand neben Jeanne. Beide Frauen beobachteten Hermann aufmerksam.

Er nickte und sah in diesem Moment so alt und zerbrechlich aus, dass es Anika im Herzen wehtat.

»Kommen Sie mit. Da vorn ist ein kleiner Park, da können wir sprechen.«

Anika blinzelte. Was wollten die beiden Frauen? Und weshalb waren sie so involviert in die ganze Geschichte? Sie erinnerte sich an Jeannes Fragen, die Monique nicht hatte übersetzen wollen. Erinnerte sich an ihre Regungslosigkeit, die fast schon abwehrend gewesen war.

»Regina ist nicht nur Ihre Vermieterin, richtig? Sie kennen sie gut«, fragte sie direkt an Jeanne gewandt, die nickte.

Bis zum Park war es tatsächlich nicht weit, und sie setzten sich auf eine Bank.

Jeanne begann zu sprechen, Monique übersetzte. »Sie müssen ihr Zeit geben. Ihr ganzes Leben hat Regina nichts von Ihnen gehört und nun stehen Sie so plötzlich und unangemeldet vor ihrer Tür.«

Anika nickte. »Deshalb werden wir morgen noch einmal zu ihr gehen.«

Monique lächelte schief. »Sie ist dickköpfig. Lassen Sie ihr wirklich Zeit.«

Hermann fuhr sich mit der Hand über die Stirn. »Die habe ich nicht mehr.«

Monique ließ sich die ganze Geschichte erzählen, der Krebs, die Flucht, die Fahrt nach Paris. Als sie fertig übersetzt hatte, drückte Jeanne Hermanns Hand. Schließlich erzählte sie ihre eigene Geschichte.

Jeanne war Reginas Nachbarin gewesen, noch ein halbes Kind, und ihre Eltern hatten viel gestritten. Sie hatte bei Regina Zuflucht gesucht, die zunächst nicht begeistert gewesen war über das Mädchen in ihrer Küche. Schließlich hatte sie sie aber widerwillig bei sich fernsehen lassen, wenn es in der Nachbarwohnung wieder einmal zu laut geworden war. Dann war Reginas Mann gestorben, der Mann, dessentwegen sie nach Frankreich gezogen war. Und aus der fast widerwilligen Nachbarschaftshilfe war zunächst eine zögerliche Annäherung und dann eine immer größere Verbundenheit gewachsen.

Anika sah zu Hermann.

»Ich weiß nicht einmal, ob sie Kinder hat oder nicht«, flüsterte er.

Jeanne lächelte. »Ja«, sagte sie und deutete auf ihre Brust. »Ein bisschen.« Ihr Deutsch war schwerfällig, und für nähere Erklärungen brauchte sie Monique, doch die Geste war eindeutig und rührend gewesen.

Mit Moniques Hilfe erzählte sie weiter: Regina war nach und nach zu einer Ersatzmutter für sie geworden.

Deshalb waren Monique und sie auch den beiden Gästen gefolgt.

»Jeanne glaubt, es ist gut für Regina, dass Sie gekommen sind.« Monique legte eine Hand auf ihr Herz. »Sie sagt, es wird etwas heilen. Und wenn nicht jetzt im Augenblick, dann sicher später. Filine mag dich«, bemerkte sie dann, als das Baby erneut die Ärmchen nach Hermann ausstreckte.

Er streichelte ihren kleinen Kopf. Dann wandte er sich an Jeanne. »Können Sie …« Er musste sich unterbrechen. Dann griff er in seine Innentasche. »Wenn Sie irgendwann … nicht jetzt. Aber irgendwann. Wenn Sie ihr diesen Brief geben können?«

*

Nachdem Monique, Jeanne und auch Filine sich verabschiedet hatten, schwieg Hermann lange. Sie blieben noch eine ganze Weile auf der Bank sitzen, Anika wollte ihn nicht drängen. Er hatte viel zu verarbeiten und sie selbst ebenfalls, wenn sie ehrlich war.

Sie hatte so viele Hoffnungen, Träume und Idealisierungen in das Vater-Tochter-Wiedersehen gesetzt, dass sie jetzt nicht wusste, wie sie sich fühlen sollte. Irgendwann standen sie beide wortlos auf und verließen den Park.

Erst als sie im Auto saßen, sagte Hermann plötzlich: »Wir haben sehr viel erreicht.«

»Findest du?« Anika sah ihn verblüfft an.

Er sah auf seine im Schoß gefalteten Hände, dann nickte er langsam. »Familie ist mehr als irgendein Blutsverwandter, der nach fünfzig Jahren vor deiner Tür steht. Familie ist die Person, die da ist, wenn es dir schlecht geht.« Er lachte leise und ein bisschen traurig. »Die Person, die auf deinem Sofa sitzt und deine Chips isst, wenn dein Mann gestorben ist. Die Person, die die Trauer mit dir teilt, aber auch die kleinen Freuden. Der Vater, der dir bei den Hausaufgaben hilft, nicht der, der zufälligerweise die gleichen Gene trägt.«

Anika dachte nach. »Ich weiß, was du meinst«, antwortete sie leise. »Familie sind die Menschen, die zu uns stehen. Die Menschen, die uns lieben. Ob sie mit uns verwandt sind oder nicht, spielt dabei keine Rolle.«

»Genau. Familie, das sind nicht irgendwelche dahergelaufenen Erzeuger, die nur aufgrund einer gemeinsamen Blutgruppe mit dir sprechen wollen«, fuhr Hermann fort. »Regina hatte einen Vater und das war nicht ich. Das ist meine eigene Schuld und jetzt wünsche ich mir, dass es anders gewesen wäre. Aber wäre ich der Vater gewesen, den sie gebraucht hätte? Sie war nicht unglücklich, sie hat ein gutes Leben. Wer weiß, ob das mit mir als Vater genauso gewesen wäre. Sie hat Jeanne und Filine. Sie sind ihre Familie. Das ist die Hauptsache.«

»Ja, das ist wohl die Hauptsache.« Anika nickte.

Und was ist mit deiner Familie?, wollte sie ihn fragen. Was würde dich glücklich machen? Er war derjenige, der nicht mehr lange zu leben hatte. Regina wusste das nicht. Noch nicht. Aber wenn sie es wüsste: Würde es etwas ändern?

»Und was machen wir jetzt?«, fragte Anika schließlich.

»Jetzt?« Hermann hob sein Gesicht zum Fenster, durch das die Sonne schien, und lächelte. »Jetzt drehen wir dieses Auto um und fahren vierhundert Kilometer in die entgegengesetzte Richtung«, antwortete er ihr.

»Du meinst …?«

»La Cigogne hat sicher noch ein Zimmer frei für zwei Reisende.«

11. Kapitel

Je näher sie Aubure kamen, desto nervöser wurde Anika. So war es Hermann wahrscheinlich auf dem Weg nach Paris gegangen. Natürlich hatten sie gesagt, sie würden wiederkommen. Sie wollten den Audi zurückbringen, damit die drei Witwen damit weiterfahren konnten. Aber abgemacht gewesen war das Treffen erst in einigen Tagen und bloß für eine kurze Übergabe.

Wie würde Olivier reagieren, wenn sie so unerwartet vor seiner Tür stand? Würde er sich freuen?

Anika versuchte, diese Gedanken zu verdrängen, denn weshalb sollte er sich nicht freuen? In den letzten Tagen hatte er sich bestimmt nicht neu verliebt. Oder was hieß »neu« – war er überhaupt verliebt? War sie nur ein kurzer Flirt, eine nette Ablenkung gewesen? Mist, jetzt machte sie sich doch Gedanken, die sie eigentlich vermeiden wollte!

Zum Glück konnten sie einen Großteil der Strecke auf der Nationalstraße fahren. Die Autobahnstrecken bis Reims und um Nancy herum hatten Hermann schon genug aufgeregt.

»Diese Maut kostet einen noch das letzte Hemd«, meckerte er beide Male, während er umständlich Kleingeld aus seinem Portemonnaie zählte, um es ihr herüberzureichen.

»Ich kann das auch gerne …«, begann Anika.

»Wag es ja nicht! Und nein, wir fahren hier auch nicht auf die Landstraße. Alle zweihundert Meter ein Dorf mit Tempo fünfzig und drei Radarfallen!« Er schien in der Vergangenheit ausgiebige Bekanntschaft mit beidem gemacht zu haben.

Anika knabberte auf ihrer Unterlippe. »Meinst du, Cécile und …«

»Sie werden sich freuen.«

»Hmmm.« Anika nickte langsam. »Ich frage mich nur …«

»Du fragst dich zu viel.«

Der geeignete Gesprächspartner für sorgenvolle Diskussionen war Hermann nicht, das musste Anika zugeben. Sie dachte an ihre Freundin Marlene und befand, dass die Nicht-Gespräche mit Hermann dennoch deutlich besser waren als die Tratschabende mit ihrer sogenannten besten Freundin. Wenn sie es recht bedachte, bestanden diese, ebenso wie Gespräche mit ihrer Mutter, hauptsächlich darin, dass Marlene mehr oder weniger wohlmeinende Ratschläge von oben herab gab und Anika sich daraufhin noch schlechter fühlte. War also Hermanns schmucklose Beschwichtigung genau das, was sie eigentlich brauchte?

»Ja, vielleicht«, sagte sie also, zuckte mit den Schultern und beschloss, sich nichts mehr zu fragen, sondern nur noch zu fahren. Und ja, es war eine dumme Idee gewesen, sich so Hals über Kopf zu verlieben, aber so war es jetzt eben und Anika beschloss, es nicht zu bereuen, auch wenn es in ein paar Tagen nichts weiter sein würde als eine schöne Erinnerung.

Sie freute sich jetzt einfach auf Céciles Menüs, auf die Sommergerüche und den Lavendelstrauch hinter dem Haus, auf Olivier und ja, hoffentlich auch seine Küsse. Sie würde die letzten Tage genießen, bevor sie Hermann nach Hause brachte und sich Frau Haakhorn und ihrer Zukunft im Stift stellen musste. Gut, aktuell ging sie davon aus, dass sie dort keine Zukunft mehr besaß. Aber sie würde sich eben dem Jobcenter stellen. Ganz egal, was dann war, jetzt konzentrierte sie sich auf die Straße, denn endlich fuhren sie nach drei Pausen und zwei Kaffees endlich auf die kleine Landstraße Richtung Ribeauvillé ab. Hier waren sie etwas langsamer unterwegs. Und doch kam die Abfahrt auf die kleine Straße, die in vielen Kehren und Kurven den Berg hinaufführte, schneller als erwartet. Hermann kurbelte das Fenster herunter und ein angenehmer Luftzug strich um ihre Nasen.

»Riechst du das?«, fragte er und schloss die Augen.

Ja, das tat sie. Es roch nach Wald, nach Tannennadeln und weichem Moosboden, nach Baumwipfeln und Ästen, die sich leicht im Wind bewegten, und nach Gras, das von der Sonne ganz warm war.

Am liebsten hätte sie wie Hermann die Augen geschlossen und den Geruch tief in sich aufgesogen. Aber dafür war später noch Zeit.

Es dauerte nicht mehr lange, einige Kilometer noch, dann konnten sie den braunen Kirchturm und die Storchennester sehen, die das Dorf ankündigten.

Anika parkte den Audi am Straßenrand hinter Oliviers grünem Peugeot. Es war noch ein Kratzer hinzugekommen, links hinten über dem Kotflügel, dachte sie schmunzelnd. Doch er machte auch keinen Unterschied mehr, so verbeult, wie das Auto war.

Anika schnallte sich ab und wollte gerade aussteigen, da langte Hermann vom Beifahrersitz herüber und drückte einmal kräftig auf die Hupe.

»Wir müssen uns doch wohl stilgerecht ankündigen«, bemerkte er grinsend als Antwort auf ihren vorwurfsvollen Blick.

Es wirkte: Keine dreißig Sekunden später wurde die Haustür aufgerissen und Cécile eilte ihnen entgegen.

»Was macht ihr denn schon wieder hier? Ich habe frühestens in drei Tagen mit euch gerechnet!« Die Pensionsbesitzerin strahlte über das ganze Gesicht, als sie erst Anika, dann Hermann herzlich küsste und umarmte.

»Wir haben noch etwas zu erledigen«, erklärte Hermann.

Cécile sah ihn neugierig an, bevor sie sie ins Haus scheuchte. »Aber jetzt kommt erst einmal herein, ich habe gerade einen Kuchen gebacken.«

Nun war es an Hermann, übers ganze Gesicht zu strahlen. »Wer sagt's denn.« Er sah höchst selbstzufrieden aus, als er am Gartentisch Platz nahm.

»Olivier ist gerade noch mit Frédéric in Colmar, aber sie kommen sicher gleich zurück.« Dabei sah sie Anika mit einem Blick an, den diese nicht so recht zu deuten wusste. Sie knetete ihre Hände und versuchte, nicht so nervös auszusehen, wie sie sich fühlte. Olivier? Kein Problem.

»Sie wissen, dass es Kuchen gibt?«, fragte Hermann.

Cécile nickte lachend.

Und tatsächlich, keine fünf Minuten später hörte man Frédéric ins Haus poltern: Der große Automechaniker war wahrscheinlich gar nicht fähig, sich irgendwo hineinzuschleichen, man bemerkte ihn grundsätzlich schon in meilenweiter Entfernung. Als er den Garten betrat, entfuhr ihm ein erstauntes »Nanu?«

Doch Anika beachtete Frédéric gar nicht mehr: Obwohl er Olivier mit seinen zwei Metern um beinahe einen Kopf überragte, hatte sie nur Augen für den Pensionsbesitzer, der ihm folgte. Sie stand auf, und als Olivier mit wenigen Schritten bei ihnen war, hob er sie hoch und wirbelte sie einmal im Kreis. Bevor sie noch etwas sagen konnte, hatte er ihr einen Kuss gegeben. Dann ließ er sie los, strich ihr das Haar aus der Stirn und sagte: »Na, da brat mir doch einer 'nen Storch.«

Dann begrüßte er Hermann und seine Schwester. Mit

wahrscheinlich hochroten Wangen ließ Anika sich wieder in ihren Gartenstuhl sinken, während Hermann ihr breit grinsend zuzwinkerte und Olivier sich einen Stuhl neben ihr zurechtschob. Vor Aufregung stieß Anika ein paarmal an sein Bein, bis sie aus Sorge, völlig aufgedreht zu wirken, etwas von ihm abrückte.

Die nächste Viertelstunde blieben sie durcheinanderredend, lachend und Kuchen essend im Garten sitzen, bis Frédéric irgendwann aufsprang. »Wir brauchen Emmanuel«, sagte er und zog sein Handy hervor, um den Freund anzurufen.

»Ach herrje, das Telefon!« Cécile sprang ebenfalls auf. Sie hatte offenbar vergessen, das Mobilteil der Pension mit in den Garten zu nehmen. »Dabei können wir doch gerade jeden Gast gebrauchen.«

Hermann blickte bedeutungsvoll zu Anika, die nur unglücklich mit den Schultern zuckte. Sie hatten in Reims nichts ausrichten können, die Pension stand immer noch kurz vor dem Verkauf. Höchstens … würde Lucien Durand hier in Aubure anrufen, um von der Begegnung mit Hermann und Anika zu erzählen?

Unruhig rutschte Anika auf ihrem Stuhl herum. Was würden die Geschwister dazu sagen? Sie hatte sich doch nicht einmischen wollen, herrje, und jetzt so ein Schlamassel. Als sie versuchte, Hermanns Blick einzufangen, hatte der seine Augenbrauen grüblerisch zusammengezogen.

»Euer Onkel«, begann Anika und räusperte sich. Eine Beichte würde ihnen vielleicht positiv ausgelegt werden. Hieß es das nicht auch immer vor Gericht? »Der Angeklagte zeigte Reue.«

Doch da wurde sie von Emmanuel abgelenkt: Das Handy am Ohr erschien der Polizist auf dem kleinen Weg hinter dem Fahrradschuppen. Mit wem er telefonierte, war nicht schwer zu erahnen, Frédéric redete selbst immer noch wild gestikulierend an seinem Smartphone auf ihn ein.

»Die Reisenden sind zurück!«, rief Emmanuel begeistert. »Wie war Paris?«

»Oh ja, ihr müsst unbedingt erzählen«, unterstützte Cécile, die gerade zurück in den Garten kam. »Und zur Feier des Tages koche ich uns ein leckeres Pariser Menü!«

An diesem Abend beherbergte das La Cigogne tatsächlich einige Gäste: ein älteres Ehepaar aus Süddeutschland, ein junges französisches Pärchen und eine italienische Familie.

Hermann nickte zufrieden und Anika fragte sich, wann er sich zum Marketing-Manager der Pension erhoben hatte.

Nach dem Essen zeigte Frédéric Fotos eines Oldtimers, den er sich offenbar neu zugelegt hatte. »Es wird einiges an Arbeit auf mich zukommen«, erklärte er stolz und krempelte schon jetzt die Ärmel seines karierten Hemdes hoch. »Aber es wird der schönste Ford A, den die Welt je gesehen hat.« Dabei schielte er zu Cécile, und Anika musste sich ein Grinsen verkneifen.

Wie es zwischen ihr und Olivier stand … tja, da war sie sich nicht so sicher. Er schien sich zu freuen, dass sie wieder da war, andererseits hielt er nach dem ersten Kuss einen gewissen Abstand zu ihr. Fairerweise musste sie zugeben, dass sie ebenfalls nicht seine Nähe suchte. Sie wusste einfach nicht, wie sie mit ihm umgehen sollte. Was er wohl dachte?

»Wie war es denn nun in Paris?«, fragte Cécile, nachdem Frédéric und Emmanuel die Teller abgetragen hatten. Arbeitsteilung war eben alles.

Paris … Anika biss sich auf die Unterlippe und sah zu Hermann, der seinen Kopf leicht hin und her wiegte. »Sagen wir so: Wir haben gespielt. Wir haben uns ein besseres Ergebnis erwartet. Aber wir sind auch nicht mit einer Niederlage vom Platz gegangen«, fügte er hinzu.

Cécile schien etwas fragen zu wollen, aber Hermann nickte so abschließend, dass sie ihren Mund wieder schloss. Erlöst von weiteren Fragen wurden sie durch Frédéric.

»Apropos spielen«, rief er und rieb sich die Hände. »Poker und Mau-Mau hatten wir schon, jetzt sind die Franzosen dran. Wir bringen euch Belote bei.« Er blickte in die Runde. »Wir sind zwar etwas viele, aber das macht nichts.«

Das französische Kartenspiel, bei dem in Teams gespielt wurde, war ganz nach Hermanns Geschmack, das erkannte Anika sofort: Er konnte bei fehlerhaften Spielzügen die

Schuld auf seinen Partner schieben und den Ruhm selbst einheimsen. Aber auch Anika machte das Spiel so viel Spaß, dass sie ihre Unsicherheit in Bezug auf Olivier beinahe – aber wirklich nur beinahe – vergaß.

Der nächste Morgen brachte Sonnenschein und Vogelgezwitscher. Zwei Amseln hatten sich den Baum vor Anikas Fenster für eine angeregte Unterhaltung ausgesucht, und sie musste lächeln: Wie viel schöner, auf diese Art und Weise wach zu werden, als vom Straßenlärm, der in Paris geherrscht hatte.

Sie reckte die Arme über dem Kopf und ließ sich Zeit mit dem Aufstehen. Als sie schließlich die Treppe hinunterging, zog sich der Duft nach Kaffee und frischem Gebäck durch das ganze Haus.

In der Küche war niemand, und Anika vermutete, dass Hermann schon im Garten lag. Sie kannte sich mittlerweile gut genug aus, um zu wissen, wo sie alles fand. Also goss sie sich Kaffee aus einer kleinen silbernen Kanne auf dem Herd ein, gab Milch aus dem Kühlschrank dazu und nahm sich Marmelade aus dem Schrank, die sie großzügig auf Céciles frisches Brioche schmierte, das in einem Korb auf dem Tisch stand.

Sie hatte gar nicht gemerkt, dass sie begonnen hatte, vor sich hinzusummen, als plötzlich jemand hinter ihr leise lachte. Sie drehte sich um.

»Guten Morgen«, sagte Olivier und zwinkerte ihr zu. »Hast du mir noch Kaffee übrig gelassen?«

Er schien wohl eine Pause fürs zweite Frühstück zu machen. Während er sich eine Tasse aus dem Schrank holte, stand Anika auf, um die Kaffeekanne vom Herd zu nehmen. Und plötzlich stand Olivier ganz nah vor ihr.

»Hey«, sagte er warm. »Ich hatte gestern gar keine Gelegenheit, dich richtig zu begrüßen.«

Da Anika ihrer Stimme nicht ganz traute, nickte sie nur. Seine Nähe ließ ihr Herz wieder wie wild klopfen, sie konnte sich selbst nicht ganz erklären, weshalb sie sich jedes Mal wie ein verliebter Teenie fühlte.

»Schön, dass ihr wieder da seid.« Olivier lächelte immer noch, er schien aber auf etwas zu warten.

Erneut nickte Anika. Als er weiterhin abwartend lächelnd vor ihr stand, stellte sie sich auf die Zehenspitzen und gab ihm einen Kuss auf die Wange. Jetzt lachte er, und bevor sie es sich versah, hatte er ihr einen Kuss auf den Mund gegeben. Beinahe hätte sie die Kaffeekanne fallen gelassen.

»Oh wow«, sagte sie überrascht.

»Das klingt gut«, antwortete Olivier ganz nah an ihrem Ohr und küsste sie noch einmal.

»Hast du Lust, mit zum Einkaufen zu fahren?«

Und ob sie das hatte. Aber sie wollte Hermann heute nicht allein lassen. Die Enttäuschung über die ersehnte

Begegnung mit Regina nagte immer noch an ihr. Wie es Hermann selbst ging, konnte sie sich gar nicht vorstellen.

»Ich bin leider schon zu einer Partie Poker herausgefordert worden«, sagte sie also und fügte hinzu, dass sie sich heute um Hermann kümmern wollte.

»Dann sehen wir uns später.« Olivier gab ihr noch einen letzten Kuss, schnappte sich seine Kaffeetasse und verabschiedete sich nach draußen.

Anika blieb verwirrt, aber sehr glücklich zurück.

Hermann gewann das erste Spiel.

»Pech im Spiel, Glück in der Liebe«, sagte er feixend.

»Ich will eine Revanche«, forderte Anika. An der Raststätte auf dem Weg nach Reims hatte sie schließlich auch gewonnen, und da war sie ebenfalls schon verliebt gewesen. Im zweiten Spiel kämpften sie beide mit harten Bandagen. Hermanns Pokerface war so undurchsichtig wie selten zuvor, und Anika musste schließlich die Segel streichen. Als er sein deutlich schwächeres Blatt aufdeckte, fragte sie sich, wie gut er auch außerhalb des Pokerspiels darin war, seine Gefühle zu verbergen.

»Regina …«, begann sie zögerlich, aber augenblicklich schnitt Hermann ihr das Wort ab.

»Regina ist glücklich, das ist die Hauptsache.«

Anika nickte langsam, sie schwiegen beide. »Und du?«, fragte sie schließlich.

Ein Muskel in seinem Kiefer zuckte. Da bröckelte also das undurchdringliche Pokerface, dachte Anika. Dann entspannte Hermann sich wieder, legte die Karten auf den Tisch und seufzte. »Es ist gut, wie es ist«, sagte er leise. »Sie hat recht. Wir haben unser ganzes bisheriges Leben nichts miteinander zu tun gehabt. Da brauchen wir uns auch jetzt nicht.«

Ob das wirklich so war? Anika dachte an ihre eigene Mutter. Vielleicht hätte sie sich auch mal trauen sollen, ihr etwas zu sagen wie: Wenn sie keine liebevolle Mutter sein wollte, dann brauchte Anika sie nicht. Beinahe hätte sie aufgelacht. Wenn es doch nur so einfach wäre!

»Vielleicht meldet sie sich ja auf deinen Brief«, sagte sie leise.

»Vielleicht.« Er klang nicht überzeugt.

»Wenn du …«, begann sie.

»Es geht mir gut«, sagte Hermann nachdrücklich. »Weißt du«, sagte er dann und schüttelte den Kopf. »Da kamen diese Ärzte und verkündeten mir, dass ich Krebs habe. In diesem Moment schoss mir so viel durch den Kopf. Es ging alles so schnell. Ich hatte Angst, das kann ich zugeben, Angst vor dem Krankenhaus, Angst vor …« Er sprach das Wort »Tod« nicht aus, aber Anika wusste auch so, was er meinte.

»Deshalb bin ich auf die Idee gekommen, Regina zu besuchen. Meine Tochter, um die ich mich nie gekümmert habe. Plötzlich war sie mir wichtig, plötzlich war mir ihre Absolution wichtig. Als könnte ich meine Sünden wiedergutmachen.« Erneut schüttelte er den Kopf. »Als könnte die Vergangenheit mich vor der Zukunft bewahren.« Er schien sich einige Gedanken gemacht zu haben, und Anika war überrascht über so viel Ehrlichkeit. »Aber weißt du, was? Es war eine Schnapsidee. Es war völlig irrsinnig und verrückt, Regina zu suchen, und es war nur folgerichtig, dass es kein sogenanntes Happy End gab. Sie ist es nicht, die mir die Absolution erteilen kann. Das kann nur ich selbst. Ich muss mir eingestehen, dass ich Fehler gemacht habe und mir selbst verzeihen. Es war ungerecht von mir zu glauben, diese Aufgabe auf Regina abwälzen zu können.«

Er blickte auf die Karten auf dem Tisch, dann wieder zu Anika. Seine Züge wurden weicher. »Aber es war keine Schnapsidee, nach Frankreich zu fahren. Ich bereue nicht, aus diesem verdammten Heim getürmt zu sein, und ich bereue erst recht nicht, dich zum Mitkommen überredet zu haben.«

Anika schluckte. »Ich auch nicht«, sagte sie leise.

»Eben.« Hermann lehnte sich in seinem Stuhl zurück und atmete so tief aus, als wäre er gerade einen Marathon gelaufen. Oder zumindest fünfhundert Meter am Stück, das kam für ihn auf ein ähnliches Ergebnis hinaus. »Das Leben geht manchmal verschlungene Pfade, so viel kann ich dir mit meiner Altersweisheit sagen. Verrückte Ideen finden nie zu ihrem ursprünglichen Ziel. Aber manchmal«, und jetzt lächelte er, »manchmal finden sie zu einem anderen, genauso guten Ziel.«

Wie üblich trafen am Abend Frédéric und Emmanuel ein. Der Polizist hatte während des Essens eine Geschichte über unvorsichtige Touristen parat, die ihr Auto neben einer nicht eingezäunten Kuhweide geparkt hatten, um wandern zu gehen.

»Nicht eingezäunt.« Er hob die Schultern und schüttelte den Kopf. »Und dann wundern sie sich, woher die Delle in ihrer … Frédéric was ist *le capot*?«

»Motorhaube«, übersetzte der Mechaniker.

»Oh nein!« Gleichzeitig belustigt und erschrocken hielt Anika sich die Hand vor den Mund. »Die Armen!«

»Die Trottel«, bemerkte Hermann. »Ich hoffe sehr, dass dein Auto«, er pikste Anika den Zeigefinger in den Oberarm, »nicht auch so einer Dummheit zum Opfer gefallen ist.«

»Kühe auf dem Parkplatz einer Autobahn-Raststätte wären uns aufgefallen«, versicherte Anika ihm jedoch.

»Autodiebe.« Emmanuel seufzte.

»Auch Trottel«, warf Frédéric ein. »Einmal waren sie bei mir, damit ich einen Wagen umlackiere. Sie haben mir eine ganze Menge Geld geboten.«

»Und?«, fragte Anika neugierig.

»Und ich habe eine Gehaltserhöhung gekriegt«, antwortete Emmanuel an seiner Stelle augenzwinkernd. »So schnell kommt die Polizei selten an Informationen über Autodiebe.«

Sie waren gerade mit dem Essen fertig, da klingelte es an der Tür.

»Neue Gäste?«, fragte Hermann neugierig.

»Na, hoffentlich«, murmelte Olivier und stand auf, um zu öffnen. »Sonst kann es nur der Gerichtsvollzieher sein.«

Erschrocken sah Anika die anderen an, aber Frédéric zuckte nur mit den Schultern und Hermann hatte schon wieder die Augenbrauen zusammengezogen und in seinem Blick lag Wut. Cécile beschäftigte sich intensiv mit ihrem Glas Wein.

Weitere Zeit zum Nachdenken blieb nicht, da Olivier nun die Tür öffnete und ein Geschnatter, Gelächter und Gepolter folgte, dass Anika schwindelig wurde.

»Keine neuen Gäste«, kündigte Olivier grinsend an. »Alte Gäste!«

Und dann stürmten die drei lustigen Witwen herein, allen voran Sigrid, die in einer Wolke von Parfüm und mit einem riesigen Strohhut auf dem Kopf Küsse verteilte. Hinter ihr putzte Doris nervös ihre Brille, bevor sie sich in einen freien Stuhl fallen ließ. Bärbel umarmte Anika so fest, dass sie keine Luft mehr bekam, und nahm dann auf der Bank Platz.

»Kinder, wir sind am Verhungern«, stöhnte Sigrid, als sie ihre Begrüßungszeremonie erledigt hatte. »Wir haben eine Höllenfahrt hinter uns, eine Höl-len-fahrt, ich sage es euch.«

»Habt ihr Sigrid hinters Steuer gelassen?«, fragte Hermann die anderen beiden.

Doris zuckte unglücklich die Schultern. »Die ersten zwei Stunden bin ich gefahren«, sagte sie.

»Aber als wir nicht einmal hundert Kilometer geschafft hatten, weil Doris gleich zwei Abzweigungen verpasst hat …« Sigrid zuckte mit den Schultern. »Da musste ich übernehmen.«

»Wir haben gerade eben gegessen, es gibt noch genug für euch, ich wärme es nur schnell auf«, sagte Cécile, die schon Gläser auf den Tisch gestellt hatte und gerade Wasser eingoss.

»Danke, mir ist immer noch schlecht«, sagte Bärbel mit vorwurfsvollem Blick zu Sigrid.

»Wir brauchen vor allem Sekt!«, rief diese. »Auf Aubure!«

Das ließ Olivier sich nicht zweimal sagen und holte aus dem Keller eine Flasche elsässischen Crémant.

»Was macht ihr überhaupt schon wieder hier?«, fragte Hermann die drei Damen.

»Ah.« Sigrid zuckte mit den Schultern.

»Strandurlaub ist nichts für mich.« Bärbel schüttelte

heftig den Kopf. »Dauernd Langeweile und Sand zwischen den Zähnen.«

»Das geschichtsträchtige Elsass bietet deutlich mehr Sehenswürdigkeiten, von denen wir bisher maximal fünf Prozent besichtigt haben«, warf Doris ein.

»Aber Saint-Tropez! Die Côte d'Azur! Die Schönen und Reichen Frankreichs und ganz Europas!«, rief Hermann.

Sigrid winkte ab. »Alles überbewertet«, sagte sie und zog ein Sektglas zu sich heran. »Und wieso seid ihr schon wieder hier? Wie ist Paris?«

Hermann grinste und nahm sich ebenfalls ein Glas Sekt. »Überbewertet.«

Sie stießen an.

Cécile tischte noch einmal etwas zu essen auf, und weil es gar so gut roch, überwand auch Bärbel sich, und nach den ersten Bissen strahlte sie schon wieder über das ganze Gesicht.

»Schön, dass ihr da seid«, sagte Anika.

»Auf jeden Fall besser als der Gerichtsvollzieher«, merkte Hermann an. »Und apropos: Was machen wir denn nun mit eurem Onkel?«, wandte er sich dann an Cécile.

Sie verzog den Mund. »Lasst uns den schönen Abend nicht damit kaputt machen.«

»Welcher Onkel?«, fragte Doris. Man merkte regelrecht, dass sie in ihrer Erinnerung nach einer Erwähnung kramte.

Olivier und Cécile zögerten einen Augenblick. »Das ist

wirklich nicht ...«, begann Cécile, erzählte auf Hermanns Drängen dann aber doch die ganze Geschichte.

»Was für eine Unverschämtheit!«

»So ein unmöglicher Mensch!«

»Und so jemand schimpft sich Onkel!«

Sigrid, Doris und Bärbel waren angemessen empört und stimmten ohne zu zögern in Anikas und Hermanns Gemecker über Lucien Durand mit ein.

»Dieser spitzzahnige Drecksack«, sagte Hermann schließlich.

»Woher weißt du das denn?« Cécile blinzelte.

Anika wurde heiß.

»Wir haben ihn ... wie heißt das? In Anikas Telefon gedoodelt.« Hermann war nie um eine Antwort verlegen. Ob es allerdings die beste Voraussetzung war, die Problemlösung mit einer Lüge zu beginnen ...

»Wir sind ihm zufällig in Reims über den Weg gelaufen«, gab sie zu.

»Nachdem ihr ihn gegoogelt habt?«

»Sozusagen.« Hermann zuckte mit den Schultern.

»Wir waren im gleichen Café zum Mittagessen.«

»Brasserie«, korrigierte Hermann.

Während Anika die Augen verdrehte, murmelte Doris: »Sehr richtig.«

»Habt ihr etwas über ihn in Erfahrung bringen können?«, kam Sigrid wieder auf den eigentlichen Kern des

Themas zurück. »Schmutzige Details? Irgendetwas, womit wir ihn erpressen können?«

Emmanuel hielt sich die Ohren zu. »Ich höre nichts«, sagte er. »Erpressung, ich verstehe dieses deutsche Wort nicht.«

Hermann zog seine linke Hand zur Seite. »Das Finanzamt ist völlig legal«, sagte er. »Wir schicken ihm einfach eine Steuerprüfung auf den Hals.«

Sigrid rieb sich die Hände.

»Stimmt auch wieder.« Emmanuel nickte gewichtig. »Und dann hoffen wir, dass der Herr Rechtsanwalt sich nichts hat zuschulden kommen lassen. Nicht, dass die Polizei noch wegen Steuerhinterziehung ermitteln muss.«

Mit offenem Mund blickte Cécile von einem zum anderen. Dann schüttelte sie vehement den Kopf. Schließlich fragte sie ungläubig: »Ihr habt ihn wirklich getroffen?«

Schuldbewusst nickte Anika.

»Wie … was hat er gesagt?«

»Nichts anderes als euch auch.« Sie hatten sich eingemischt, waren mitmischende Neugiersnasen gewesen, und wofür? »Er will sein Geld.«

Olivier nickte finster.

»Deshalb müssen wir etwas finden, womit wir ihn überzeugen können, euch die Pension zu lassen«, ergänzte Hermann. »Und das geht eben am besten, indem wir …«

»Nein«, sagte Cécile und verschränkte die Arme vor der Brust. »Er ist immer noch unser Onkel.«

»Ob man so jemanden in seiner Familie haben will ...«, grummelte Hermann.

»Eben«, bekräftigte Sigrid.

Frédéric wiegte seinen Kopf hin und her. »Na ja, es fällt ja doch immer auf die Angehörigen zurück, wenn einer ein Verbrecher ist.«

»Lucien ist doch kein Verbrecher!« Cécile schien tatsächlich unglücklich über den Gesprächsverlauf.

Ihr Bruder drückte ihren Arm. »Keine Sorge«, beruhigte er. »Die machen nur Spaß.«

Hermann wollte etwas entgegnen, überlegte es sich jedoch sogar ohne einen warnenden Blick von Anika anders.

»Dass ihr die Pension aufgebt, ist keine Option«, sagte sie dann nachdrücklich. Wie glücklich die beiden hier waren, und wie glücklich ihre Gäste waren – das durfte nicht aufgrund eines habgierigen Onkels zerstört werden.

»Keine Option«, wiederholten Frédéric und Emmanuel gleichzeitig.

»Könnte man vielleicht irgendwie Geld auftreiben?« Anika überlegte einfach ins Blaue hinein. »Was ist mit einem Kredit?«

»Als ob wir nicht schon alles versucht hätten.« Unglücklich schüttelte Cécile den Kopf. »Was glaubt ihr, wo Olivier in den letzten Wochen dauernd war? Er hat eine Bank nach der anderen abgeklappert.«

Anika knabberte auf ihrer Unterlippe. »Marlene hatte

mir mal von etwas erzählt. Man nennt es Crowdfunding. Dazu stellt man eine Projektidee ins Internet und jeder, der Interesse hat, kann etwas dazu beitragen, sie zu finanzieren.«

Sigrid hob eine Augenbraue. »Also, wenn es um Finanzierungsideen geht, seid ihr bei uns an der richtigen Stelle. Habt ihr es schon mit Charity probiert?« Sie sprach es »Schäritie« aus. Mit einem sehr deutlichen »r«.

Cécile blinzelte. Nun war es Olivier, der entschieden den Kopf schüttelte. »Nein. Wir sind kein Sozialfall.«

»Charity bedeutet …«, hob Doris an und rückte ihre Brille zurecht.

»Ich weiß, was es bedeutet, und es ist wirklich sehr nett gemeint von euch, vielen Dank.« Er lächelte sie an. »Aber das ist keine Option.«

»Okay.« Bärbel stützte den Kopf in ihre Hände. »Und was ist mit Fundraising?«

Olivier blickte sie skeptisch an.

»Ich muss Olivier zustimmen: Keine Charity«, bekräftigte Anika. »Crowdfunding ist die Lösung. Künstler machen das auch so. Man unterstützt euer Projekt und bekommt dafür etwas zurück.«

»Man kauft sich in unsere Pension ein?« Olivier klang skeptisch.

Doris schüttelte den Kopf. »Jeder kauft Produkte deiner Pension.«

»Was heißt das?«

»Céciles Kuchen zum Beispiel.« Zum Beweis, dass man damit grandios Geld verdienen könnte, steckte Bärbel sich ein großes Stück in den Mund und mampfte genüsslich.

Olivier runzelte die Stirn.

»Wir geben eine Party«, erklärte Sigrid. »Und vertrau uns, im Party-Schmeißen sind wir absolute Weltklasse, wir heißen nicht umsonst die lustigen Witwen.«

Bärbel und Doris nickten bekräftigend.

»Da kann man dann Gutscheine kaufen, wir könnten eine Tombola veranstalten und der glückliche Sieger bekommt …«, sie grinste und schielte zu Frédéric und Emmanuel, »… ein Date mit Cécile.«

Frédéric merkte auf. Er setzte sich etwas gerader hin, wusste aber offenbar nicht so richtig, was er mit der Information anfangen sollte und blickte etwas verwirrt zu Cécile.

»Außerdem gibt es natürlich genug Alkohol, damit die Leute in Spendierlaune kommen, vielleicht kann man kleine Geschenkpakete kaufen und so weiter«, ergänzte Doris.

»Aber …« Olivier wollte protestieren, wurde aber von Hermann unterbrochen.

»Nun hör endlich auf mit dem Diskutieren, Jungchen, und lass die Weiber mal machen.« Leise fügte er hinzu: »Was für ein Dickschädel.«

Das sagt der Richtige, dachte Anika und musste schmunzeln.

Olivier sah Cécile an, die vorsichtig mit den Schultern zuckte. Schließlich nickte er. »In Ordnung. Aber eine Sache noch: Ihr glaubt doch wohl nicht, dass ihr mit einer Party achtzigtausend Euro zusammenbekommt? Das werden maximal achthundert!«

Die allgemeine Euphorie schien in sich zusammenzufallen. Sie hatten alle nur überlegt, wie sie etwas Geld zusammenbekommen konnten, wie man wenigstens ein bisschen helfen konnte. Aber die tatsächliche Summe war wirklich utopisch.

»Vielleicht brauchen wir gar nicht so viel«, begann Hermann. Er lehnte sich in seinem Stuhl zurück und faltete die Hände vor dem Bauch. »Cécile, erzähl mir mal von deinem Onkel.«

»Doch Erpressung?«, flüsterte Sigrid. Sie wirkte nicht unglücklich mit dieser Idee, eher so, als überlege sie schon verschiedene Möglichkeiten.

Cécile wollte etwas sagen, aber Olivier legte seine Hand auf ihren Arm und sah Hermann an. »Was willst du wissen?«

»Wie ist euer Verhältnis? Mögt ihr euch? Oder hattet ihr auch schon vor der Sache mit der Pension Streit?«

Olivier begann zu erzählen, Cécile unterstützte ihn hin und wieder mit Details oder weiterführenden Informationen.

Streit hatten sie bisher nicht gehabt. Es hatte aber auch nie intensiver Kontakt zwischen ihnen bestanden. Lucien war der Bruder ihrer Mutter, aber auch die beiden hatten nie ein enges Verhältnis gehabt.

Als Kinder hatten Cécile und Olivier ihren Onkel höchstens einmal im Jahr gesehen, bei einer Familienfeier, Hochzeit oder Beerdigung. Er sei schon immer ein Karrieremensch gewesen. Bei diesen Worten nickte Hermann, und auch Anika musste unwillkürlich zustimmen, so hatte er gewirkt.

»Alles andere musste immer dahinter zurückstehen«, sagte Cécile und überlegte. »Ja, Geld ist ihm wichtig. War es immer schon.«

»Schicke Autos, teure Anzüge und Uhren«, zählte Olivier auf. »Es muss natürlich eine Rolex sein.«

»Aber dafür muss man doch nicht seine Familie abzocken!«, warf Bärbel an dieser Stelle entrüstet ein.

»Genau. Da kann man einfach reich heiraten«, pflichtete Sigrid ihr bei.

Frédéric nickte nachdrücklich. »Das habe ich auch vor«, sagte er.

Cécile, die wirklich geknickt ausgesehen hatte, musste lächeln. Dann erzählte sie weiter: »Gestritten haben wir uns zwar nie, aber die seltenen Begegnungen, die wir auf Familienfeiern hatten, sind dann mit dem Tod unserer Großeltern noch seltener geworden.«

Schon kurz nach der Beerdigung hatte Lucien offenbar den Verkauf der Pension vorgeschlagen. Da diese Option für die beiden Geschwister nicht infrage gekommen war, hatten sie den Plan mit der monatlichen Miete ausgearbeitet. Bisher hatte es auch ganz gut geklappt, auch wenn Lucien hin und wieder einen Weihnachtsaufschlag verlangt hatte, wenn sie aufgrund des beliebten Marché de Noël in Kaysersberg mehr Gäste als üblich beherbergten.

»Frechheit«, murmelte Hermann. »Ich gehe nicht davon aus, dass er weniger Geld wollte, wenn es bei euch eine kleine Flaute gab?«

Die Frage mussten sie nicht beantworten, es war sonnenklar, dass Lucien so etwas niemals in Betracht gezogen hätte.

»Und dieses Jahr gab es dann nicht nur eine kleine Flaute.« Cécile blickte auf ihre Hände, die sie im Schoß gefaltet hatte.

Olivier starrte finster vor sich hin.

Nein, dieses Jahr hatte es großer Reparaturen bedurft, sie hatten viel Geld ausgeben müssen und die neutrale Geschäftsbeziehung, die sie bisher mit Lucien gehabt hatten, war in die Binsen gegangen.

Seine bislang nur angedeutete Geldgier war immer mehr zum Vorschein gekommen, er hatte keinen Zahlungsverzug geduldet und pochte nun wieder auf den Verkauf der Pension, um seinen Anteil von achtzigtausend Euro zu bekommen.

»Und was will er damit? Auf Weltreise gehen?«, fragte Sigrid.

»Der Mann sah nicht so aus, als würde er jemals Urlaub machen«, sagte Anika. Jetzt hatten sie es ja ohnehin zugegeben. Auch wenn ihr immer noch etwas unwohl war, die Tatsache zuzugeben. Als ob er ihre Unsicherheit gespürt hätte, griff Olivier über den Tisch, fasste ihre Hand und drückte sie. Anika merkte, wie sie rot wurde, und hoffte, die anderen waren so mit Lucien Durand beschäftigt, dass keiner auf die Farbe ihrer Wangen achtgab. Denn loslassen wollte sie Oliviers Hand auch nicht unbedingt sofort.

»Das heißt, es gibt keine persönlichen Motive«, fasste Hermann das Gesagte der Geschwister nun zusammen. »Lucien will sich nicht an euch rächen oder so etwas. Es wäre fatal, wenn es ihm darum ginge, euch zu schaden. Aber er will offenbar wirklich nur – und mit nur meine ich natürlich nicht ›nur‹, aber ihr versteht, was ich sagen will«, er fuchtelte mit den Händen. »Er will also wirklich nur an Geld kommen. Für Anzüge und teure Uhren.«

»Unglaublich«, flüsterte Bärbel.

Und nun war Anika versucht, ihre Hand zu drücken. Die drei Witwen waren so freigiebig mit ihren Besitztümern und ihrem Geld, wie Lucien besaßen sie einiges und waren dennoch das komplette Gegenteil. Sie freuten sich, wenn sie andere an schönen Dingen teilhaben lassen konnten.

»Ein Rechtsanwalt, der mit allen Mitteln noch reicher werden will.« Hermann grinste. »Ich wette mit euch, die Steuerprüfung würde etwas finden.«

Auf Céciles entsetzten Blick lenkte er jedoch sofort ein: »Nein, nein, darum geht es mir doch gar nicht! Ich denke vielmehr, wenn wir ihm einen Plan entwerfen, wie er mit dem Erhalt der Pension mehr verdienen kann als mit ihrem Verkauf, würde er darauf eingehen.«

»Eine Analyse!«, rief Doris begeistert. »Wir werden ausrechnen, wo die Pension jetzt steht und wo sie mit den besten Marketing-Maßnahmen in drei Jahren stehen kann!«

»Dass du beim Rechnen immer so eine Freude hast.« Beinahe angeekelt schüttelte Sigrid den Kopf. Dann sah sie Cécile an. »Wir kriegen das hin. Euer Onkel bekommt sein Geld und ihr behaltet eure Pension.«

»Voilà«, sagte Bärbel und sah stolz in die Runde. Doris tätschelte ihren Arm. Sie hatte sich alle Mühe gegeben, ihren Freundinnen ein paar französische Grundbegriffe beizubringen, sodass sie sich nun zumindest begrüßen und bedanken konnten, auch wenn es bei Sigrid immer wie »bong schur« klang.

»Gleich morgen früh machen wir uns an die Arbeit.« Hermann rieb sich die Hände und Doris nickte aufgeregt.

Cécile und Olivier waren noch nicht vollends überzeugt, das konnte man deutlich sehen. Cécile murmelte ihrem Bruder etwas zu.

Schließlich stieß Frédéric ihr sanft den Ellenbogen in die Rippen. »Probieren kann man es doch mal, eh?«, rief er.

Jetzt nickte sie zögerlich. Olivier überlegte, dann zuckte er mit den Schultern und sagte: »So wie es im Moment aussieht, müssen wir sowieso verkaufen. Was soll schon schiefgehen?«

»Genau. Und ob ihr gleich verkauft oder später, ist doch egal. Also gebt euch einen Ruck. Auf das Crowdfunding!« Sigrid hob ihr Prosecco-Glas.

Emmanuel entkorkte eine neue Flasche Crémant.

12. Kapitel

Am nächsten Morgen erwachte Anika mit Kopfschmerzen. Kein Wunder, dachte sie und versuchte sich an den restlichen Abend zu erinnern. Aber außer viel Alkohol, drei laut lachenden Damen, einem noch lauter lachenden Automechaniker und ein paar verstohlenen Blicken von Olivier war nicht mehr viel passiert.

Sie hatten ihren Entschluss gefeiert, die Pension zu retten, wobei alle anderen begeisterter schienen als die Pensionsbesitzer selbst.

Aber wahrscheinlich mussten die neuen Informationen erst einmal zu ihnen durchsickern. Ob Anika einem Plan von drei weinseligen alten Damen und einem noch älteren Griesgram trauen würde, die sie erst seit wenigen Tagen kannte? Da brauchte es wohl etwas mehr Überzeugungskraft.

Als sie schließlich geduscht und angezogen nach unten in die Küche kam, saßen dort Hermann und Doris dicht beieinander, eine Unmasse an Papieren um sich herum versteilt. Anikas Begrüßung erwiderten sie mit einem zerstreuten »Guten Morgen«.

»Nicht stören, sie erstellen einen ›Businessplan‹«, raunte Cécile ihr zu. Die Anführungszeichen um »Businessplan« konnte Anika regelrecht hören. Dankbar nahm sie den Milchkaffee, den Cécile ihr reichte. Dann lehnte sie sich an die Anrichte und beobachtete die beiden Wirtschaftsexperten.

Hermann hob gerade ein weiteres Blatt Papier von einem Stapel in der Mitte des Tischs.

»Und das hier?« Er besah sich das Papier, blinzelte, hielt es weiter entfernt, zog es dann wieder zu sich heran, blinzelte erneut.

»Moment.« Doris schob ihre Brille nach oben, beugte sich vor, und als ihre Nasenspitze das Papier schon berührte, sagte sie: »Ah, die Nebenkostenabrechnung!«

Hermann legte sie auf einen Stapel links von sich.

Doris schrieb etwas auf einen Notizblock, der vor ihr lag, tippte auf dem kleinen Taschenrechner neben ihrer rechten Hand herum, schrieb weiter.

»Dann müssen wir die Inflation berücksichtigen«, fiel Hermann in diesem Augenblick ein.

»Das sind ja Vollprofis«, flüsterte Anika schmunzelnd.

»Seit zwei Stunden sitzen sie hier, ich bin tief beeindruckt«, antwortete Cécile. Sie lächelte ein wenig traurig. »Ich hoffe, die ganze Arbeit ist nicht umsonst.«

»Euer Onkel wird sich darauf einlassen. Ganz sicher.« Anika drückte ihre Hand.

»Ihr seid wirklich so unglaublich lieb zu uns.« Céciles Augen wurden feucht.

»Unter Freunden hilft man sich.«

»Das ist mehr als Freundschaft.« Cécile schüttelte den Kopf. »Ihr helft uns so selbstlos. Und dann das, was du für Hermann getan hast … Das tut man für Familie.«

»Oh nein, nein, das war nur … « Verlegen nahm Anika einen großen Schluck ihres Milchkaffees. Die riesige Tasse ließ sie zum Glück ihre heißen Wangen verbergen.

»Wann soll das große Fest denn stattfinden?«, fragte Anika, um vom Thema abzulenken.

»Nächste Woche Dienstag schon! Ich weiß gar nicht, wie das gehen soll.«

Auch Anika fand es sehr knapp, ein Fest mit gerade mal fünf Tagen Vorlauf zu planen, aber angeblich waren die drei Witwen der Meinung, wenn man etwas tun wollte, so musste man es so schnell wie möglich in Angriff nehmen. »Sigrid hat gesagt, Spontanaktionen ließen sich auch ganz gut vermarkten«, sagte Cécile. Es klang ein bisschen wie auswendig gelernt, Sigrid hatte sich offenbar mehrfach wiederholt.

Das Telefon klingelte und Cécile verließ die Küche. Hoffentlich waren es neue Gäste, die sich anmelden wollten, dachte Anika.

Während sie ihren Milchkaffee schlürfte und Hermann und Doris beim Rechnen beobachtete, musste sie über

Céciles Worte nachdenken. Ihre Familie bestand schon länger nur noch aus ihr und ihrer Mutter. Die ganze Reise über hatte sie nicht einmal daran gedacht, ihr eine Nachricht oder gar ein Foto zu schicken.

Für Frau Doll hatten sie und Hermann eine Postkarte gekauft, von der sie wussten, dass sie einen Ehrenplatz an einer Pinnwand hinter ihrer Zimmertür bekommen würde.

Aber ihre Mutter? Anika schluckte. Es tat immer noch weh, aber vielleicht musste sie einfach akzeptieren, dass ihr Verhältnis nie so innig werden würde, wie es zwischen anderen Töchtern und ihren Müttern war. Oder überhaupt nicht innig. Wenn sie in sich hineinhorchte, spürte sie noch eine ganze Menge Wut in sich. Vielleicht sollte sie die ablegen.

Hermann akzeptierte die nüchterne Verabschiedung von seiner Regina scheinbar gleichmütig. Allerdings war Anika sich nicht ganz sicher, wo der Schatten herrührte, der sich in den letzten Tagen hin und wieder auf Hermanns Gesichtszüge legte. Der Krebs vielleicht.

Seine Schmerzmittel nahm Hermann mittlerweile recht häufig. Sie mussten bald nach Hause. Das Fundraising-Event, so es denn stattfinden sollte, würden sie sich noch ansehen, das würde Hermann sich niemals nehmen lassen. Aber im Anschluss gab es keine Widerrede. Dann würde Anika ihn ins Krankenhaus bringen. Mit Würde sterben, dazu gehörten auch hoch dosierte Schmerzmittel, an die man ohne Rezept nicht herankam.

Ihr Gedankengang wurde unterbrochen, als Doris ihr von hinter einem Stapel Papiere zuwinkte.

»Anika, wir brauchen dieses Internet.« Hermann blickte auf.

Anika wischte ihre Melancholie zur Seite und setzte sich zu den beiden. Wie war das noch gewesen? Im Moment leben. Sie zückte ihr Handy, öffnete den Web-Browser und sah die zwei Wirtschaftsprofis an. »Was soll ich tun?«

*

Sie sollte Werbung machen. Wenn man einen Vertrag aufsetzen wollte, den Lucien auch für sich selbst vorteilhaft fand, dann musste La Cigogne eine rosige Zukunft aufweisen. Einen Anfang würde die Website der Pension machen: Bisher war sie klein, unübersichtlich und schlecht gestaltet. Außerdem sollte das große Fundraising-Event auf der Homepage als Sommerfest angekündigt werden.

Bilder mussten eingefügt werden und überhaupt, »bei dieser kleinen Schrift, das kann ja kein Mensch lesen«, meckerte Hermann.

Am Handy schon gar nicht, und so wechselte Anika schließlich an den PC in Céciles Büro, der allerdings so alt war, dass Anika beim Warten fast einschlief, so lange dauerte es, bis ein Bild hochgeladen war.

Handy und Internet waren zwar nicht ihre Fachgebiete, das würde sie nicht behaupten wollen, aber sie kannte sich leidlich aus. Gleich zwei ihrer Ex-Freunde waren IT-Experten gewesen, und in das Baukasten-System, das Cécile für ihre Homepage verwendet hatte, fand Anika sich schnell hinein.

»Auf Dauer muss das aber geändert werden«, murmelte sie vor sich hin. Wenn man wusste, wie man eine Website selbst gestaltete, sah das wesentlich schöner aus. Aber es brauchte auch weitaus mehr Zeit.

*

»Hermann hat mir verraten, dass ich dich hier finde.« Olivier betrat das Büro und stellte sich hinter Anika. »Wow«, kommentierte er den Stand ihrer Arbeit. Er legte eine Hand auf ihre Schulter und beugte sich vor. »Das sieht ja fantastisch aus.«

Sie hatte die Fotos, die Hermann vom Ort und vor allem von der Pension gemacht hatte – das war also der Grund gewesen, weshalb er in den letzten Tagen vor ihrer Abreise nach Paris andauernd Fotos geknipst hatte –, hochgeladen und die viel zu dunklen Fotos ausgetauscht, die bisher die Homepage eher verschandelt als geziert hatten.

»Je mehr Fotos ihr habt, und aktuell sind es zehn, desto besser können die Gäste sich die Pension vorstellen. Niemand will ein Zimmer buchen, von dem er nicht weiß, wie es aussieht«, erklärte Anika. »Und schau mal, hier habe ich alle Informationen eingefügt, Preise mit Frühstück, mit Halbpension, Zimmer mit Balkon und ohne. So hat man alles auf einen Blick ohne lange herumsuchen zu müssen.«

»Wow«, wiederholte Olivier. »Das war bestimmt viel Arbeit.«

Seine Hand lag immer noch auf ihrer Schulter, Anika spürte die Wärme seiner Handfläche mehr als deutlich. Sie fuhr sich mit der Zunge über die Lippen und blickte angestrengt geradeaus auf den Bildschirm.

»Alles halb so wild«, sagte sie schließlich. Nicht, dass er noch ein schlechtes Gewissen bekam. »Und für Hermann ist dieses Projekt ein Gottesgeschenk.« Jetzt drehte sie sich doch um und sah Olivier an.

»Er ist richtig engagiert.« Olivier lachte und fuhr sich mit der Hand durch die Haare. Mit der Hand, die bis jetzt auf ihrer Schulter gelegen hatte. Auch wenn es albern war, sie vermisste die Berührung jetzt schon, zwang sich aber, sich wieder auf ihr Gespräch zu konzentrieren. Olivier hatte recht, Hermann hatte sich regelrecht in die Arbeit gestürzt.

»Es lenkt ihn ab«, sagte sie. Es lenkte ihn ab von Regina, vom Krebs, von der Tatsache, dass er möglicherweise etwas verkorkst hatte, was sich nicht mehr geraderücken ließ.

Aber es ließ ihn etwas geraderücken, was jemand anders verkorkst hatte. Und das half. Er war am gestrigen Abend schon aufgeblüht, heute mit Doris ging es ihm so gut wie lange nicht mehr.

»Ich lasse mir nicht so gern helfen«, sagte Olivier. Als Anika protestieren wollte, fügte er schnell hinzu: »Nein, lass mich ausreden.« Er zog einen Stuhl heran und setzte sich neben sie. »Almosen, das wollen wir nicht, auch Cécile nicht.« Da hatten sie beide ihren Stolz. Anika selbst wäre es wahrscheinlich ähnlich gegangen.

»Uns helfen lassen fühlt sich für mich an, als würde ich andere ausnutzen, damit es uns dadurch besser geht.« Er schüttelte den Kopf.

»Aber es geht *uns* besser«, unterbrach Anika ihn nun doch.

Jetzt lächelte er. »Das lerne ich gerade«, sagte er leise. Er überlegte einen Augenblick. »Weißt du, Frédéric, Emmanuel und ich, wir sind zusammen aufgewachsen. Wir kennen uns ungefähr hundert Jahre und wir sind so vertraut miteinander. Ich würde alles für sie tun.« Und sie auch für ihn, das war offensichtlich.

»Aber wir sind Fremde«, führte Anika seinen Satz fort. Es tat ein bisschen weh, es auszusprechen.

»Keine Fremden, nein!« Er griff nach ihrer Hand, und jetzt fing ihr dummes Herz wieder an zu klopfen. Er öffnete den Mund, um etwas zu sagen, schloss ihn dann aber wieder. Stattdessen drückte er ihre Hand und strich mit seiner anderen über ihre Wange. Seine Berührung war warm und sanft und unglaublich schön. Anika wollte sich an ihn schmiegen, seinen Körper spüren, ihm ganz nah sein.

»Es ist schön, euch kennenzulernen«, sagte Olivier leise. »Ihr seid keine Fremden und von Tag zu Tag werdet ihr mehr.« Er hob seine Hand, in der er ihre hielt und führte sie an seine Brust.

»Mehr und mehr«, wiederholte sie.

Sie hob ihren Kopf, und dann spürte sie seine Lippen auf ihren.

Viel zu bald ging plötzlich die Tür auf und Hermann platzte herein. Natürlich hatte er ihren Kuss gesehen, aber er überging die Szene vollkommen und kam direkt zum Punkt.

»Machst du Fortschritte mit der Website? Zeig mal her. Und Olivier, Cécile braucht deine Unterstützung«, verkündete er. In einem der Pensionszimmer tropfte ein Wasserhahn.

Wenig später beriefen die drei Witwen eine »Lageplan-Besprechung« ein. Aufgaben mussten verteilt werden. Natürlich bekamen sich Sigrid und Hermann darüber in die Haare, Anika hätte darauf wetten können. Olivier zwinkerte ihr über den Tisch hinweg zu und grinste.

»Wenn du meinst«, sagte Hermann gerade und lehnte sich mit vor der Brust verschränkten Armen zurück.

»Ich meine!« Sigrid nickte nachdrücklich. Dann klatschte sie in die Hände. »Wir haben fünf Tage für die Planung. Das ist ein straffer Zeitplan, aber wir können es schaffen. Kannst du uns einen Werbeflyer gestalten?«, wandte sie sich an Anika.

»Ähm … ich … vielleicht?« Überrumpelt wusste Anika nicht genau, was sie sagen sollte. Sie zupfte an ihrem Ohrläppchen und hoffte, dass irgendjemand eine andere Idee hatte.

»Wunderbar«, sagte Sigrid jedoch nur. »Das ist dann also deine Aufgabe. Olivier, du hast ein Fahrrad und zwei beste Freunde, du wirst die Flyer in Aubure und den umliegenden Dörfern verteilen.«

»Äh … ja?« Ähnlich überrumpelt wie Anika blickte Olivier die Damen an. »Okay«, ergab er sich schließlich auf Sigrids strengen Blick hin.

»Cécile, du hast Telefondienst, Anrufe von potenziellen Gästen oder Lucien Durand dürfen nicht verpasst werden. Außerdem überlegst du dir, was es bei der Feier zu essen gibt. Am besten alles, was man mit den Händen essen kann.«

Cécile nickte gehorsam und holte einen Stift und einen Zettel.

»Und wir drei …« Sigrid rieb sich die Hände und sah ihre Freundinnen an. »Wir drei machen uns jetzt ans Fundraising.«

*

Sigrid war in ihrem Enthusiasmus nicht zu bremsen. Natürlich hatte sie keine Ahnung, wie man einen strategisch gelungenen Plan aufstellte, und genauso natürlich sah sie überhaupt nicht ein, auf Hermann zu hören. Stattdessen lief sie wie ein aufgescheuchtes Huhn durch die Gegend und kommandierte ihre Freundinnen herum.

Na gut, dann übernahm Hermann eben den wichtigsten Part: Er setzte ein Schreiben an Lucien Durand auf.

Auf einer Anrichte im Flur des ersten Stocks stand offenbar zu Dekorationszwecken eine Schreibmaschine. Hermann fand heraus, dass sie noch funktionierte und trug sie nach unten in die Küche. Von Cécile erbat er sich Papier und dann legte er los.

»Himmel, das kannst du doch nicht schreiben!«, rief Anika, die ihm während seines ersten Versuchs über die Schulter blickte.

»Ach ja? Und warum nicht?«

»Das steckt voller Beleidigungen!«

»Es entspricht alles der Wahrheit.« Mit Schwung drückte er auf die Taste für das Ausrufezeichen.

»Aber es tut nichts zur Sache, ob er ein spitzzahniger Drecksack ist oder nicht.« Anika zog das Blatt Papier aus der Rolle und kniff die Augen zusammen. »Ich denke, das sollte alles um einige Nuancen höflicher formuliert werden. Ich meine … Cécile und Olivier wollen keinen Krieg anfangen.«

Natürlich musste ausgerechnet in diesem Augenblick Sigrid den Raum betreten. Neugierig blickte das Weibsbild Anika über die Schultern.

»Ah ja, das müssen wir ändern«, sagte sie. »Das muss alles geschäftsmäßiger klingen.« Sie deutete auf die Stelle zu Luciens bisherigen Forderungen. »Wir gehen nicht ganz ›dakkor‹ mit Ihren ›Südschestschöns‹.«

»Was soll das denn heißen?«, fragte Hermann.

»Das ist Englisch«, erklärte Sigrid. »So schreibt man heutzutage Geschäftsbriefe.«

Hermann zog die Augenbrauen hoch. Das war vieles, aber sicher kein Englisch. »Wenn man nicht ernst genommen werden will, dann schreibt man heutzutage solche Briefe.«

»Das ist Businessdeutsch.«

»Das ist völliger Quatsch.« Beleidigt entriss Hermann ihr das Blatt Papier. »Ich mach das schon. In richtigem Deutsch.«

»Und ohne Beleidigungen«, warf Anika ein.

Er rollte mit den Augen. »Der Trick ist, sich zunächst die Wut von der Seele zu schreiben. Der nächste Brief wird dann völlig nüchtern.« Als Anika ihn weiterhin skeptisch ansah, fügte er hinzu: »Vertraut mir einfach.«

Beide Frauen sahen so aus, als wollten sie etwas entgegnen, aber auf seinen herausfordernden Blick hin zuckten sie nur mit den Schultern und ließen ihn weitertippen.

Als Doris eine halbe Stunde später in die Küche kam, war er gerade fertig geworden.

»Hier.« Er drehte rechts an der Rolle, zog das Papier heraus und überreichte es ihr. »Lies mal drüber.« Zu seiner Strategie-Partnerin hatte er ein Mindestmaß an Vertrauen, dass wenigstens sie wusste, wie man angemessen formulierte.

Sie legte die rechte Hand an die Brille, um sie gegebenenfalls die Nase hoch- oder runterzuschieben, mit der linken hielt sie den Brief, dann las sie murmelnd Teile daraus vor: »Sehr geehrter Herr Durand … fordern wir Sie auf … sehr gut«, lautete ihr Kommentar, »wir bitten nicht, wir fordern.« Ihre Lippen bewegten sich weiter. »… schlagen folgendes Geschäftsmodell vor … Wenn Sie nachrechnen, werden Sie feststellen … ha, hoffentlich kann er rechnen!«, bemerkte Doris. »Wir geben Ihnen hiermit fünf Tage Zeit, auf unser Schreiben zu reagieren … Vorschlag sonst hinfällig … ooooh, das gefällt mir! Du setzt ihn unter Zeitdruck, damit er nicht lange überlegen kann.«

Na also, sie hatte seine Intentionen erkannt. Sigrid hätte nur wieder mit ihren schlechten Fremdsprachenkenntnissen angefangen.

»Jetzt müssen wir bloß noch unterschreiben.« Er deutete auf die beiden mit x markierten Stellen, an die die Unterschriften der »wirtschaftlichen Fachberatung Doris Heitkamp und Hermann Büchner« gehörten.

*

Die nächsten Tage vergingen in einem Wirbel aus Aktivitäten. Es war gar nicht so einfach, für Hermann genügend Ruhezeiten einzufordern, stellte Anika fest. Glücklicherweise hatte sie in Cécile eine Verbündete, die den alten Mann so oft wie möglich mit einem kühlen Getränk in den Liegestuhl im Garten schickte.

Zu Anfang protestierte er noch schwach, doch am dritten Tag konnte Anika sehen, dass er froh war, sich auf die Anweisungen der beiden jungen Frauen berufen zu können, ohne selbst Schwäche zu zeigen. Der Trubel setzte ihm ganz schön zu und er war dankbar für die Pausen.

Anika erwischte sich selbst häufig dabei, wie sie auf ihr Handy blickte, in der Hoffnung, dass Regina sich meldete. Sie hatte Jeanne ihre Nummer gegeben, damit sie sie mitsamt dem Brief an Hermanns Tochter weiterleitete. Aber was, wenn Regina erst anrief, wenn es zu spät war? Oder nie?

Zum Glück war Hermann selbst abgelenkt: Er tat, was er konnte, um zu helfen, und Anika musste zugeben, seine Ideen – wie unter anderem die Fotos für die Homepage – waren oft hervorragend.

Auch Frédéric und Emmanuel unterstützten die Aktion, so gut sie konnten. So legte Frédéric eines Abends eine Karte auf den Tisch. »Ein Gutschein für eine Gratis … control technique. Wie sagt ihr da auf Deutsch? Tüüüf?«

Er zog das Ü so in die Länge, dass Anika einen Moment brauchte, bis sie verstand, dass er den TÜV meinte.

Auf Céciles verwirrten Blick fügte er hinzu: »Als Gewinn für die Tombola.«

»Keine Nieten, nur Preise«, murmelte Hermann mit Blick auf den Korb, den die lustigen Witwen am Tischende aufgebaut hatten. Sigrid, Fundraising-Expertin par excellence, hatte das ganze Dorf abgeklappert auf der Suche nach kleinen Preisen für ihre angedachte Tombola. Sie war mehr als nur fündig geworden: Es wurde selbst gemachte Marmelade angeboten, Ziegenkäse aus eigener Herstellung, Hühnereier und Imkerhonig. Es gab Blumen, Gemüse und sogar einen selbst gestrickten Schal. Jeder hatte etwas beitragen wollen, um die Existenzgrundlage der Durands zu retten.

Alle im Ort mochten Cécile und Olivier, und viele der älteren Einwohner erinnerten sich auch an ihre Großeltern noch immer gut. Alle waren einhellig der Meinung, dass die Pension nicht verkauft werden durfte.

»Ihr seid übrigens nicht die Einzigen, die von euren Gästen leben«, erklärte Sigrid. »Auf unserer Tour ist mir aufgefallen, wie viele hausgemachte Produkte hier in Aubure verkauft werden! Und definitiv nicht nur an die Einwohner.«

»Das kann ich bestätigen.« Bärbel nickte. »Die Kekse in der Bäckerei sind absolut fantastisch.«

»Der Sohn vom Ehepaar Michel bietet geführte Wanderungen an«, erzählte Sigrid weiter. »Ihr seht: Euch zu helfen ist weder Charity noch eine gute Tat. Es ist für alle reiner Eigennutz.« Sie grinste.

»Ihr bietet Qualität, und Qualität zahlt sich aus«, ergänzte Doris. Sie hielt ihr Smartphone in die Höhe, das sie sich an der Côte d'Azur gekauft hatte. »Mit eurer neuen Homepage überzeugt ihr Elsass-Touristen auf ganzer Linie. Es sind heute drei neue Reservierungen eingegangen.« Statt mit Sigrid und Bärbel am Strand zu liegen, hatte Doris sich in die Handhabung des Geräts vertieft. Obwohl sie es höchstens drei Zentimeter weit vom Gesicht weghalten konnte, um auf dem kleinen Display überhaupt etwas zu erkennen, hatte sie die Bedienung mittlerweile beinahe so gut verinnerlicht, wie Anika nach mehrjähriger Nutzung eines solchen Geräts.

Nachdem Anika auf der Website des La Cigogne ein Reservierungsformular eingefügt und Doris das Passwort genannt hatte, war sie aktiv geworden.

»Das habt ihr alles in ein paar Tagen erreicht.« Bewundernd sah Cécile von einem zum anderen. »Ich komme mir ein bisschen vor wie in einer dieser Fernsehsendungen, in denen sie ein Restaurant auf Vordermann bringen.«

»Wir machen nur Marketing«, wiegelte Hermann ab. »Den Rest habt ihr komplett selbst im Griff. Bei euch muss man nichts auf Vordermann bringen.«

Sigrid war nicht so bescheiden. »Ich hab doch gesagt, wir sind Weltklasse.« Sie grinste und hielt ihre Handfläche nach oben. Ungeschickt, aber so, als mache er es nicht zum ersten Mal, klatschte Hermann ab.

Am letzten Abend vor dem Fest tischte Cécile noch einmal ein fulminantes Mal auf, bevor sie gemeinsam die letzten Vorbereitungen erledigten. Anika hatte nach Vorgaben der drei Witwen am Computer Tombola-Lose gestaltet und ausgedruckt. Während Hermann nun die Schneidemaschine bediente, hatten sich alle anderen einschließlich eines jungen Pärchens, das gerade eines der Zimmer bewohnte, bereit erklärt, beim Aufrollen zu helfen.

Das Zusammensein war wie immer sehr lustig und doch war Anika froh, als sich einer nach dem anderen verabschiedete. Hermann hatte als Erster die Segel gestrichen, aber schließlich war seine Aufgabe ja auch als Erste beendet gewesen. Die drei Witwen hatten verkündet, vor morgen so viel Schönheitsschlaf wie möglich bekommen zu wollen und waren ebenfalls bereits auf ihre Zimmer verschwunden, und Cécile hatte Frédéric zur Tür begleitet und war nicht wiedergekommen.

Also fand sich Anika plötzlich allein mit Olivier in der

Küche. Sie räumten die restlichen Gläser in die Spülmaschine, sammelten alle restlichen Papierschnipsel auf und wischten den Tisch ab.

Als sie fertig waren und Anika gerade das Handtuch zurück an den Haken hängte, legte Olivier seine Arme um ihre Taille und zog sie zu sich heran, sodass ihr Kopf an seiner Brust lehnte. »Morgen ist der große Tag«, murmelte er.

Anika nickte und unterdrückte ein Seufzen. Sie freute sich auf das Fest, die Organisation war nicht nur aufregend gewesen, sondern hatte auch unheimlich viel Spaß gemacht, und sie hoffte natürlich, dass genug Geld zusammenkommen würde, um Olivier und Cécile fürs Erste die Sorgen zu nehmen und Lucien zufriedenzustellen.

Was sie Olivier noch nicht gesagt hatte, war, dass sie am Morgen nach der Feier direkt nach dem Frühstück aufbrechen würde. Hermann sah zunehmend schlechter aus. Der Schatten auf seinem Gesicht war immer häufiger zu sehen, und mittlerweile verzog er gegen Abend sogar den Mund vor Schmerzen, wenn er dachte, Anika sah es nicht.

Sie hatte ihm die Feier nicht nehmen wollen, da er auf der anderen Seite in den letzten Tagen trotz seiner körperlichen Beschwerden so glücklich gewirkt hatte wie noch nie. Wenn er die letzten Monate seines Lebens im Krankenhaus verbrachte, würde er zufrieden an die beiden Wochen im Elsass zurückdenken, das wusste Anika. Wenn jetzt noch Regina … aber den Gedanken verbot sie sich. Das Thema

Regina war erledigt, Hermann war glücklich, und sie wollte keine Wunden aufreißen.

Aber dennoch: Heute war ihr letzter ruhiger Abend mit Olivier. Ob sie ihn wiedersehen würde? Ob er auf sie warten würde? Ob sie überhaupt die Gelegenheit bekäme, wiederzukommen? Sollte sie etwas sagen? Sie drehte sich in seinem Arm und schlang ihre Arme um ihn. Er erwiderte ihre Berührung, indem er sie fester an sich drückte.

»Endlich habe ich dich für mich allein«, flüsterte Olivier.

Durch die Planungen des Festes waren sie in den letzten Tagen keinen Abend allein gewesen. Sie hatten immer alle zusammen lange beisammengesessen und auch die neu angekommenen Gäste hatten Aufmerksamkeit gebraucht. So waren Anika und Olivier nur tagsüber einzelne Momente zu zweit geblieben. Geküsst hatten sie sich dann, angelächelt und Sachen gemurmelt, die man in solchen Momenten eben sagte, ohne Zeit, aber mit viel Gefühl.

»Wollen wir einen Nachtspaziergang machen?«, fragte Anika neckisch. »Um auf der Burg in Ruhe küssen zu können?«

Er lachte. »Ich habe eine bessere Idee«, verkündete er und gab ihr einen Kuss auf die Nasenspitze. »Warte hier.«

Es dauerte nicht lange, da hatte er aus dem Haus eine Picknickdecke geholt. Die Decke rechts unter den Arm geklemmt, fasste er mit der Linken Anikas Hand und führte sie zur Mitte des Gartens auf die Rasenfläche.

»Vielleicht haben wir Glück und sehen eine Sternschnuppe«, sagte er, als er die Decke ausbreitete.

In seinen Armen lag Anika auf der Seite, Olivier auf dem Rücken, sodass sie ihre Hand auf seine Brust legen konnte. Die Sterne über ihnen funkelten nur so, die Grillen zirpten laut, und einige Frösche ergänzten den Chor mit lauten Rufen.

»Die Frösche leben hinter unserem Gartenschuppen in einem kleinen Teich«, erklärte Olivier. Seine Stimme vibrierte unter Anikas Hand, unter der sie auch seinen regelmäßigen Herzschlag spürte.

»Die sind ganz schön laut!«, stellte Anika fest und lachte. »Und trotzdem ist es so ruhig und friedlich hier.«

»Mmmmhh. Wenn Emmanuel nicht gerade sein Portemonnaie vergessen hat und uns zu Tode erschreckt.« Auch Olivier lachte leise, dann zog er sie noch enger zu sich heran und küsste sie.

Eng umschlungen blieben sie eine Weile auf der Decke liegen, die Sterne, Frösche und Grillen hatte Anika längst vergessen. Olivier fuhr mit der Hand über ihren Bauch und ihren Rücken, zog mit einem Finger feine Linien auf ihren nackten Oberarmen und verursachte ihr eine wohlige Gänsehaut. Sie konnte gar nicht genug bekommen von seinen Berührungen und seinen Küssen. Als sie Luft holen musste, lachte Olivier, der ebenfalls außer Atem war, und setzte sich auf. Ohne seine Körperwärme spürte Anika plötzlich, wie kühl es geworden war und dass sie zu zittern begann.

»Ist dir kalt?«

Olivier stand auf, reichte ihr seine Hand, um sie hochzuziehen und fing sie mit beiden Armen auf. Noch einmal küssten sie sich innig, bevor er sie mit sich ins Haus zog.

Weitere Worte mussten sie beide nicht sprechen. Es fühlte sich ganz selbstverständlich und richtig an, als sie ihm in sein Schlafzimmer folgte und gemeinsam mit ihm auf sein Bett sank.

Anika wurde davon wach, dass Olivier sie federleicht in den Nacken küsste. Die Sonne war schon längst aufgegangen, ihre Strahlen drangen durch die nur halb geschlossenen Fensterläden und kitzelten Anikas Gesicht. Als Olivier merkte, dass sie aufgewacht war, drehte er sie sanft zu sich herum, küsste erst ihren Hals, dann ihren Mund.

»Guten Morgen, Schlafmütze.« Er lächelte. »Hast du gut geschlafen?«

»Hervorragend. Und das Aufwachen war noch besser.« Sie kuschelte sich an ihn.

»Wir sollten im Bett bleiben«, sagte Olivier, als er über ihren Bauch und ihre Brüste streichelte.

»Das wär schön.« Anika seufzte wohlig. In dem Moment hörte man draußen Schritte und Sigrids Stimme, die ihre Freundinnen bezüglich der Dekoration herumkommandierte. »Wo sind denn die anderen?«, war anschließend deutlich zu vernehmen.

Olivier lachte. »Aber ob sie uns lassen?«

Ziemlich sicher nicht. Sie beschlossen dennoch, die drei Damen noch für weitere fünf Minuten allein zu lassen und ein paar Momente der Ruhe zu genießen. Dann gab Anika Olivier schweren Herzens noch einen letzten Kuss und setzte sich auf.

»Wir haben Zeit«, flüsterte Olivier und strich über ihren Rücken, während sie sich ihren BH und das T-Shirt überzog. »Morgen und übermorgen und den Tag danach und den danach …«

Anika biss sich auf die Zunge. Sie sollte es ihm wirklich sagen.

»Olivier, ich …«, begann sie und drehte sich zu ihm um.

Draußen auf dem Flur polterte es laut.

»Ja?« Zwischen Oliviers Augenbrauen hatte sich eine Falte gebildet.

Heute die Party, dachte Anika. Danach konnten sie sich immer noch verabschieden. Es krachte erneut und sie stand auf.

»Nichts.« Sie lächelte und hoffte, dass es echt wirkte. Dann schlüpfte sie schnell in ihre Jeans, verließ Oliviers Zimmer und huschte in ihr eigenes.

Hastig duschte sie und zog frische Kleidung an und schon knapp zwanzig Minuten später stand sie in der

Küche. Hermann und der herrliche Duft nach frischem Kuchen, der im Ofen vor sich hin backte, erwarteten sie bereits. Schokokuchen, identifizierte Anika, ohne hinzusehen. Und vielleicht noch ein Hauch von Käse? Ach nein, sicher Kougelhopf! Sie lugte in den Backofen, und richtig, oben stand ein saftiger Schokoladenkuchen, unten der Kougelhopf in seiner typischen Form.

»Guten Morgen«, begrüßte sie Hermann, nachdem sie genug geschnuppert hatte.

Er saß vor einem ganzen Haufen buntem Papier mit einer Schere in der Hand und besah sich das Ganze mürrisch und antwortete nicht. Also goss Anika sich in Ruhe eine Tasse Kaffee ein und setzte sich zu ihm an den Tisch. Immerhin schob er einen Teller mit zwei Croissants zu ihr herüber.

»Die Weiber drehen durch«, zischte er und gestikulierte mit der Schere in der Hand. »Einmal mit der Wimper gezuckt und schon hast du dich ›freiwillig‹ für diverse Aufgaben gemeldet.« Er hielt eine rote Bastelarbeit in die Höhe, die nur mit sehr viel Fantasie und Wohlwollen als Blume erkannt werden konnte.

»Ganz wunderbar machst du das«, kommentierte sie.

Er warf ihr einen finsteren Blick zu. »An dir ist eine Kindergärtnerin verloren gegangen.«

Grinsend biss sie in ihr Croissant und sah ihm bei seinem nächsten Versuch zu. »Aha, aha, ein Hase«, sagte sie.

Sein Blick wurde noch finsterer. »Das ist eindeutig eine Katze.«

»Eindeutig, natürlich«, korrigierte sie sich. Ihr Grinsen wurde noch breiter. »Darf ich vorschlagen, die Ohren etwas zu kürzen?«

Schließlich konnte auch Hermann seine düstere Miene nicht mehr länger aufrechterhalten. Seine Mundwinkel zuckten.

Als Cécile in die Küche stürmte, um die Kuchen aus dem Ofen zu holen, konnte Anika nicht anders, als auch sie nach ihrer Meinung zu fragen. Sie hielt Hermanns Katzen für Kühe, was ihn zu einem lauten Monolog über künstlerische Freiheit inspirierte.

»Ceci n'est pas une pipe«, zitierte Anika grinsend das berühmte Gemälde *La trahison des images* von Magritte, das eine Pfeife abbildete, unter der geschrieben stand: »Dies ist keine Pfeife«. »Ich geb's auf.« Hermann schüttelte den Kopf, dann nahm er einen Stift zur Hand und schrieb quer über seinen missglückten Hasen das Wort »Katze«.

»So können wir's auch machen«, sagte Anika. »Dann brauchen wir ja nur noch rechteckige Formen und sind gleich fertig.«

»Lucien hat heute Morgen angerufen«, wechselte Cécile plötzlich das Thema.

»Und?« Schlagartig hatte Hermann seine künstlerischen Versuche vergessen.

»Er geht auf euren Vorschlag ein. Allerdings …« Cécile zögerte und knetete ihre Hände. »Wir sollen als sichere Anzahlung achttausend Euro leisten«, sagte sie dann. »Euren Vorschlag von viertausend findet er zu niedrig angesetzt. Er will zehn Prozent der Gesamtsumme.«

»Zehn Prozent? Dieser Schweinehund.« Hermann presste die Lippen aufeinander.

»Puh, achttausend. Was sagt Olivier dazu?«

»Was sage ich wozu?« In diesem Moment kam Olivier in die Küche, die Haare noch nass vom Duschen. Wie selbstverständlich setzte er sich neben Anika, gab ihr einen Kuss und schnappte sich das zweite Croissant von ihrem Teller.

Mit heißen Wangen schielte Anika vorsichtig zu Hermann und Cécile, um herauszufinden, was sie von Oliviers Kuss hielten. Bisher hatten sie Zärtlichkeiten immer nur in heimlichen Momenten ausgetauscht. Aber weder Cécile noch Hermann hatten auch nur mit der Wimper gezuckt, Lucien beanspruchte gerade ihre volle Aufmerksamkeit.

»Euer habgieriger Cousin will achttausend Euro von euch«, setzte Hermann Olivier ins Bild.

»Wir werden verkaufen müssen.« Cécile seufzte.

Olivier schüttelte den Kopf. »Ich gebe nicht kampflos auf.«

»Das sollst du auch nicht«, lenkte Cécile ein. »Ich will ja auch nicht verkaufen. Aber …« Sie hob unglücklich die

Schultern. »Vielleicht sollten wir uns einfach mit dem Gedanken anfreunden.«

Olivier kaute langsam, trank dann einen Schluck Kaffee und sagte schließlich: »Achttausend Euro, das schaffen wir. Ich weiß noch nicht, wie. Zur Not nehme ich einen Nebenjob an oder ich überfalle eine Bank, aber wir bekommen das Geld zusammen. Wir behalten diese Pension. Machen wir uns an die Arbeit!«

Oliviers Entschluss schien auch das ganze Dorf gefasst zu haben: Nach und nach trudelten fleißige Helfer mit Kuchen, Getränken und anderen Mitbringseln ein. Und jeder hatte so viele Bekannte und Verwandte wie möglich im Schlepptau.

Das junge Pärchen, das auch am vorigen Abend fleißig mitgeholfen hatte, pries jetzt mit Hinweisen auf die unwahrscheinlich vielen tollen Gewinne die Tombola an. Und sie hatten Erfolg. Die Lose verkauften sich einmalig gut.

Olivier hatte einen mobilen Crêpe-Stand eingerichtet, auf dem er auf Wunsch süße Crêpes oder ihr salziges Pendant, Galettes, backen konnte. Cécile schenkte Getränke aus, die lustigen Witwen flanierten von Personengruppe zu Personengruppe, stießen mit Sekt an, lobten hier und dort und wiesen immer wieder auf die Verlosung hin. Ihre Aufgabe war es hauptsächlich, für die gute Stimmung zu sorgen.

Hermann thronte selbstzufrieden auf einem Sessel, den Olivier ihm in den Garten getragen hatte, trank auf Anikas Geheiß viel Antialkoholisches und hin und wieder auch einen Schluck von Emmanuels Selbstgebranntem. Frédéric leistete ihm Gesellschaft. Anika vermutete, dass sie wieder über Autos sprachen.

Anika räumte schmutziges Geschirr weg, holte sauberes aus der Spülmaschine und beschäftigte sich hauptsächlich damit, neugierigen Blicken auszuweichen. Seit Olivier ihr einen Kuss aufgedrückt hatte, als sie ihm am Crêpe-Stand neue Servietten gebracht hatte, fühlte sie sich von allen beobachtet.

»Es läuft wunderbar nach Plan.« Sigrid stellte sich neben sie und Anika nickte ihr wohlwollend zu.

Den gesamten Tag über ging es in der Pension zu wie in einem Bienenstock. Auch zahlreiche Touristen, die auf der Durchreise oder bei einem Tagesausflug durch Aubure gekommen waren, hielten an und feierten mit. Erst am Abend gegen elf Uhr verabschiedeten sich die letzten hartnäckigen Gäste und es kehrte wieder etwas Ruhe ein.

»Wie viel Geld ist denn zusammengekommen?«, fragte Anika, als sich der harte Kern der Helfer wieder einmal in der Küche traf.

Hermann räusperte sich und las von einem Blatt Papier ab: »Wir haben drei großzügige Spenden aus Deutschland erhalten, deren Herkunft völlig unbekannt ist«, er schielte in Sigrids Richtung. »Damit kommen wir insgesamt auf haargenau siebentausendeinhundert Euro.«

»Siebentausend Euro?!« Céciles Gesichtsausdruck schwankte zwischen Unglauben und Freude, Olivier lachte kopfschüttelnd und schien nicht zu wissen, wie er sonst reagieren sollte.

»Siebentausend Euro!« Frédéric zog seine Schiebermütze vom Kopf und warf sie in die Luft. Dann schnappte er sich Cécile, hob sie hoch, wirbelte sie herum und drückte ihr anschließend einen lauten Schmatzer auf den Mund.

»Hey!«, protestierten Olivier und Emmanuel.

»Hey!«, protestierte auch Cécile, es klang aber nicht halb so empört wie der Einspruch ihres Bruders.

Den Reaktionen darauf entging Frédéric, indem er den lustigen Witwen am Gartentisch jeweils einen Handkuss gab und sich artig bei ihnen für die »super Party« bedankte.

»Na, du wirst noch einiges an Arbeit haben mit dieser super Party, wenn die Tombola-Gewinne bei dir eingelöst werden«, informierte Sigrid ihn schmunzelnd.

Olivier legte einen Arm um Anikas Schulter. »Du bist toll«, flüsterte er ihr ins Ohr. »Alle seid ihr spitze, wie ihr den heutigen Tag organisiert habt. Aber du …« Er zog sie zu sich heran, und Anika wollte sich gerade in seine Arme kuscheln, da bemerkte sie aus den Augenwinkeln, wie Hermann sich auf einen Stuhl fallen ließ.

Er fasste sich an die Brust, sein Gesicht war aschfahl. Augenblicklich hatte Anika sich aus Oliviers Armen gelöst und war bei ihm. »Den Notruf, schnell!«, rief sie Cécile zu. Jetzt durfte sie nichts riskieren, keine Zeit verlieren. Knappe, klare Befehle waren das, was reichen musste. »Wasser!«, wandte sie sich an Frédéric, während sie schon Hermanns Polohemd aufknöpfte und den Kragen lockerte. »Hast du Schmerzen?«, fragte sie ihn.

Keuchend nickte er. »Keine Luft!«, stieß er dann mühsam hervor. »Keine …«, er brach ab, nestelte mit seinen Fingern an seinem Hemd. Wie im Krampf zuckte sein Oberkörper nach vorne und er glitt vom Stuhl. Hoffentlich war er nur ohnmächtig geworden! Anika suchte nach seinem Puls, der Atmung, aber fand nichts. Sie musste mit der Herzmassage beginnen. Anikas Körper reagierte wie auf Autopilot. Dreißigmal Herzmassage, dann beatmen. Herzmassage, beatmen. Herzmassage, beatmen. Nur wie aus weiter Entfernung und durch dichte Watte hindurch bekam sie mit, dass sie nicht ganz allein war. Sie konnte Stimmen hören, jemand schluchzte, irgendwann legte ihr jemand – Olivier? – eine Hand auf die Schulter und fragte: »Soll ich dich ablösen?«

Herzmassage, beatmen. Anika schüttelte den Kopf. Sie hatte jedes Zeitgefühl verloren. Sie konnte noch. Sie war nicht müde. Herzmassage. Beatmen.

Endlich vernahm sie die ersehnte Sirene! Der Rettungswagen. Noch wenige Sekunden und dann sprangen Sanitäter neben sie, unterbrachen sanft ihre Bemühungen und führten sie zur Seite. Sofort war Olivier neben ihr und schloss sie in seine Arme. Erst jetzt, als sie stand, merkte Anika, dass sie zitterte. Cécile sprach auf die Sanitäter ein und versuchte die Situation zu erklären, doch viel Erklärung war nicht notwendig. Sie hatten die Lage ohnehin schon erfasst.

Hermann wurde auf eine Trage gehoben und für den Abtransport im Krankenwagen bereit gemacht.

Anika musste sich jetzt zusammenreißen. Sie drückte Olivier noch einmal und trat dann neben Cécile, bemüht, ihr Gleichgewicht zu halten. »Ich fahre mit.«

Auch das übersetzte Cécile, und die beiden jungen Männer nickten, als Anika unsicher neben Hermanns Trage herlief und im Fond des Krankenwagens einstieg.

Der Sanitäter neben ihr rief etwas. Sie verstand die Worte nicht, aber es klang gut. Eine positive Nachricht? Hermanns Augenlider flatterten.

Sie hatten ihn wieder. Bleib stabil bis ins Krankenhaus, betete Anika. Bitte, bleib jetzt stabil.

Ihr Telefon klingelte. Ausgerechnet jetzt klingelte ihr Telefon! Wahrscheinlich ihre Mutter. Beinahe hätte sie aufgelacht, und daran merkte sie, wie es um ihre Nerven bestellt war. Schnell zog sie das Handy aus der Hosentasche, um es auszuschalten. Mit dem Finger über dem Display hielt sie inne.

Das war nicht ihre Mutter. Der Anruf stammte von einer unbekannten Nummer. Eine unbekannte Nummer mit französischer Vorwahl.

»Entschuldigung, das ist wichtig«, sagte sie zu dem Sanitäter, der vermutlich kein Wort verstand.

Mit angehaltenem Atem nahm sie das Gespräch an.

»Hallo?« Ein Räuspern erklang am anderen Ende der Leitung.

»Hallo, hier spricht Regina. Sie haben mir Ihre …«

»Ich weiß, hallo Regina. Ich gebe Sie … Ihrem Vater geht es gerade nicht so gut. Aber Sie können mit ihm sprechen. Ich halte ihm das Telefon ans Ohr.« Den Protest des Sanitäters ignorierend tat Anika genau das und schüttelte den Kopf, als der junge Mann ihr das Handy wegnehmen wollte.

Verdammt, die wenigen Worte von Regina würden nichts an Hermanns Lage ändern, jedenfalls nicht zum Negativen. Während die Geräte um sie herum blinkten und piepsten, hörte sie dumpf, dass Regina einige Worte sagte, stockte, noch etwas sagte. Dann wurde die Verbindung unterbrochen, und Anika ließ das Telefon langsam sinken.

Der Sanitäter blickte sie immer noch wütend an, aber glücklicherweise sagte er nichts.

»Das war Regina«, sagte Anika überflüssigerweise und griff nach Hermanns Hand. »Sie wollte mit dir sprechen.« Sie merkte, dass sie anfing zu plappern. »Es tut mir so leid, dass unsere Reise nicht das Ende gefunden hat, das wir uns vorgenommen hatten. Aber wir haben die Durands kennengelernt, alle Durands, und Familie ist ganz offensichtlich keine so einfache Sache, wie wir beide uns gedacht hatten.« Sie versuchte zu lachen und überspielte dabei einen Schluchzer.

Und dann ... dann spürte sie, wie Hermann ganz leicht ihre Hand drückte, kurz bevor der Krankenwagen zum Stehen kam, die Türen aufflogen und Hermann in die Notfallambulanz gefahren wurde. Anika blieb am Empfang zurück.

Jede Minute, in der sie darauf wartete, eine Information zu bekommen, erschien ihr wie eine Ewigkeit. Und dann trat die Krankenhausärztin mit mitfühlendem Blick auf sie zu. Der Druck von Hermanns Hand war das Einzige, woran sie in diesem Moment denken konnte. In diesem schrecklichen Moment, als die Ärztin ihr die Nachricht vom zweiten, fatalen Herzstillstand Hermanns überbrachte. Es war, als spürte sie dieses Drücken noch, als sie sich im Krankenhausflur weinend die Hände vors Gesicht schlug.

Hermann hatte es nicht geschafft. Er, der Kämpfer, der vor dem Krebs nach Frankreich geflohen war, musste vor seinem schwachen Herzen kapitulieren. Anika sank auf einen Stuhl, die Blicke der mit ihr Wartenden nahm sie kaum wahr. Sie kannte diese Blicke, in denen eine Mischung aus Mitleid und Erleichterung lag, dass nicht sie selbst es waren, die um einen toten Ehemann, Bruder oder Freund trauerten.

Der Krankenschwester, die ihr eine Tasse Tee brachte und ihr tröstend die Schulter drückte, konnte sie nicht danken.

Hermann war tot! Sie konnte und wollte das nicht verstehen, nicht wahrhaben, schon gar nicht in diesem Moment.

Was sollte sie jetzt tun? Wie sollte sie nach Aubure zurückkommen? Oder sollte sie sich einfach direkt auf den Weg nach Deutschland machen? Sie konnte kaum denken, so sehr schmerzte die Nachricht.

Plötzlich spürte sie warme Hände, die sie aus dem Stuhl hochzogen und sie in eine Umarmung einhüllten, ihr die Möglichkeit gaben, ihre Tränen in einer Jacke zu ersticken, den tröstenden Duft einzuatmen, der von dieser Jacke, von diesem Mann ausging.

Trotzdem stand Überraschung in ihrem Blick, als sie aufsah. Olivier musste sich nur Minuten nach dem Krankenwagen auf den Weg in die Klinik gemacht haben.

»Was machst du hier?«, fragte sie unter Schluchzern, und als er sie verständnislos ansah, als sei es das Natürlichste der Welt für ihn, hier zu sein, hier bei ihr, da kamen ihr erneut die Tränen.

Olivier ließ sie weinen, bis es ihr etwas besser ging und sie gemeinsam nach draußen zum Auto gehen konnten. Bevor Olivier den Motor startete, rief er in der Pension an und erzählte kurz und knapp, was passiert war, dann machten sie sich auf den Weg zurück.

Die ganze Strecke über schwiegen sie beide. Doch Olivier ließ außer in den kurzen Augenblicken, wenn er schalten musste, seine Hand auf Anikas Oberschenkel liegen. Er strahlte eine beruhigende Wärme auf Anika aus und allmählich verebbten ihre Schluchzer fürs Erste.

Endlich zu Hause, begrüßten die Witwen und Cécile sie leise mit rot geweinten Augen und festen Umarmungen. Frédéric und Emmanuel saßen mit ernsten Mienen und hängenden Köpfen am Tisch.

Doch es war nicht, wie Anika erwartet hatte. Die Trauer der anderen zog sie nicht erneut hinab in diesen Schmerz, den sie im Krankenhaus verspürt hatte. Sie stärkte sie, gab ihr die Kraft weiterzumachen.

»Er hätte nicht gewollt, dass wir an diesem Abend weinen«, sagte sie deshalb, und Frédéric verstand sofort. Er holte die Schnapsgläser, Emmanuel zog seinen Selbstgebrannten hervor, und dann gossen sie ein.

»Auf unseren alten Meckerkopf«, sagte Sigrid.

Schweigend erhoben sie ihre Gläser auf Hermann, jeder für sich dachte an den alten Mann, der nach außen so griesgrämig getan, in Wirklichkeit aber ein weiches Herz besessen hatte.

»Was hätten wir ohne ihn gemacht?«, fragte Olivier, und alle murmelten zustimmend.

Cécile wandte sich an Anika. »Er hat mir einen Briefumschlag für dich gegeben. Für den Fall, dass er …« Ihre Stimme brach, aber Anika verstand auch so, was sie meinte. Sie nahm den Brief entgegnen und öffnete ihn.

Testament stand auf dem ersten Bogen.

Was sollte sie denn damit? Das war nicht einfach ein Brief. Hermann konnte doch nicht …?

Sie musste den Text zweimal lesen, um zu verstehen, was er bedeutete:

Hiermit vermache ich mein Vermögen zu gleichen Teilen meiner Tochter Regina Legrand und meiner Wahltochter Anika Wendler.

Oh, dieser verrückte großherzige alte Mann! Das konnte sie doch unmöglich annehmen! Sie war doch nur seine Pflegerin.

»Du warst für ihn so viel mehr als eine Pflegerin«, sagte Olivier in dem Moment, als ob er ihre Gedanken gelesen hätte. »Und Hermann war für dich weitaus mehr als ein Patient.«

Anika nickte und zog den zweiten Bogen Papier hervor. Es dauerte etwas, bis sie den Brief entziffert hatte, den Hermann ebenso wie das Testament offenbar mit Céciles alter Deko-Schreibmaschine geschrieben hatte.

Meine liebste Anika,

ich danke dir für die schönen Wochen zu meinem Lebensende, die ich ohne dich nie erlebt hätte.

Ich danke dir, dass du mich auf den letzten Metern unterstützt und ins Leben zurückgeholt hast. Ich bin nur ein alter Mann, der vieles falsch gemacht hat in seinem Leben. Das Richtige aber war, mit dir nach Frankreich zu fahren.

Du hast mir viel geholfen, und nun bitte ich dich noch um eine Sache: Lerne aus meinen Fehlern und warte nicht erst bis zu deinem vierundachtzigsten Lebensjahr. Familie sind die Menschen, die wir dazu machen. Familie sind die Menschen, die wir lieben, egal, ob blutsverwandt oder nicht. Doris wird dir sicher gern erklären, dass die ursprüngliche Bedeutung des Spruches »Blut ist dicker als Wasser« genau das Gegenteil von dem meint, was wir heute glauben.

Liebe Anika, such dir deine Familie, such dir die Menschen, die du zu deiner Familie machen willst. Und wenn sich diese Menschen in einem anderen Land befinden – na und?

Du wirst mit ihnen glücklich werden!

Dein Hermann.

Jetzt hatte Anika doch wieder Tränen in den Augen, als sie den Brief sinken ließ. Sie sah erst Olivier an, danach Cécile, Frédéric und Emmanuel, bis ihr Blick unwillkürlich wieder zu Olivier wanderte. Und trotz des Tränenschleiers sah sie plötzlich zum ersten Mal richtig klar und wusste, dass Hermann recht hatte.

– FIN –

Romy Sommer
Das kleine Weingut in der Toskana
€ 11,00, Taschenbuch
ISBN 978-3-95967-422-5

Neuanfang auf Italienisch

Als Workaholic Sarah den kleinen Weinberg ihres entfremdeten Vaters in der Nähe von Montalcino in der Toskana erbt, ist sie entsetzt. Sie liebt ihr Leben in London – und hat eigentlich keine Zeit, eine toskanische Villa und ein Weingut auf Vordermann zu bringen, um beides gewinnbringend zu veräußern. In Italien angekommen, genießt sie dann doch das Dolce Vita, die malerische Landschaft und den köstlichen Wein. Bis sie erfährt, dass die Hälfte ihres Erbes ihrer Jugendliebe, dem eigenbrötlerischen Winzer Tommaso, gehört. Und der will auf keinen Fall verkaufen. Außerdem lässt er keine Gelegenheit aus, Sarah klarzumachen, dass er sie für eine hochnäsige Großstädterin hält. Trotzdem fühlt sie sich unwiderstehlich zu ihm hingezogen ...

Vino, Villa – und Amore?

Anne Barns
Kirschkuchen am Meer
€ 11,00, Taschenbuch
ISBN 978-3-95967-419-5

Völlig unerwartet taucht eine Fremde auf der Seebestattung von Maries Vater auf, zu dem sie selbst in den letzten Jahren kaum noch Kontakt hatte. Niemand scheint sie zu kennen. Es gibt nur einen Hinweis zu dieser Frau, und der führt nach Norderney. Mit zwiespältigen Gefühlen, aber festentschlossen das Geheimnis zu lüften, das Marie hinter dem Erscheinen dieser Frau vermutet, fährt sie von Hooksiel aus auf die beschauliche Nordseeinsel. Und wirklich: Zwischen Dünen und Meer lernt Marie ihren Vater hier noch einmal neu kennen. Es kehren Erinnerungen zurück an warmen Kirschkuchen und Sommertage voller Genuss, Sonne und Glück.

Kathleen Freitag
Die Seebadvilla
€ 15,00, Klappenbroschur
ISBN 978-3-95967-392-1

Drei Generationen und eine Vergangenheit, die sie alle vereint

Ahlbeck, 1952: Gemeinsam mit ihren Töchtern Henni und Lisbeth führt Grete eine kleine Pension auf Usedom. Das Leben in der DDR ist nicht einfach für die drei Frauen. Dass sie ein eigenes Unternehmen führen, ist der Regierung ein Dorn im Auge.

München, 1992: Zwischen den Sachen ihrer Mutter Henriette findet Caroline einen Brief, in dem es um die Rückeignung einer Villa auf Usedom geht. Noch nie hat Caroline von dem Anwesen gehört. Sie stellt ihre Mutter zur Rede, doch Henni will nicht über damals sprechen, und so beschließt Caroline, auf eigene Faust an die Ostsee zu fahren …

Jana Seidel
Der Liliengarten
€ 10,00, Taschenbuch
ISBN 978-3-7457-0060-2

Als Kind hat Lilly ihren Großvater vergöttert. Sein Tod trifft sie schwer, doch er hat ihr sein Gutshaus in Ostholstein hinterlassen. In diesem Haus voller Erinnerungen stößt Lilly auf das Tagebuch ihrer Großmutter Isabelle. Zwischen den vergilbten Seiten findet sie getrocknete Blüten und ein Foto. Es zeigt eine glückliche Isabelle vor dem Gutshaus – in einem blühenden Garten, den Lilly noch nie gesehen hat. Sie begibt sich auf eine Reise in die Vergangenheit, um herauszufinden, wieso Isabelle ihr strahlendes Lächeln für immer verlor. Doch dafür muss Lilly die Sprache der Blumen verstehen lernen.